岩波文庫

32-222-4

エマ

(上)

ジェーン・オースティン作
工藤政司訳

Jane Austen

EMMA

1816

エマ
(上)

第一章

美しくて、聡明で、裕福なエマ・ウッドハウスは、暖かな家庭に育った朗らかな性格の女性だったが、彼女にはどこやら生活上の一番いい恵みをいくつか一身に集めたようなところがあって、生まれてこの方二十一年ちかく、不幸や悩みごととはほとんど無縁な生活を送ってきた。

愛情あふれる世にも甘い父親の二人の娘の下のほうだが、姉が結婚したせいで、まだ年端もいかぬ頃から一家の采配を振るってきた。母が死んだのはあまりにも遠い昔のこととあって、可愛がられた記憶がかすかに残るだけだ。家庭教師の賢い女性が母親代りだったが、彼女は生みの母にも劣らぬ愛情で接してくれた。

その人は名前をミス・テイラーといい、ウッドハウス家の一員として十六年間、家庭教師というより友達のように二人の娘を可愛がった。ミス・テイラーはとりわけエマが好きだった。彼女らを結びつけていたのは姉妹の親密さだったと言っていい。家庭教師という名ばかりの役目を終えるまえから、穏やかな気質のミス・テイラーが娘たちを束縛することはほとんどなかった。権威の影がとうに過去のものになった今、二人は親しい友達としてともに暮し、エマは自分の思い通りに振る舞っている。ミス・テイラーの判断を尊重する一方で、主だったことは自分の判断で決めていたのである。

エマの立場が現実にもたらす弊害はいささか思い通りに振る舞いすぎるところと、いくぶん自分を買い被っているところからくるが、こうした欠点はともすれば多趣味な彼女の生活を損ないがちになる。けれどもその危険は今のところ気づかれずにすんでいるので、エマにとってはいささかも不幸なこととは思えなかった。

悲しみがやって来た——穏やかな悲しみで、不快な意識をともなうものでは決してなかったけれど、悲しみに違いはなかった——ミス・テイラーが結婚したのである。まず悲しかったのはミス・テイラーがいなくなることだった。最愛の友の結婚式の当日、エマは初めて去りやらぬ悲しみに胸をつまらせた。式が終って花嫁の一族が帰り、父と向き合って夕食をしたためながら、話し相手のいない長い夜の寂しさをしみじみと感じないではいられなかった。父は食事が終るといつものように寝支度にとりかかった。そしてエマは独り坐ったまま、失ったものを思い遣るしかなかった。

結婚は彼女の友人にこのうえない幸福を約束するものだった。相手のミスター・ウェストンは非の打ちどころのない性格で楽に暮せるだけの資産があり、齢も似つかわしく、物腰にも好感がもてる。それに、どれほど私心のない、惜しみない友情をもって二人の結婚をつね日頃願い、すすめてきたかを振り返ってみると、エマとしてもある程度の満足を覚えた。けれども、それはエマにとって、一夜明ければ寂しさもひとしおという仕事でもあった。ミス・テイラーのいない寂しさはこのさき日ごと、一時間ごとにひしひしと感じられるだろう。エマは彼女の優しさ、十六年にわたる優しさと愛情を思い出した。五歳のときからものを教わり、遊んでくれた彼女、元気だったときも、さまざまな子供の病気に罹《かか》ったときも、いつも献身的な愛と気遣いをみせてくれたミス・テイラーが彷彿する。彼女にはどんなに感謝してもしきれない気がした。しかし、この七年のつきあい、姉のイザベラが結婚して二人きりになったときから続いた、対等の立場でのまったく遠慮のないつきあいもまた、今となっては懐かしい。それはほとんどの人が望めないような友達であり伴侶だった。知的で博識で有能で、そのうえ優しくて、家族全員の癖をわきまえ、家族の関心事、わけてもエマ自身と、エマの趣味や計画に興味をもってくれた。何にせよ思い浮かんだことを遠慮なく打ち明けることのできる相手であり、エマの欠点など気づきもしないほどの愛情で接してくれた人だった。

この変化にどう耐えたものだろう。いなくなったといっても、わずか半マイル先に越しただけではないかと考えてみる。けれども、半マイル先に住むミセス・ウェストンとうちにいるミス・テイラーでは天と地ほどに違う、ということにエマは気がついていた。才能にも家庭にも恵まれたエマだが、ミス・テイラーがいなくなったことで知的な孤独という大きな危険にさらされた。父を深く愛してはいるが、父は友達というわけにはいかない。知的な会話にせよ冗談にせよ、父ではエマの要求に応えることができなかった。

父娘《おやこ》の年の隔たりからくる問題(ミスター・ウッドハウスは早婚ではなかった)は、彼の体質と習慣によっていっそう大きくなった。若いころから病気がちだったせいで頭も体もあまり使うことのなかった彼は、なにかにつけ年齢よりもずっと老けていた。心根が優しく愛想がいいのでどこへ行っても好かれはしたが、彼の才能はいつでも高く評価されるようなものではなかった。

エマの姉は、結婚して落ち着いた先が十六マイル離れたロンドンだから、比較的離れているとはいえ大した距離ではない。とはいえ毎日行ける距離でもなかった。クリスマスには姉のイザベラが夫や小さな子供をつれてやって来るので家も賑やかさをとり戻すけれど、それに先立つ十月と十一月の秋の夜長を、こうして二人で耐えていかねばならない。

ハイベリーは町といってもいいほど大きく人口も多い村で、ハートフィールドはその中にあって草地や植え込みや名称さえ独立した一区画をなしているが、この村にエマと対等の相手はいなかった。ウッドハウス家は界隈でもいちばん重きをなす家柄で、村民は挙げて敬意を払っていた。父が誰に対しても愛想がよかったせいでエマには知り合いが大勢いたが、たとえ半日でもミス・テイラーのかわりがつとまる者は彼らのなかに一人もいない。憂鬱な変化だった。エマは、父が目を覚まして陽気に振る舞わねばならなくなるまでそれを思い、不可能な願いに思いを馳せては溜息をつかないではいられなかった。父は支えてやらないと不機嫌になる人だった。神経質でとかくふさぎがちな父には、つきあい慣れた人はみんな好きで、いつまでも引き止めたがるようなところがあり、あらゆる種類の変化が嫌いだった。結婚は変化の始まりだからいつだって気に入らない。そんな彼だから、互いに愛しあって一緒になった仲だというのに自分の娘の結婚にいまだに諦めがつかず、ミス・テイラーとも別れなければならなくなると、あの娘《こ》もかわいそうなことをした、などと言い出す始末。穏やかながら自分本位で、他人は自分と違う感じ方をするものだとは考えられないせいで、彼はミス・テイラーが彼らは言わずもがな、自分自身にとっても悲しいことをした、結婚などせずハートフィールドで一生暮せばはるかに幸福だったろうに、とばかり考えていた。エマは彼にそんなことを考えさせまいと、微笑を浮かべながらなるべく朗らかにおしゃべりをした。しかし、お茶の時間になると、彼はまた夕食のときの愚痴を繰り返さないではいられず、

「ミス・テイラーはかわいそうなことをした――またここへ戻ってほしいねえ。ミスター・ウェストンが彼女を見初《みそ》めたとは何と悲しいことだ！」などと言った。

「パパの考え方には賛成できないわ。だってそうでしょう、ミスター・ウェストンはとても気さくで、好感がもてて、それに優れた人だもの、いい奥さんに巡り合ってあたりまえだわ。ミス・テイラーをいつまでもここに引き留めて自分の家をもたせず、わたしの気まぐれに耐えさせるなんて酷というものよ」

「自分の家か！　自分の家をもってなにか得でもあるのかね？　ここは三倍も広いんだよ。それにお前には気まぐれなところなんかないよ」

「たがいに行ったり来たりしていつでも会えるじゃないの。そうだわ、こっちから出かけなくちゃ。すぐにも結婚のお祝いに訪れましょうよ」

「しかしなあ、あんな遠くへは行けないよ。ランドールズは遠いんだよ。私は半分も歩けないね」

「パパを歩かせようなんて誰も考えないわよ。馬車で行きましょう」

「なに、馬車だと？　あんな近くじゃジェイムズも馬車を仕立てたがるまいて。それに馬はどこに繋《つな》ぐのかね？」

「ミスター・ウェストンの厩舎があるじゃないの、パパ。それはもう決まったことだわ。ゆうべミスター・ウェストンと話し合ったでしょ。それからジェイムズだけれど、娘がメイドをしているんだもの、ランドールズにはいつでも喜んで行くわよ。ほかのところへ連れてってくれるかしらって心配になるほどだわ。パパの責任よ、ハンナをあんないいところへお世話したんだから。パパが言い出すまでハンナのことは誰も思いつかなかった――だからジェイムズはパパにとても感謝してるわ！」

「よくも思いついたものだと我ながら喜んでいるよ。とても運がよかった。なぜかってお前、ないがしろにされたなんてジェイムズに思われるのはいやだからね。それに彼女がとてもいいメイドになることは間違いないと思っていたし。礼儀正しくて言葉づかいもいい娘《こ》だから高く買っているよ。私の顔を見るといつもお辞儀をしてね、ひどくかわいらしい言い方でご機嫌いかがでございますか、と言うんだよ。それから、お前があの娘を呼んで針仕事をさせるときには、いつもドアをそっと閉めて鍵をきちんと掛けているじゃないか。きっといいメイドになるね。ふだんから慣れた相手が側にいるんだから、ミス・テイラーも気が置けなくていい。ジェイムズが会いに行くたび、彼の口を通して私たちの消息も耳に入るしな」

　エマは父のこうした幸せな気分がつづくよう努力を惜しまなかった。彼女はバックギャモン（西洋すごろく）の相手をして夜のひとときを何とかやり過ごし、わびしい思いは自分の胸だけに留めたい、と思って台を据えた。けれども、据え終るか終らないうちに訪問客が入ってきたのでその必要がなくなった。

ミスター・ナイトリーは三十七か八ぐらいのものわかりのいい人で、一家とはずいぶんまえから親しいばかりか、イザベラの夫の兄という特別な間柄だった。彼はハイベリーからほぼ一マイルのところに住んでいてちょくちょくやって来る。いつ来ても歓迎されたが、今日はロンドンの共通の身内のところからまっすぐ来たとあって歓迎もひとしおだった。数日家を空けたあと戻って遅い夕食をすませ、ハイベリーまで歩いてきたという。ブランズウィック＝スクエアではみんな変りなく過ごしていると聞いて、それは何よりだとミスター・ウッドハウスの気持もしばらく活気づいた。ミスター・ナイトリーの陽気な態度に触れると彼はいつも気持が浮き立つ。「かわいそうなイザベラ」と彼女の子供たちについて、ミスター・ウッドハウスは根掘り葉掘り訊いて答えに満足を覚えた。これが終ると、ミスター・ウッドハウスは感謝の気持を込めて、

「今夜はまたこんな遅い時間にわざわざ来てくれてありがとう。途中の道がたいへんだったんじゃないかな」と言った。

「そんなことはありません。月の照る美しい夜でした。それに暖かい陽気でしたから。いまも暖炉から思わず身を引きたくなるほどです」

「でも、湿っぽくて道もぬかるんでいたでしょう。風邪を引かなけりゃいいが」

「ぬかるんでなんかいませんよ。私の靴を見てください、しみ一つついていませんから」

「これは驚いた。ここでは大雨だったのでね。朝食のときに三十分ばかりどしゃぶりに降った。結婚式を延ばしてもらおうかと思ったほどだったよ」

「申し遅れましたが、このたびはおめでとうございます。お二人ともどれほどお喜びかよく存じておりますので、お祝いの言葉を申し上げるのがつい遅くなりました。滞りなく済んでほっとなさったことでしょう。みなさんどんなようすでした？　いちばん泣いたのは誰です？」

「ミス・テイラーはかわいそうだよ。実に悲しいことだ」

「かわいそうなのはウッドハウス親娘《おやこ》でしょう。ミス・テイラーがかわいそうだなんてとても言えませんねえ。私はあなたとエマをとても尊敬しているんですが、依存とか独立という問題になると、少なくとも二人より一人の機嫌をとるほうが楽ですからね」

「とりわけ二人のうち一人が気まぐれで、わがままな人とあればなおさらそうだ、と思っているんでしょう？　父がそばにいなければそう言いたかったという顔だわ」エマはふざけ半分に言った。

「お前の言うとおりだよ」ミスター・ウッドハウスは溜息まじりに言った。「ときどきやたら気まぐれで扱いにくくなることがあるからね」

「なんてことを言うのよ、パパ！　まさかわたしがパパのことを言っているとか、ミスター・ナイトリーが暗にパパのことを言っているんじゃないでしょうね？　何て恐ろしいことを考えるの？　わたしは自分のことを言っていたのに。ミスター・ナイトリーは冗談半分にわたしのあらを探すのが好きなのよ。みんな冗談なの。わたしたち、好き勝手なことを言いあっているんだわ」

事実ミスター・ナイトリーはエマ・ウッドハウスの欠点がわかる数少ない人物の一人で、歯に衣を着せずそれを言ってのけるのは彼ぐらいのものだった。エマ自身にとってもあまり気持のいいものではなかったけれど、父にすればなおのことといい気持がするはずはない。だから、エマは自分がみんなに非の打ちどころのない女性だとは思われていないのではないか、と父に疑念が起こるような状況は避けようと気遣っていた。

「エマは私がぜったいにお世辞を言わない男だということを知っているんですよ」とミスター・ナイトリーは言った。「だけど私は誰かをとがめるつもりで言ったのではないんです。ミス・テイラーは二人に気を遣わねばなりませんでしたが、今度は一人ですみます。どうやら彼女の勝ちですね」

「それはそうと、結婚式のようす知りたくないこと？　わたし言いたくてうずうずしてるの」エマは話題をそらすつもりで言った。「だって、みんなとても立派にふるまったんだもの。遅れた人は一人もいないし、みんな幸せそうで、涙一つ、陰気な顔一つ見せる人はいなかったわ。彼女がいなくなるといっても半マイル先へ越すだけのはなし、毎日会えるんだから、とみんな思っていたみたい」

「エマは何でも我慢する娘だからねえ」と彼女の父が言った。「しかし、ミスター・ナイトリー、実はそうじゃないんだ、心のなかではミス・テイラーを失うのがとても悲しいのだよ。いま思っているより恋しくなるに決まっているんだから」

エマは微笑を浮かべながらも、涙が出そうになって顔をそむけた。

「あんな仲良しでしたからね、そりゃエマが恋しがらないわけはないですよ」とミスター・ナイトリーは言った。「そうでもなければ、私たちがエマをこれほど好きになるはずはありません。でもエマは結婚がミス・テイラーにとってどれほどいいことかを知っています。ミス・テイラーの年になれば、自分の家庭をもって落ち着き、暮してゆけるだけの収入があるということはとても大事なことですからね、苦しみより喜びのほうが大きくてあたりまえですよ。ミス・テイラーの友達は一人のこらず、彼女が幸せな結婚をしたことを喜んでいるに違いありません」

「わたしにとって嬉しいことが一つあるんだけれど、あなたは忘れているわ」とエマは言った。「とても大きな喜びだわ。それはわたしが中に立って決めたということよ。四年前のことだわ。あのころはいろんな人が、ミスター・ウェストンは再婚なんかしないだろうって言ってたわね、それを結婚までもっていって、わたしの見方が正しかったとわかったんだもの、なにものにも代えられない喜びだわ」

ミスター・ナイトリーはエマにむかって首を横に振った。父はさもかわいくてたまらないというように答えた。「ああ、結婚の仲立ちや予言はもうやめておくれ。お前の言うことはみんな当たるから困るんだよ。頼むから結婚の世話はこれっきりにしてもらいたいね」

「自分のためにはしないと約束するけど、ほかの人のためにはしないではいられないわよ、パパ。だって、こんな楽しいことってないんだもの。しかも、今度みたいに大成功してごらんなさい、やめろと言われても無理というものだわ。ミスター・ウェストンは再婚なんてしないだろうって、みんなが言っていたでしょ。あの人は奥さんに先立たれてからずいぶん長い間やもめ暮しで、連れ合いがいなくても別に不自由はないように見えていたし、ロンドンでは商売に忙しく立ち回り、田舎に戻れば戻るで友達づきあいがあって、行く先々で歓迎されて朗らかにふるまう、といった具合でしょ、その気になれば一年のうち一晩だって一人で過ごす必要のない人だわ。だからミスター・ウェストンは再婚する気なんてまったくない、と思われていた。この問題については、亡くなった奥さんの臨終《いまわ》のきわに再婚はぜったいにしないと約束をした、と言う人もいれば、息子と伯父さまが再婚を許さないらしい、と言う人もいたりして、しかつめらしくいろいろ取りざたされていたけど、わたしはそんな噂なんかこれっぽちも信用しなかったのよ。四年ほどまえになるけど、ある日ミス・テイラーと連れ立ってブロードウェイ小路を歩いていたら、あの人にひょっこり出くわしたのよ。ちょうどそのとき霧雨が降りだしたの。するとミスター・ウェストンは気を利かして農家のミッチェルさんのところへ駆け込んで傘を二本借りてきた。二人を一緒にしようと思い立ったのはそのときなのよ。そのとき以来の計画なの。こんなに成功したんだもの、わたしに縁結びをやめさせるのは無理というものだわ、パパ」

「『成功』と言っている意味がわからないねえ」とミスター・ナイトリーは言った。「成功というからには努力が前提になるけれど、この結婚を実現するのに四年のあいだ努力を重ねたのならば、あなたの時間は適切かつ肌理《きめ》細かく使われたことになる。若い女性にしては立派な仕事ということでしょう。しかし、もしあなたの言う縁結びが暇に任せて計画を立てただけで、『ミスター・ウェストンが結婚してくれればミス・テイラーにはとてもいいんだけれど』と秘《ひそ》かに思い、その後折りにふれて同じ言葉を胸のうちにくりかえしているうちに話がまとまった、というのでは成功したなんて言えない。あなたはどんな役割を果たしたことになるかね？　誇れるものはなにもないじゃないか。推量が運よく当たった、としか言えないわけだよ」

「あら、推量が運よく的中する歓びや勝利感をご存じないの？　お気の毒ねえ。あなたはもっと頭のいい人だと思っていたわ。だって、推量が当たるのは決して運がいいだけではないんだもの。当てるにはいつだってある程度の才能が必要だわ。『成功』という言葉がお気に召さないようだけれど、その言葉を使う権利がわたしに全くないとは思わないわ。あなたは二つの場合を説明してくれたけど、三つめのケースがあると思うのよ。つまり何もしない場合と何から何まで面倒を見る場合の中間に当たるのがね。ミスター・ウェストンをここへ呼んであげたり、こまごました問題をいろいろ調整したりしなかったら、こんなふうには運ばなかったかもしれないと思うわけ。あなたもハートフィールドという土地はよくご存じだから、そのへんのことは理解できるでしょう」

「ミスター・ウェストンのような率直で隠し立てのない男性と、ミス・テイラーみたいな理性的で気取りのない女性は、ほっといても自分たちの問題ぐらいうまく片付けることができるんだよ。あなたは干渉することで彼らに利益をもたらすより自分を傷つけたんじゃないかな」

「エマはね、いったん人のために何かしようと思い立ったら自分のことは考えない質《たち》なんだよ」ミスター・ウッドハウスは言葉の真意までは理解できずに口をはさんだ。「だけどなあ、エマ、頼むから縁結びはやめてくれ。ばかげたことだよ、家族の仲を裂いて苦しめるんだから」

「ミスター・エルトンのためにもう一度だけはどうしてもするわよ、パパ。ミスター・エルトンってお気の毒だわ。あの人はパパもお好きよね——わたし、どうしても奥さんを見つけて差し上げなくちゃ、と思っているんだけど、あの人にふさわしい人ってハイベリーにはいないのよ。ここに移り住んでまる一年の間に家の造作もなおして、とても住み心地よくしたでしょ、これ以上独りにしておいては世間体もよくないわ。それに今日、二人に手をつながせたときミスター・エルトンの顔を見ていたんだけれど、自分にもそんな気遣いをしてほしいと心から願っているような表情だったわ。わたし、ミスター・エルトンにはとても好意をもっているの。彼のためにしてあげられることってこれしかないと思うのよ」

「ミスター・エルトンは確かに美男子だし、気心のいい青年だから私もたいそう好きだがね、何かしてやりたいと思うんだったら、食事にでも招《よ》んであげればいい。そのほうがずっといいと思うねえ。ミスター・ナイトリーも同席してくれるだろうし」

「いつでも喜んで同席させていただきますよ」ミスター・ナイトリーは笑いながら言った。「あなたのおっしゃるとおり、そのほうがずっといいですよ。食事に招待して極上の魚や鶏を振る舞うことだね、エマ。しかし、奥さんの選択は本人に任せるほうがいい。男も二十六、七になれば自分のことぐらい自分でできるはずだからね」

第二章

ミスター・ウェストンはハイベリーで二、三世代前から財を築いて上流階級にのし上がった、れっきとした家柄の生れだった。彼はいい教育を受けたが、早くから働かなくても暮せるだけの財産を相続したせいで、兄弟たちが従事する地味な職業には就く気にならず、当時編制された州の国民軍に入隊して、活動的で陽性な性格と社交的な気質を満足させた。ウェストン大尉は人気者だった。

軍隊生活を送るうちに、彼はたまたまヨークシャ州の名門の娘であるミス・チャーチルに会う機会があって、ミス・チャーチルが彼と恋に陥ったとき、兄夫婦をのぞけば誰ひとり驚かなかった。彼らは尊大ぶった誇り高い夫婦だったがウェストンとは面識がなく、二人の結びつきが気に入らなかった。

けれどもミス・チャーチルは成年に達していて自分の財産が自由になる立場だったので――もっとも一家の財産と比べれば取るにたらなかったが――反対されても引き下がろうとはしない。とうとう結婚することになってチャーチル夫妻を落胆させた。夫妻は体よく彼女との関係を断《た》った。これは不似合な結婚で、あまり幸せにはなれなかった。それというのも、ミセス・ウェストンはもっと大きな幸せをこの結婚に見出してもいいはずだった。夫は暖かな心と優しい気質から、自分への恋という大きな贈物へのお返しにはどんなことをしてもいい、と考えるような人だったからだ。しかし、彼女には一種の気丈さがありはしたものの、どんなことにもめげないというほどの強さはなかった。例えば彼女は兄の反対に遭っても頑として自分の意志を通した。けれども、同じ兄の常軌を逸した怒りを後になって思い出して理不尽に悔いたりはしないとか、実家の贅沢な暮しを恋しがらないほどの強さはなかったのである。彼らは収入以上の生活をしたが、それでもエンスコムの暮しとは比べるべくもなかった。夫に対する愛に変りはなかったけれど、彼女はウェストン大尉の妻であると同時にエンスコムのミス・チャーチルでもありたかった。

驚くほどいいところから嫁をもらったというのがおおかたの見方で、わけてもチャーチル夫妻はそう思っていたが、その実ウェストン大尉には割に合わない結婚だった。結婚して三年後に妻は死んだが、残された彼は結婚当時よりも資産を減らし、加えて子供を養わねばならなかった。けれども彼はまもなく子供の養育費は払わなくてもいいことになった。男の子だったが、この子は母親の長患いで両家の刺々《とげとげ》しい感情が弱まると一種の和解の手段になった。チャーチル夫妻には子供がなく、面倒を見たくなるような血縁の子供もいないとあって、母親が亡くなるとすぐフランクを引き取って育てたいと申し出たのである。妻に先立たれた父親にはそこばくのためらいや気のすすまぬ思いがあったものと思われる。しかし、ほかに考えることがあって、この子はチャーチル夫妻の養育と富にゆだねられ、彼は自分の生活と置かれた状況の向上をはかればいいことになった。

生き方をすっかり変えることが望ましくなった。彼は国民軍をやめて商売に鞍替えしたが、兄弟がロンドンで手広く商売をやっていたせいで順調なスタートを切ることができた。ほどほどに忙しい事業だったが、彼はまだハイベリーに小さな家をもっていて、暇な日は大抵そこで過ごしていた。こうしてその後十八年から二十年の間、商売と社交に明け暮れる楽しい人生を送った。その頃までには、かねがね欲しいと思っていたハイベリーに隣接する小さな地所を買ってミス・テイラーのような持参金のない女性と結婚し、持ち前の優しい社交的な気性にふさわしい生き方をするだけの蓄えもできた。

ミス・テイラーが彼の計画に影響を与え始めたのはしばらくまえのことだ。しかし、若さが若さに与える横暴な影響と違って、ランドールズを買い取るまでは身を固めまいとする彼の決意をそれが揺るがすことはなかった。ランドールズが売りに出されることはかなりまえから期待されていたことだったが、彼はその目的に向けて着々と準備をすすめてきた。財産を築いて家を買い、妻を娶《めと》って、これまで過ごしたどの時期よりも大きな人生の幸福の時期が始まる。これまでも決して不幸な人間ではなかった。もって生まれた気質のせいで、最初の結婚でもそうはならずにすんだ。しかし、二度目の結婚では、賢くて本当に気立てのいい女性がどんなにすばらしいかを示し、選ばれるより選ぶほうが、感謝の気持を覚えるより感謝されるほうがはるかにまさっていることの、きわめて心楽しい証拠が示されるに違いなかった。

何を選ぶにしても自分が気に入りさえすればよかった。財産は自分のものだ。フランクについては、伯父の後継ぎとして育てられていることは暗黙の了解を越えた話で、成年に達すると同時にチャーチルを名乗らせることになる、と見られていた。したがってフランクが父の援助を必要とする事態はおよそ考えられない。彼の父にはそうした懸念はいっさいなかった。伯母は気まぐれな女で、夫は完全に尻に敷かれていた。しかし、どんな気まぐれもかわいい息子、それも誰の目にもかわいいに違いない息子に影響を及ぼすほど強い、と想像することはウェストンにはできなかった。彼は毎年ロンドンで息子に会い、誇りにしていた。とても立派な青年になったと、父親が目を細めて語り聞かせるのでハイベリーの住民もフランクに一種の誇りを感じた。彼はまるで土地の人のように見なされ、村では取り柄や将来への期待が共通の関心事になった。

ミスター・フランク・チャーチルはハイベリーの自慢の一つで、彼に会いたいという強い好奇心が村人の心をとらえた。もっとも、賛辞に彼が応えることはほとんどなく、ハイベリーには一度も来たことがない。そのうち父を訪ねてくる、という噂はちょくちょく人の口にのぼったけれど、実現したことはなかった。

父が結婚するにあたって、息子として式に出席するのはあたりまえだから今度こそ訪問が実現するに違いない、と誰しも考えた。この問題については、ミセス・ペリーがミセス・ベイツやミス・ベイツとお茶を飲んだときや、お返しにベイツ母娘がペリー家を訪れたときにも異論は出なかった。今度こそフランク・チャーチルはやって来る。彼がお祝いの手紙を新しい母に書き送ったとわかると、希望はいよいよ強まった。二、三日のあいだ、ハイベリーの朝の訪問(実際には午後に行なわれた)ではミセス・ウェストンが受け取った立派な手紙がかならず話題にのぼった。「ミスター・フランク・チャーチルがミセス・ウェストンにとても立派なお手紙を書いたとか、お聞きになった？　ミスター・ウッドハウスから伺ったんだけれど、ほんとにとても立派なお手紙だったらしいわ。あの方はごらんになって、あんな立派な手紙は見たこともないっておっしゃっていたもの」

事実その手紙は評価が高かった。ミセス・ウェストンがその青年にたいそう好意を抱いたのは言うまでもない。そうした好ましい心遣いは彼に豊かな良識があることの抗《あらが》いがたい証拠だし、彼女の結婚に与えられた祝福の気持や言葉に加えて、こんな嬉しいことはなかった。わたしは世にも幸せな女だわ、と彼女は思った。それに彼女も、残念なこととといっては友人たちとほんの暫く別れることだけで、彼らとてわたしと別れることには耐えられない思いをしたのだし、友情が冷めたのでは決してないのだから幸せだと思われてあたりまえ、ということがわかる年だった。

ときにはわたしがいなくて寂しい思いをするに違いない、ということはわかっていた。わたしが一緒にいてやれないためにエマが一つの歓びを失う、あるいは一時間でも退屈な時を過ごす、と思えば、心に痛みを覚えないではいられなかった。しかしエマはけっして性格の弱い女ではない。たいていの若い女性よりもこうした状況には耐えていけるし、わたしがいないために起こるちょっとした不便や不自由はものともしないだけの分別や、エネルギーや、気丈さももっている。それにハートフィールドはランドールズの目と鼻の先で女が一人で歩いて行ける距離、ミセス・ウェストンの気質と事情からいっても週の半分は足を運んで、夜のひとときを語り合いたい。近づく季節もその妨げにはならないだろう、と思えば慰められた。

ミセス・ウェストンにとって今の境遇は、いささか悔いる気持はあるもののいくら感謝してもしきれなかった。嬉しさを満面にたたえた彼女の顔には当然のことながら満足、いや満足以上の気持があらわれている。これは誰の目にも明らかなので、父の気質をよく知りながらもエマは、ありとあらゆる家庭的な慰めのなかにミセス・ウェストンを残してランドールズを去るときや、夕刻に愛想のいい夫に伴われて馬車のほうへ去ってゆく彼女を見送るさいなど、「かわいそうなミス・テイラー」という父の言葉を聞くとびっくりすることがあった。それというのも、ミスター・ウッドハウスが決まってそっと溜息をついて、「ああ、かわいそうだねえミス・テイラーは。ここにいたらどんなによかったか知れないのに」と言うからだった。

いまさらミス・テイラーを取り戻すわけにはいかず、さりとてミスター・ウッドハウスが彼女を哀れむのをやめる気配もない。けれども、二、三週間もするとミスター・ウッドハウスの苦痛もいくらか和らいだ。近所の人々が祝いの言葉をかけなくなり、悲しい出来事におめでとうなどと、からかわれることもなくなったからだ。それに大きな苦痛の種だったウェディングケーキもみんな胃の腑《ふ》におさまった。ミスター・ウッドハウスの胃袋は油っこいものに耐えられない。それに彼は、他人は自分と違うとは考えられない人だった。自分の健康に障るものは誰にも合わないと考えたがる。だから彼はウェディングケーキなど作らせまいと熱心に止めにかかり、それが駄目だとわかると、同じ熱の入れようで食べさせまいとした。彼はそのことでわざわざ薬剤師のミスター・ペリーにも相談をもちかけた。ミスター・ペリーは知的で紳士的な人で、彼がよくやって来ることがミスター・ウッドハウスには娯しみだったものだ。相談を受けたミスター・ペリーは、(いささか気に染まぬことながら)ウェディングケーキは確かに適量を過ごせば多くの人の体に毒だ、と認めないわけにはいかなかった。ミスター・ウッドハウスはそうした意見で自分の考えを確認すると、新婚夫婦の訪問客を説得しにかかった。それでもケーキは食べられ、善意に満ちた彼の神経はケーキがなくなるまで休まる暇もなかった。

この頃ハイベリーには、ペリーの子供らが一人のこらずミセス・ウェストンのウェディングケーキを手にしているのを見たという奇妙な噂がたった。しかし、ミスター・ウッドハウスはそれを信じようとはしなかった。

第三章

ミスター・ウッドハウスは彼なりに社交が好きだった。友人たちが会いに来ることをこよなく愛していた彼には、ハートフィールドに長く住まい、生来の穏やかな性格と、財産と、家と、娘がいることなど、さまざまな要素が重なり合って、自分の小さなサークルをおおむね思い通りに集めることができた。サークル以外の家族とのつきあいはあまりない。時間が遅くなることと、大きなディナー・パーティが嫌いなために、つきあいも彼自身の条件で訪れる知り合いに限られてくる。彼にとって幸いなことに、ハイベリーはランドールズが同じ教区内にあり、ミスター・ナイトリーの領地でもある隣の教区にドンウェル僧院があったから、そういう人は大勢いた。エマの奨めで、選ばれた最上の人たちを招んで食事をすることもしばしばだったが、なかでも彼が好んだのはイヴニング・パーティで、人と会いたくないと思いでもしないかぎり、エマが彼のためにカード・テーブルの用意をしない日は週のうち一夜もなかった。

長くつづいた本物の心遣いからウェストン夫妻とミスター・ナイトリーはやって来る。そして好きで独り暮しをしているのではないミスター・エルトンにとって、彼自身のうつろな孤独の夜を、ミスター・ウッドハウスの客間での優雅なつきあいや、彼の美しい娘の微笑と交換する特権が無駄にされる危険はなかった。

彼らのあとに二番目の連中がくる。そのうちもっともつきあいやすいのはベイツ母娘にミセス・ゴダードだったが、この三人の女性はハートフィールドの常連客で、彼女らの送り迎えはジェイムズや馬にとって何の苦にもならない、とミスター・ウッドハウスは考えていた。年に一度のことならば苦情の一つも出たかもしれなかった。

元ハイベリー教区牧師の未亡人、ミセス・ベイツはたいそう高齢で、お茶とカドリル（当時流行したタラントゲームの一種）以外は殆ど何もできない年だった。彼女は独身の娘と二人でつつましく暮しており、逆境に置かれた不運な老夫人にふさわしい配慮と尊敬の念で扱われていた。彼女の娘は若くも美しくも金持ちでもなく、結婚もしていない女性にしては並外れた人気があった。ミス・ベイツはみんなに好かれているばかりに最悪の窮地に立たされていた、といってよい。そのうえ彼女には、自分を憎む人々が恐れをなしてうわべだけは敬意をよそおうような、償いとなるだけの知的優越性もなかった。美しさや賢さを鼻に掛けるところはみじんもない。若い頃は人知れず過ぎてゆき、中年時代は老いて衰えゆく母親の世話と、乏しい収入をできるだけ長持ちさせる努力に明け暮れた。それでも彼女は、誰一人好意なしに名前を挙げることのない幸せな女だった。そうした奇跡を生んだのは彼女自身がもって生まれた、誰彼の別なく善意を示す性格と、足ることを知る性質だった。彼女はすべての人を愛し、すべての人の幸福に関心をもち、すべての人のいいところを目ざとく見つけた。そのうえ彼女は、自分をすばらしい母親や、大勢のいい隣人や友達、なに不自由のない家庭に恵まれた世にも幸せな人間だと思っていた。もって生まれた単純さと朗らかさ、満ち足りて感謝を忘れない心掛けはみんなに好かれ、彼女自身にとって尽きせぬ幸福の源だった。彼女は小さなよしなしごとを好んで話題にしたが、それが瑣末な話題や無害な噂話が三度の飯よりも好きなミスター・ウッドハウスの好みにぴったり合った。

ミセス・ゴダードは学校の教師だった。神学校や公立学校ではない。さりとて長ったらしい美辞麗句で新しい原理と制度に基づき教養と気品の高い道徳を身につけさせる、というのが謳《うた》い文句の、途方もない金を取って若い娘の健康を奪い虚栄心を植えつけるようなところでもない。まじめな本物の古めかしい寄宿学校の教師だった。そこでは無理のない量の教養が妥当な値で売られる。女の子は邪魔にならぬように学校にやられ、頭でっかちにならぬ程度のちょっとした教養を身につける。ミセス・ゴダードの学校は評判がよかった。それもそのはず、ハイベリーはとりわけ健康によいところと見なされていたが、彼女の家は母屋も庭も広く、生徒には健康にいい食事をふんだんに与え、夏場には伸び伸びと走り回らせたし、冬にはしもやけに包帯を手ずから巻いてやった。今までに二十組の若いカップルが彼女に蹤《つ》いて教会へ足を運んだのも不思議ではない。ミセス・ゴダードは器量はよくないが母性的で、若いころにはまめまめしく働き、今では時折り休みをとってお茶に招ばれる資格があると考えている。以前ミスター・ウッドハウスに親切にしてもらった義理があるので、たまにはたっての誘いに応じて手芸品がずらりと掛かった小綺麗な居間を離れ、ウッドハウス家の炉辺で六ペンス貨二、三枚の勝ち負けに興じるのもいいと感じていた。エマがしばしば集められる婦人たちの顔ぶれは以上のとおりだったが、そうして来てもらえることは、彼女にしてみればいなくなったミセス・ウェストンのかわりにはならないとはいえ、父のためを思えば幸せなことだった。父がくつろぐようすを見れば嬉しかったし、うまくいっていると思えば満足も覚えた。けれども、三人のそうした女性たちのもの静かで退屈な話しぶりに耳を傾けるうちに、こうして過ごす長い夜のひとときこそわたしの恐れていたものだ、という気がしてくるのだった。

ある朝、今日もあんなふうに暮れていくのかと思っていると、ミス・スミスを連れていきたいがお許しねがいたい、という内容の敬意に満ちたメモがミセス・ゴダードから届いた。このうえなく歓迎すべき願いだった。ミス・スミスは十七歳の少女で、エマもちょくちょく見かけてよく知っていたし、美しい娘とあって以前から関心を抱いていた。たいそう慇懃《いんぎん》な文面の招待状が返された。そしてこの館の美しい女主人はその日の夕べをもはや恐れなかった。

ハリエット・スミスは誰かの私生児だった。誰かが数年前に彼女をミセス・ゴダードの学校に入れ、最近になって一般学生の身分から校長の家族と同居する特別寄宿生に引き上げてくれた。彼女の履歴について一般に知られていることはこれだけだった。彼女にはハイベリーで知りあった人を除いてこれといった友達もいない。学校友達の若い女の子をしばらく田舎に訪れて帰ってきたばかりだった。

ハリエットはとても美しい女の子だったが、それはたまたまエマがとりわけ好きな美しさだった。背は高くなく、小肥りで色白、ぱっと花が咲いたような顔色をして目は青い。髪の色は明るく、整った目鼻立ちをしており、何ともいえず愛くるしい容貌の持ち主だった。それでエマは、その夜が終らぬうちに彼女の容姿ばかりか、立ち居振る舞いがすっかり気に入り、ぜひ交際をつづけたいと心に固く決めた。

ミス・スミスの会話には特にきわだって賢いところがあるとも思わなかった。しかしエマは、彼女がみっともないほど恥ずかしがりもせず、話したがらないこともなく、それでいて出しゃばるようなところは微塵もないことに気がついた。ハリエットはいかにも彼女らしい敬意を表してハートフィールドに迎え入れられたことを心から感謝しているらしく、何もかもがこれまで見慣れてきたものより優れていることに一も二もなく感心してしまったようすに、エマは、この娘は良識を持ち合わせているに違いないから伸ばしてやらなければならない、励ましを与えてやる必要がある、と思った。あの優しい青い目や、自然な優雅さは、ハイベリーやここに関わりのある劣った人々とのつきあいで無駄にされてはならない。これまで交際してきた人たちは彼女にふさわしくない。別れを告げたばかりの友達は、とてもいい人には違いなかろうけれど彼女に害を与えているのは確かだ。彼らはマーティンという名前の家族で、エマも性格をよく知っていた。彼らはミスター・ナイトリーの大きな農園を借りており、ドンウェルの教区に住んでいるが、れっきとした暮しぶりだった。ミスター・ナイトリーも彼らを高く買っていることはわかっている。けれども粗野で洗練されていないに違いなく、ほんのもう少しの知識と優雅さがあれば完璧といっていい若い娘と親しくするにはふさわしくない。わたしが注意してあげよう。彼女を向上させてあげよう。わるい知り合いから切り離し、いい人たちを紹介してつきあわせてやりたい。彼女にははっきりした自分の考え方をもたせ、作法を身につけさせたい。それは興味深く、たいそう思いやりのある仕事だろう。それだけではない、わたしの人生の立場と、暇と、力にとてもふさわしい仕事だわ、と彼女は思った。

エマは柔らかな青い目をほれぼれと見つめ、しゃべったり耳を傾けたりしながら、こうした計画を立てることに忙殺されていたので、夜の時間はいつにない早さで過ぎていった。そして、そうしたパーティの終りにはいつもエマがころあいを見計らって用意させる夕食のテーブルも準備が整い、気がつかないうちに炉辺に運ばれた。エマは、なにごともそつなくこなすという信頼を裏切るまいとする気持から、また、自分の考えを楽しむ心からくる善意をもって、てきぱきとホスト役をつとめ、まだ早い時間のせいで品よく遠慮している客に受け入れられやすいとわかっている急《せ》かせ方でチキンの挽肉や、蒸し焼きの牡蠣《かき》をすすめた。

そんなときミスター・ウッドハウスは気の毒なことに感情が乱れた。彼は若いころのしきたり通りテーブルクロスをかけてもらいたかったが、夕食は健康にたいそう悪いと信じ込んでいるために、テーブルに食べるものの並ぶのがそもそも気に入らない。客を歓待する気持に変りはないが、健康への気遣いから、彼らが食べ物を口に運ぶさまは見ていて悲しかった。

自分が食べるような薄いポリッジ（オートミールか穀類を水か牛乳で煮詰めてどろどろにしたかゆ）をボウルに一杯ぐらいなら安心してすすめることもできる。もっとも、婦人たちが気がねなくおいしいものを平らげているので、こう言うしかなかった。

「ミセス・ベイツ、この卵をひとつ食べてごらんなさい。とても柔らかくゆでてありますから体に障ることはないでしょう。サールは卵のゆで方が誰より上手でね、ほかの人がゆでたのならすすめはしませんが、サールのならば心配はない。ほら、ごらんのとおりとても小さいでしょう、小さいのなら大丈夫ですよ。ミス・ベイツ、エマにパイをちょっと切ってもらいなさい。ほんのちょびっとね。うちのはみんなアップルパイでね、体に悪い砂糖は使っていないから心配しなくてもよろしい。カスタードはおすすめしません。ミセス・ゴダード、ワインをグラスに半分ほどお飲みになってはいかがですか？小さなグラスに半分ほどをコップの水で割って飲むんです。それだと体に障ることもないでしょう」

エマは父にしゃべらせておいたが、訪問客には満足のいくようにふんだんに振る舞った。今夜ばかりは幸せな気分で帰したい。ミス・スミスはエマが思ったとおり幸福感に満たされた。ハイベリーのミス・ウッドハウスはとても偉い人だから、彼女に紹介されると思うと嬉しいばかりか怖いような気もした。しかし、感謝に満ちた控え目な若い娘は、ミス・ウッドハウスが一晩中愛想よく接してくれたこと、最後には握手までしてくれたことに感動し、大いに満足して帰っていった。

第四章

まもなくハリエット・スミスはハートフィールドへちょくちょく姿を見せるようになった。エマが持ち前の気の早さと思いきりのよさから早速彼女を招待し、いつでも気が向いたときにいらっしゃいと言ったからだ。つきあいが深まるにつれ、互いに相手に対する満足感も増していった。エマは彼女がいい散歩相手になることをしょっぱなから見抜いていた。その点でミセス・ウェストンを失ったことは重要だった。父は低木林の向こうまではけっして足を伸ばさない。そこが地所の境で、そこまで来ると彼の長い散歩――年がたつにつれて短い散歩になったが――は終るのである。ミセス・ウェストンが結婚して以来、エマの運動はあまりに限られていた。一度ランドールズまで一人で出かけたことがあったがあまり楽しくなかった。だから、いつでも散歩に誘うことのできるハリエット・スミスみたいな人がいてくれれば、こんな有難いことはない。しかし、ハリエットに会う機会がふえるにつれて、エマは彼女をあらゆる点で好ましく思い、親切気からあれもしてやろう、これもしてやりたいという気持はますます募った。

ハリエットは確かに賢くはない。けれども彼女は優しく、素直で、人の親切に感謝をする心掛けの持ち主だった。おまけにうぬぼれたところはみじんもなかった。しかも彼女は尊敬する人なら誰にでも導かれたい、という気持にあふれている。最初のころエマ自身に見せた傾倒ぶりはとてもいじらしかった。それに良い友達を求めようとする気持と、優雅で賢明なものを識別する能力は、理解力こそ期待できないものの審美眼にはけっして欠けていないことを示していた。要するに、エマはハリエット・スミスが自分の欲しい若い友達――自分の家庭が必要とするまさにその人だと確信したのだ。ミセス・ウェストンのような友達は論外である。あんな人が二人と与えられるわけはないし、エマ自身あんな人をもう一人欲しいとは思わなかった。それは全く違ったもの――はっきりと違う感情だった。ミセス・ウェストンは尊敬の対象で、それは感謝と敬意に基盤を置いている。ハリエットは自分が何かの役に立てる相手として愛することができるだろう。ミセス・ウェストンのためにしてあげられることは何もない。ところがハリエットにはしてやれることが山ほどある、とエマは思った。

エマがハリエットのためにまずしたことは親を探す努力だった。しかしハリエットに訊いても誰だかはっきりしない。彼女はできるかぎり答えたけれど、この件では何を訊いても無駄だった。エマは想像するしかなかったが、それにしても自分が彼女の立場なら真実がわからずじまいになるとは考えられない。ハリエットには洞察力がなかった。ミセス・ゴダードが言い聞かせたことを鵜呑みにして信じこみ、そこから先は考えもしなかった。

ミセス・ゴダードや、教師や、女生徒たち、それに学校内の問題がハリエットの会話の大部分を占めていた。もし僧院水車場農園のマーティン家とのつきあいがなければ、それが全てだったに違いない。しかし、マーティン家が彼女の頭をかなり占領していた。ハリエットは彼らの家で二か月間、たいそう幸せな時を過ごしてきたといい、訪れて楽しかったことや、素晴らしかった思い出ばかり話したがった。エマは自分たちとは違う人々のやることに興味を覚えながら、ハリエットのおしゃべりを煽った。するとハリエットは、「ミセス・マーティンのお宅には客間が二つもあるんです。ほんとに立派な客間が二つもあるのよ。一つなんかゴダード先生の応接間ぐらい広かったわ」と、いかにも若い娘らしい純真さで感じ入ったように言う。エマはそんなハリエットを面白そうに見つめた。彼女はそれから、ミセス・マーティンの家には住み込んで二十五年になる上働きの女中がいるとか、「雌牛が八頭いて、うち二頭はオールダーニー種で、一頭はウエールズ種の仔牛だけれど、それはそれはかわいいったらないの。ミセス・マーティンはね、あたしがその仔牛をとてもかわいがるでしょ、だからあなたの仔牛と呼んでもいいって、いつも言ってました。それから、ミスター・マーティンのお庭にはとっても立派なサマーハウスがあって、来年はそこでみんなしてお茶を飲むんだそうよ。それは立派なサマーハウスで、十人以上も入れる広さがあるんですよ」などと言った。

しばらくの間エマは興味を引かれ、ハリエットが惹かれる直接の原因以外には考えもしなかった。けれども、マーティン一家をよく知るようになると、ほかの感情も起こってきた。マーティン家は母親と、娘と、息子に息子の妻の四人家族だとばかり思っていた。しかしそれは間違いで、いろいろのことをしてくれるとてもいい人として話のなかにちょくちょく登場するミスター・マーティンは独り身らしいこと、若いミセス・マーティン、つまりこの人に妻はいない、ということがわかってくると、エマは、自分の友人にこの一家が示した歓待と親切さに危険を感じないではいられず、気をつけてやらないと彼女は永久に身を沈めることになりかねない、と思うのだった。

こうしたことが気になってくると、エマの質問はその数も意味合いも増した。そして彼女は、とりわけミスター・マーティンについてあれこれしゃべるように仕向けた――それでわかったのは明らかに言いたがらない風はないということだった。ハリエットは月夜に二人で散歩をしたことや、夜にゲームをして楽しかったことを待ってましたとばかり報告し、彼がとても優しい親切な人だということを微に入り細をうがって話した。

「ある日あたしがクルミが好きだと言ったんです。そしたらあの人は三マイルも歩き回ってクルミを採ってきたの。ほかのいろんなことでもとても親切だったわ！　ある晩羊飼いの息子をわざわざ客間に呼んで歌をうたわせました。あたし、歌がとても好きだって言ったの。あの人もちょっとうたうんです。ミスター・マーティンって何でも理解できるんだもの、とても頭のいい人だと思うわ。彼の飼っている羊の群れはすごく立派で、あたしがあそこにいる間に彼の羊毛には国中で最高の値がついたぐらいなんです。ミスター・マーティンのことは誰でもよく言っているみたい。お母さんや妹さんたちは彼がとても好きなの。ある日ミセス・マーティンは、あの子よりいい息子はどこにもいない、だからいつ結婚してもいい夫になるに違いない、とあたしに言いました（ここでハリエットはぽっと頰を染めた）。彼に結婚してもらいたいわけではない、ちっとも急いでなんかいないって言ってましたけどね」『そうこなくっちゃ、ミセス・マーティン！』エマは胸のうちにつぶやいた。『あなた、よく心得ているじゃない』

「それからあたしが帰るときにはミセス・マーティンはとてもすてきなガチョウをゴダード先生に下さいました。こんな立派なガチョウは見たこともないって、ゴダード先生がおっしゃったぐらいなの。先生はそれを日曜日に料理して、ミス・ナッシュや、ミス・プリンスや、ミス・リチャードソンなど、三人の先生を食事にお招びになってご馳走しました」

「ミスター・マーティンってお仕事のこと以外ではあまり知識のない方じゃないかと思うけど。本は読まないほう?」

「いいえ、読みます。さあどうかしら、あたしよく知らないわ。だけど、ずいぶん読んだんじゃないかと思うけど、あなたに誉められるようなものじゃないかもしれません。農事報告やなんかが窓辺の椅子に載っていましたから、そういうのを読むんじゃないかしら。でも、あそこのはあの人だけが読んでいたみたい。だけど、夜にときどき、あたしたちがカードをするまえなんかに『典雅文集』(ヴィセシムス・ノックス編の名詩文集。一七八九年)を声に出して読んだりしてました。あれ、とても面白かった。それから彼が『ウェークフィールドの牧師』(オリヴァー・ゴールドスミスの小説。一七六六年)を読んだことは知っています。でも、『森のロマンス』(アン・ラドクリフの小説。一七九一年)や、『僧院の子たち』(リジャイナ・マリア・ロッシュの小説。一七九八年)は読んでいないの。あたしが言うまでそんな本があるということは聞いたこともなかったそうです。だけど、なるべく早く手に入れるつもりだって言ってました」

エマはつづいて、

「ミスター・マーティンってどんな容子《ようす》の人？」と訊いた。

「そうね、ハンサムじゃないわ、ぜーんぜん。最初はあまりぱっとしない人だと思いましたけど、今ではそんなに不細工だとは思っていません。だって、時間がたてばそんなものでしょう。でも、彼を見たことってないんですか？　ときどきハイベリーに来ているし、毎週キングストンへ行く途中に馬で通っているから、何度も通りかかったことがあると思うんだけど」

「そうかもしれないわ。五十回も顔を見ているかもしれないけれど、何という名前の人だか思ってもみなかったのね。若い農夫が馬に乗っていようが歩いていようが、好奇心を引かれることってまずないもの。自作農の人たちはわたしとは無関係な人種だわ。一、二階級下で信頼できそうに見える人なら関心を引くかもしれないわ、だって家族のために何かの役に立ってあげたいと思うかもしれないじゃない。でも、自作農じゃわたしの助けは要らないでしょ、ある意味ではわたしが目を止める線より上にいる人だわ。ほかの面では下なんだけれど」

「ほんとだわ。言われてみるとあなたが彼に気がつくなんてありえないことだわ。でも、彼はあなたをとてもよく知っているんです、顔を知っているという意味だけれど」

「きっととても立派な青年なのね。彼が立派な人だということはよくわかるし、だとすれば幸せを祈るわ。で、年はいくつぐらいなの？」

「六月の八日で二十四歳だって。あたしの誕生日は二十三日だから、十五日違いだわ！　何だか変な感じ」

「そう、まだ二十四歳なの？　二十四では身を固めるには早すぎるわ。お母さんは急がないと言ったそうだけど、その通りだわ。彼の家族は今のままで幸せそうじゃない。もしお母さんが息子を無理に結婚させようとしたら、たぶんあとで悔いることになると思うわ。六年もたって、同じ階級のてごろな若い女性に巡り合うことでもあれば、ということになるわね」

「六年もたってですか？　そしたら彼は三十になるじゃない、ミス・ウッドハウス！」

「そうよ、生まれつきの財産がない男ならその年でも早いぐらいだわ。ミスター・マーティンは財産を一から自分で築かなきゃならないんでしょう？　そのぐらいの年にならなければお金はできないわ。お父さんが亡くなったときどれほどの財産を継ごうと、一家の財産の分け前がどれだけあろうと、家畜なりなんなりに注ぎ込まなくてはならないんじゃないかしら。汗水たらして働いて、運でもよければやがてお金はたまるだろうけれど、まだたいしたことにはなっていないわ」

「あなたの言う通りだわ。だけど、あの人たちはとても楽に暮していると思うの。あの家には下男はいないけれど、ほかの点では欠けたものはないわ。それにミセス・マーティンはそのうち男の子を雇うと言っていました」

「彼がいつ結婚しようと、あなたは困ったことにだけはならないようにしてね。わたしは彼の奥さんと知り合いになることを言っているんだけれど、そりゃ彼の妹たちは高い教育を受けているからとやかく言わないけれど、彼があなたにふさわしい人と結婚するとは限らないでしょ。あなたは生れが不幸な人なんだから、つきあう相手にはくれぐれも注意してほしいと言っているわけ。あなたがれっきとした人の娘であることは疑いのないところだけれど、それだけにあなたには、できるかぎり、さすが身分のある人の娘だと言われるような振る舞い方をしてもらいたいと思うのよ。そうでないと、あなたを悪《あ》しざまに言うことに喜びを覚える人がぞろぞろ出てくると思うわ」

「ほんとにそうだわ。だけど、あたしハートフィールドに来ると、あなたはよくしてくださるし、誰に何と言われようと平気になっちゃうの」

「影響力というものをよく知っているでしょ、ハリエット。だから、わたしはあなたがハートフィールドやミス・ウッドハウスに頼らなくてもやっていけるように立派な人たちとしっかりつきあわせてあげたいの。わたしはね、あなたを永久に有力な人たちと結びつけてあげたいのよ。——だから、その目的にそぐわない半端な知り合いはなるべく少なくしたいの。そんなわけで、ミスター・マーティンが結婚したとき、もしあなたがこの界隈にいれば、妹たちと親しいばかりに恐らくどこかの農夫の娘に違いない無教育な彼の奥さんとのつきあいに引きずり込まれる、という羽目になってほしくないのよ」

「それはそうですね。わかりました。だけど、ミスター・マーティンがぜんぜん教育がなくて育ちもよくない相手と結婚するとは思えませんけど。でも、あたしはあなたのおっしゃることと反対の意見を言うつもりはないし、それに、あの人の奥さんと知りあいたいとも思わないわ。マーティン姉妹、特にエリザベスはとても好きだから、つきあいをやめるのはすごく辛いわ、だってあの人たちはあたしと同じような教育を受けているんですもの。でも、もし彼がとても無知で通俗な女と結婚したら、できれば訪れないほうがいいと思うわ」

エマはハリエットがしゃべるあいだ感情の起伏に気をつけていたが、不安を抱かせるような愛の兆候はないことがわかった。その青年はハリエットをはじめて好きになった人だけれど、彼女が格別惹かれている様子はないようだし、わたしが親切心からしてやることに異を唱えるような気難しさは彼女の側にはない、とエマは思った。

二人がミスター・マーティンに会ったのはほかならぬ明くる日のこと、ドンウェル道路を歩いているときだった。彼は徒歩だったが、エマに敬意のこもった視線をしばらく向けたあと、偽りのない満足感を込めて彼女の連れを見つめた。エマにはそうした観察の機会がえられたことを悔いる気持はなかった。話し合っている二人の二、三ヤード前を歩きながら、彼女はすばやい観察力でミスター・ロバート・マーティンの様子を見て取った。たいそうこざっぱりした身づくろいで、賢そうな青年に見える。けれども、容姿にはこれといって秀でたところは見当たらない。紳士と比較される段になれば、ハリエットの心を傾かせた立場は失われてしまうに違いない。ハリエットは身だしなみに鈍感ではなかった。それでエマは、ハリエットの父という人の生まれのよさにあらためて驚きと賞賛の気持を覚えた。ミスター・マーティンは身だしなみとはどういうものか知らないように見えた。

ミス・ウッドハウスを待たせてはならないので、二人が一緒にいたのはほんの数分の間で、やがてハリエットが笑みを浮かべながら小走りにエマに追いついた。浮き浮きしたようすに目を遣りながら、そのうち落ち着くだろうとエマは思った。

「あたしたち、偶然に彼に会ったなんて信じられないわ！　なんておかしなことなんでしょう！　ランドールズのほうを回らなかったのは全く偶然だった、って彼は言ったわ。あたしたちがこの道を歩いているなんて思いもしなかったんですって。それから

『森のロマンス』はまだ手に入れていないんだそうです。先にキングストンへ行ったときは忙しくてすっかり忘れてしまったけど、明日また行くんですって。偶然会うなんてとても妙な感じだわ！　彼、期待したとおりの人だったかしら、ミス・ウッドハウス？　彼のこと、どう思いますか？　無骨な感じの人に見えたかしら？」

「そうねえ、無骨といえば無骨まるだしだわ。でも、上品なところがまるっきりないのに比べたらそんなことは取るにたらないわ。わたしにはたいして期待する権利などないから期待しなかったけれど、あれほど田舎者で、風采の上がらない人だとは思わなかった。正直いって、もう一、二段階上品なところがあると思ったわ」

「そうねえ」ハリエットは屈辱を感じたような言い方をした。「本物の紳士ほどお上品ではありませんものね」

「わたしたちと知りあうようになってからこっち、あなたは何人かのそうしたほんとうの紳士と同席したことがあるわね、だからミスター・マーティンとの違いは実感できると思うのよ。ハートフィールドで教育のある育ちのいい人のお手本のような人たちと知りあったあとで、ミスター・マーティンとつきあってたいそう見劣りがすると感じなかったり、以前好感がもててると感じた自分を至らなかったと思わなかったとすれば、それこそ驚きだわ。そんな気がそろそろしはじめているんじゃないこと？　あなたは気がつかなかった？　彼のぎごちない表情や、ぶっきらぼうな物腰や、わたしが側にいてさえ隠そうともしない荒削りなものの言い方やなんかに？」

「確かに彼はミスター・ナイトリーとは違います。物腰がミスター・ナイトリーみたいに立派でもないし、歩き方にも品がないわ。そりゃ違いはあたしにもはっきりわかります。でも、ミスター・ナイトリーはとても立派な方なんだもの！」

「ミスター・ナイトリーの態度はとても立派だから、ミスター・マーティンと比較するのは酷というものだわ。ミスター・ナイトリーのように、紳士と顔にはっきり書いてあるような人は百人に一人もいないものよ。だけど、あなたがこのごろ近づきになった紳士は彼一人じゃないでしょ。ミスター・ウェストンやミスター・エルトンではどう？ミスター・マーティンと、あの人たちのどっちでもいいから比べてごらんなさい。あの人たちの立ち居振る舞い、歩き方や、話し方や、黙っているときの居ずまいというのかしら、比べてみれば違いがわかるわ」

「そりゃあ大きな違いがあります。でも、ミスター・ウェストンは老人といってもいいぐらいの年ですもの、四十から五十の間でしょう？」

「だからこそマナーのよさが大事なのよ。いいこと、ハリエット、齢《とし》をとればとるほどマナーが悪くないことが大事になってくるし、派手さや下品なところやぎごちなさが目立って、鼻につくようになるのよ。若いころには大目に見られることも、齢をとると嫌味になってくるものなの。今のミスター・マーティンはぎごちなくてぶっきらぼうだけれど、ミスター・ウェストンの年になったらどう見えるかしら？」

「ほんとにわかったものではありませんね！」ハリエットはいささかもったいぶった答え方をした。

「でも、想像はつくわね。粗野で無教養まるだしの農夫になって、見てくれがどうだろうがおかまいなしで——いくら儲かったとか損したということ以外は考えないような人というか」

「もしそうならお気の毒だわ」

「現にあなたが推薦した本を訊き当てることを忘れたじゃない、今から仕事で頭が一杯になっていることの証拠だわ。あの人は商売のことしか頭になかったのよ——成功する人はそうでなければならないんでしょうけれどね。本は成功と何の関係があるのかというところだわ。彼はきっと成功してそのうちお金持ちになると思うけど——だから無学だろうと無骨だろうとわたしたちが気にすることはないのよ」

「どうして本のことを思い出さなかったのかしら」——ハリエットはぽつんとそう答えただけだったが、ちょっと重々しい不快そうな響きを聞いて、エマはそっとしておくほうがいいと思った。したがって彼女はしばらく口をつぐんでから言葉を継いだ。

「ミスター・エルトンのマナーはミスター・ナイトリーやミスター・ウェストンに比べるとある面では上だわね。彼のほうが上品だから、お手本にはなるわ。ミスター・ウェストンは率直で、きびきびして、ぶっきらぼうに近いところがあって、それと気さくな点がみんなに好かれるんだけれど——でも、あれは真似をしてはいけないのよ。ミスター・ナイトリーのざっくばらんな、決然として高飛車なところも——そうねえ、彼にはぴったり合うんだけれど独特のものね。若い人が真似しにかかると鼻持ちならなくなるのよ。その点ミスター・エルトンの場合は若い人の模範として安心して奨められると思うわ。ミスター・エルトンは愛想がよくて、陽気で、親切で、礼儀正しい人、わたしに言わせれば最近とみにもの静かになったわ。はたして彼がこのところにわかに物腰が柔らかくなったのは、わたしたちのどちらかに取り入ろうとする下心があってのことかどうかは知らないわ。もしお目当てがあるとすれば、あなたに気に入られたいのよ。このないだあなたのことで彼が言った言葉、話さなかったかしら?」

それからエマはミスター・エルトンから引き出した熱のこもった誉め言葉を繰り返し、誉められてあたりまえだわ、と言った。するとハリエットは頬を染めて微笑を浮かべ、あたしはミスター・エルトンをいつもとても感じのいい人だと思っていた、と答えた。

ミスター・エルトンはほかでもない、ハリエットの頭から若い農夫を追い出す手段としてエマが目をつけた人物だった。彼らならばすばらしい縁組になる。自然で、いかにも似合いの望ましい縁組だから、それを計画することがわたしの手柄になるのは目に見えている、とエマは思った。しかし彼女は、誰でも思いつき予測のつく組み合わせではないだろうかと不安になった。けれども、ハリエットがハートフィールドにやって来た最初の夜に思いついたこととあって、計画の日付では誰にもひけをとらない。考えれば考えるほど、二人を結婚させることは適切に思えた。ミスター・エルトン自身は申し分のない紳士だし、身分の低い親戚はいない。同時にハリエットの生まれに正面切って反対する縁故筋もない、とあれば、ミスター・エルトンの境遇に問題はない。彼にはハリエットにとって快適な家がある。それにエマは十分な収入もあると想像した。ハイベリーの牧師の給与はたいした額ではないが、彼にはほかにある程度の資産があるとわかっている。そのうえエマは彼を気さくで善意があり、世の中について有用な理解と知識に欠けるところのない立派な青年としてひじょうに高く買っていた。

彼女はすでに彼がハリエットをとても美しい娘だと思っているという点で満足していた。それがハートフィールドでしばしば会っている彼にとってすべての基礎になる。ハリエットにしても、彼に好かれていることが通常の重みと効果をもつことはほとんど疑いがない。おまけに彼はたいそう人好きのする青年で、好みの難しくない女性ならば誰でも好感をもつような人だ。一般には容姿端麗な青年で通っていた。エマにしてみれば目鼻立ちにある優美さが欠けていてどうしても好きになれなかったが――クルミの実を採りに馬でそこらじゅうを駆け回ったロバート・マーティンみたいな男で満足をする娘のことだ、ミスター・エルトンに好かれたとなれば一も二もなく征服されるに違いない。

第五章

「エマとハリエット・スミスがとても親しくしていることについてあなたはどう考えているかわかりませんがね、ミセス・ウェストン」とミスター・ナイトリーは言った。「私としてはいけないことだと思っています」

「いけないことですって？　ほんとに悪いことだと思っているんですか？――どうしてでしょう」

「どちらにとってもいいことじゃないからですよ」

「まあ驚いた！　エマはハリエットのためになるに決まっているじゃありませんか。

それにハリエットにしても、新しい興味の対象を与えることでエマのためになっていると言えるし。わたしはあの人たちが親しくしているのを見てほんとにいいことだと思っています。それをいけないことだなんて——感じ方ってずいぶん違うものですわね！こんな具合じゃエマのことで喧嘩が始まりかねないわ、ミスター・ナイトリー」

「ウェストンがいないから一人で戦わねばならないと知ったうえで、わざと喧嘩を売りに来たとあなたは思うでしょうがね」

「主人がここにいればきっとわたしを支持するでしょう。だってこの問題ではわたしと同じ考え方ですもの。昨日もハイベリーにあんな娘さんがいてつきあうことができるのはエマにとって幸運だったと話し合ったばかりです。この件に関してはあなたの判断が公平だとは思えないわね、ミスター・ナイトリー。あなたは独り暮しに慣れすぎて、話し相手の価値がおわかりにならないんだわ。それに多分、男には女性が同性とのつきあいに感じる安らぎが、殊に生涯それが慣れっこになっている場合にはどんなものだか、わからないのかもしれないわ。あなたがハリエット・スミスに反対する気持は想像がつきます。エマの友達は優れた女性でなければならない、と考えるからでしょうが、確かに彼女は優れてはいないわ。でも、その反面、エマが彼女の知識を広めたいと望むでしょうから読書を奨励することにもなります。あの人たちは一緒に本を読むでしょう。エマがそのつもりでいることはわかっていますから」

「エマは十二歳の頃から読書欲の旺盛な子でしたね。いろんな折りに彼女がこしらえた読みたい本のリストを見てきましたが――なかなかいいリストでしたよ――選びぬかれて、きちんと整理がしてあって――ときにはアルファベット順に、ときには別のルールに従ってね。あれを作ったのはまだ十四の頃だ――そう、あれを見てこの娘《こ》の判断力の正しさを示していると考え、しばらく取っておいたものです。今度もきっと立派なリストが作ってあるんだろうな。しかし、エマがリストに従って着々と読み進むと期待するのはやめました。彼女は勤勉と忍耐を要することや、理解に空想を従属させることには従わないからね。ミス・テイラーが激励してもできなかったことです、ハリエット・スミスではだめでしょう――彼女を説得してもあなたが望む半分も読ませることができなかった――それはわかっているじゃないですか」

「確かにあの頃はわたしもそう思いました」ミセス・ウェストンはにこやかに答えた。「でも、わたしたちが別れてからは、わたしの望むことをエマがしなかったという記憶はないんですよ」

「そういう記憶を新たにしたいと望んでいるわけではありませんが」ミスター・ナイトリーの言葉には真実がこもっていた。彼は一瞬沈黙してから言葉を継いだ。「しかし、私は五感にそういう魔法をかけられたことがないから、どうしても見えたり、聞こえたり、思い出したりするんだなあ。エマは家族のなかで一番頭がいいから甘やかされているんですよ。十歳のときには十七だった姉が戸惑うような質問にすらすら答えられた。これは不幸なことです。彼女はいつも頭の回転が早くて自信家だった。姉のイザベラはのろまで内気ときている。エマは十二のときから女主人として振る舞い、みんなを従えてきた。彼女に対抗できたのは亡くなったお母さんだけですよ。お母さんの才能を受け継いだんだから、生きていれば従ったでしょう」

「もしわたしがミスター・ウッドハウスのお宅を出てどこかよそに仕事を求めたとして、あなたの推薦状をいただくことにでもなれば困ったでしょうね、ミスター・ナイトリー。どなたに対してもわたしをよく言ってはくださりそうもありませんもの。きっとわたしが家庭教師には向かないとお考えでしたから」

「そうです」と言って彼は微笑を浮かべた。「あなたにはここが一番いい。女房にはぴったりだけれど家庭教師には向いていませんよ。その証拠にあなたはハートフィールドにいるあいだ立派な人妻になる準備ばかりしていた。あなたはエマに自分の能力に見合った完璧な教育はほどこさなかったかもしれない。しかしあなたは、自分の意志を服従させ、言われたとおりにやるという結婚生活には欠かせない点でエマからひじょうにいい教育を受けた。だから、もしウェストンが奥さんを推薦してくれと言ったら、間違いなくミス・テイラーの名前を挙げたと思うな」

「ありがとう。いい奥さんになっても相手がウェストンじゃたいして手柄にはなりませんけど」

「実を言うとあなたの取り柄が生かされていないような気がするんだな。耐えてゆく気持がありながら耐えるべきものがない。しかし、絶望するのはまだ早い。安楽な生活が高じてウェストンが不機嫌になるかもしれないし、息子で苦労することも考えられるからねえ」

「あら、とんでもないことだわ――そんな悩みは予言しないで下さいな、ミスター・ナイトリー」

「かならずそうなると言っているんじゃない、可能性を述べたまでです。エマのような予言や推量の天才を気取るつもりはありませんからね。青年のいいところはウェストン家から、財産はチャーチル家から、と切に願いたいところです――しかしハリエット・スミスは――そうだ、彼女のことはまだ半分も言っていませんね。私は、エマの友達としてはこんな悪い相手はいないと思っているんですよ。彼女は自分のことを何も知らないし、エマは何でも知っていると思いこんでいる。あらゆる面でおべっか使いなんですが、これが意図的でないだけに始末が悪い。彼女の無知がまた間断のない追従というべきものでね。ハリエットがあんなふうに何かにつけ劣位にあればエマは悪い気がしない。そこが問題なんですよ。あれじゃあエマは自分にはまだ学ぶことがあると想像することはできなくなります。ハリエットについても、エマとのつきあいで得るところはない、とあえて言いたいですな。ハートフィールドは彼女が所属しているほかの土地に愛想づかしをさせるだけです。彼女が洗練されるのはいいが、生れと環境から馴染んできた人々と折り合わなくなったのでは困るわけです。もしエマの主義が精神に力を与えるとか、女の子がさまざまな人生の状況に合理的な適応をする助けになるとかすれば、私は大いに間違っていることになります――エマの主義はちょっと磨きをかけるだけですよ」

「わたしはあなたよりエマの良識をあてにしているか、彼女の現在の楽しみを願っているのでしょうね。だって、二人の交際が気になりませんもの。ゆうべの彼女の幸せそうだったこと！」

「なるほど、あなたは彼女の心より容姿を問題にしたいんですね？　そりゃ私だってエマが綺麗なことは否定しません」

「綺麗ですか？　美しいと言っていただきたいわ。顔にしても姿にしてもエマほど完璧な美しさに近い人が想像できますか？」

「私にどんな想像ができるか知りませんが、正直いってエマほど人好きのする顔や姿の持ち主にはめったに会ったことはありません。しかし、私は昔からの友人で思い入れがあるからなあ」

「あの目！――ほんとのハシバミ色をした目だわ――それにきらきら輝いて！ 整った目鼻立ちをして、顔色は艶があって明るくて、ぱっと花が咲いたように健康な、身長といい肉づきといい申し分のない、引き締まって背筋のしゃんと伸びた姿。花が咲いたような美しさだけでなく、たたずまいや、顔や、目配せ一つにも健康さがあふれていますす。ときどき『健康を絵に描いたような』という表現が子供について使われますけど、エマを見ると、わたしはいつも大人の健康の典型のような気がするんです。彼女はほんとうに美しいわ。そう思いませんん、ミスター・ナイトリー？」

「彼女の容姿は非の打ちどころがありません」と彼は答えた。「あなたの言うとおりですよ。彼女を見るのが娯しみです。それに私は、彼女は女としてうぬぼれていないという賛辞をつけくわえたいですな。あれだけの美人でありながら、それを意識しているようなところが殆どない。彼女の虚栄心はほかのところにあるわけです。断わっておきますがね、ミセス・ウェストン、エマがハリエット・スミスとつきあうことに反対する気持も、それが互いに害を及ぼすことになるという恐れも、あなたに何と言われようが変わりませんからね」

「それではわたしもあなたと同じように、二人のつきあいは何の害にもならないと固く信じていることを申し上げておきますわ、ミスター・ナイトリー。些細な欠点はあるでしょうが、エマは優れた人です。あの人よりもいいお嬢さんや、優しいお姉さんや、親身になってくれる友達がどこにいるでしょう？　いいえ、どこにもいるはずはないわ。彼女には信頼の置ける特質があります。誰にしても決して間違ったほうへ導いたりはしないでしょう。たとえ失敗したとしても一時のこと、一度の間違いに対して百度も正しいことをするのがエマという人ですから」

「よくわかりました。これ以上あなたを苦しめるのはやめておきます。エマは天使のような人ということにして、苦言はジョンとイザベラがやって来るクリスマスまで胸にしまっておきます。ジョンは理性的にエマを愛しています。つまり、彼の愛情は盲目的ではないという意味です。それにイザベラはいつも彼と同じ考え方をしている、但し子供たちのことで恐れをなした場合はこの限りにあらずですがね。彼らはきっと私の意見に賛成すると思いますよ」

「あなたたちはみんな芯から彼女を愛しているので、不当に扱ったり不親切な態度をとったりはできないんですよ。でもね、ミスター・ナイトリー、（エマのお母さんがもっていた発言権がいくらかわたしにもあると思うので言いますけど）、もしわたしが失礼してハリエット・スミスと親しくすることからは何の利益もえられないということが議論になっていることを認めたとします。でも、たとえ彼女と親しくすることからいささかの不都合が生じたとしても、心から賛成しているお父さまにしか責任のないエマが彼女とのつきあいに満足していて、彼女自身にとってそれが喜びの源であるかぎり、それに終止符を打つべきだとは言えないんじゃないでしょうか。助言をすることが永いことわたしの仕事でしたから、これもわたしの役目の小さな名残とお考えいただければ驚かれることもないでしょう、ミスター・ナイトリー」

「いや全然」と彼は語気を強めた。「よく言ってくれました。ひじょうにいい助言です。たいていのあなたの助言よりいい運命に巡り合うでしょう、聞き入れられるでしょうからね」

「ミセス・ジョン・ナイトリーはすぐ気に病むほうですから妹さんのことを心配するかもしれません」

「騒ぎ立てるような真似はしませんからご安心ください。不満は胸に仕舞っておきます。私はエマにたいそう真面目な関心を抱いているんです。イザベラも彼女ほどには妹のような気がしません。エマほどの関心は持てないのですよ。エマのことが気懸りというか、彼女に対する感情には好奇心があるんですね。いったいどうなるのかと心配になって」

「わたしもそうだわ」とミセス・ウェストンは言った。「気が気でないんです」

「彼女はいつも結婚はしないと宣言していますが、これはまあ何の意味もないことです。それにしても好きな男性に出会ったことがあるんでしょうかね。然るべき相手に深い恋をする、しかも片思いをするのはわるくないでしょう。恋するエマを見たいものだ。さだめし彼女にはいい経験になるでしょうな。しかし、このへんには彼女を好きになる人がいない。それに彼女はめったに出かけないからねえ」

「いまのところは決心に背きたくなる相手がいないようですね」とミセス・ウェストンは言った。「それもっともなことですけれど。彼女がハートフィールドでこんなに幸せにしているかぎり、誰かと愛しあうといった事態にはならないほうがいいと思います。だって、ミスター・ウッドハウスのことでたいそう難しい問題が起きかねませんもの。今のところわたしはエマには結婚を勧めません。結婚を軽んじる気持はありませんけど」

彼女の言ったことには、この問題に関して自分と夫がつね日頃考えていることを出来るだけ隠そうとする意味合いも含まれていた。ランドールズにはエマの運命について望ましいと考えていることがあったが、それを勘ぐられたくない気持もあった。ミスター・ナイトリーがそのあとすぐ話題を変えて、「ウェストンは天気をどう考えていますか？ これは一雨降るかな？」と言ったので、彼女は、彼にはハートフィールドについてこれ以上何か言ったり推測したりする気はない、ということがわかった。

第六章

エマはハリエットの想像に適切な方向をあたえ、彼女の若い虚栄心に感謝の気持を喚《よ》ぶことにかなり成功した。というのも、まえにくらべてミスター・エルトンがとてもハンサムな青年で、身だしなみもたいそういいことにはっきり気づいたのがわかったからである。そして彼女は適切な暗示によってミスター・エルトンのハリエットに対する愛情を保証することに何のためらいも感じなかった。ほどなくハリエットの心にも同じ程度に好意的な感情が芽生えるに違いない。彼女には、ミスター・エルトンがたとえすでにハリエットを愛してはいないにせよ愛に陥りかけている、という自信があった。彼については疑念がなかった。彼はハリエットを話題にのぼし、熱っぽい口調で誉めるので、彼女は、ちょっと時間がたてば目鼻がつかぬことはないと思った。ハートフィールドに紹介されてからこっち、ハリエットのマナーに著しい進歩が見られたことにミスター・エルトンが気づいていたことは、彼の関心が高まったことを示す何よりの証拠と言ってよかった。

「あなたはミス・スミスに彼女の必要とするものを全て与えました」と彼は言った。「彼女は優美になってぎごちなさもとれた。お宅へやって来たとき美しい少女には違いなかったけれど、僕に言わせればあなたがつけくわえた魅力は彼女がもって生まれたものをはるかに上回りますよ」

「彼女の役に立てたようで嬉しいわ。でもハリエットはもって生まれたものを引き出してやればよかったんです。ほんの少しヒントを与えるだけですみました。素直な性質と純真さは生まれつき備わってましたから。わたしは殆ど何もしてあげる必要がなかったのよ」

「ご婦人の言葉に異を唱えるようですがね」と慇懃なミスター・エルトンは言った

――

「いくらかお手伝いできたとすれば、きっぱりものを言うように勧めたのと、いままで気がつかなかったことに気づかせてあげたことぐらいかしら」

「それなんですよ、僕が変わったと思ったのは。もじもじしたところがなくなった！みごとなお手並みだなあ、全く」

「やりがいがあったことも確かだわ。あの人ほど可愛らしい性質の娘《こ》に会ったのは初めてでした」

「おっしゃるとおりです」溜息まじりの勢い込んだしゃべり方で、それにはすでに恋人の熱意があった。別の日彼女はだしぬけにハリエットの肖像画を描きたいという衝動に駆られたが、そのさい彼が肩を持ってくれたことにもこのときに劣らぬ満足を覚えた。

「肖像画を描いてもらったことはある、ハリエット？」とエマは訊いた。「モデルになったことはあって？」ハリエットは部屋を出るところだったが、ちょっと足を止めると非常に興味深い純真さを見せて、

「いいえ、そんな、モデルだなんて」と言った。

彼女の姿が見えなくなったとたん、エマは思わず、

「彼女の肖像を描いたらどんなにすてきな記念になるかしら！」と大声で言った。「いくらお金を出しても惜しくないわ。どうしても手掛けてみたくなった。あなたはご存じないかもしれないけれど、じつはわたし二、三年前に肖像画に凝って、友人のを五、六枚

描いたことがあるの、だからまんざら心得がないわけでもないのよ。でも、あれやこれやで嫌になってやめてしまいました。わたし、意欲がもりもり湧いてきましたわ。モデルになってくれないかしら。彼女を描くのはどんなに楽しいかしらと思いますわ！」

「ぜひやってくださいよ」ミスター・エルトンの声に力がこもった。「ミス・ウッドハウス、あなたの魅力的な才能を友達のために発揮する。これぐらいいいことはないですよ。僕はあなたの絵の腕前を知っています。こうみえてまんざら門外漢でもないんです。この部屋にはあなたが描いた風景画や花の絵がいっぱい飾ってありますからね。それに、ランドールズのミセス・ウェストンの絵、あれなんかそっくりに描けているじゃないですか」

なんていい人なんだろう！——とエマは思った——でも、この言葉は肖像画を描くこととは何の関係もない。あなたは絵のことは何も知らないんだわ。わたしの絵に夢中になっているようなふりはしないで、同じ夢中になるならハリエットの顔にしてちょうだい。「そんなお上手を言われたら、腕捲《うでまく》りの一つもしたくなるわ。ハリエットの顔はとてもデリケートだからうまく似せるのが難しいんです。それでいて目の形と口の周りの線に特徴があって、そこんとこをうまく捕らえるのが秘訣だわ」

「まさにそうです——目の形と口の周りの線がね——僕はきっと成功すると思うなあ。

どうか、一つやってみてくださいよ。うまくいけば、あなたの表現によると、じつに楽しいことに違いありません」

「でも、ハリエットはモデルになりたがらないんじゃないかしら。自分の美しさをなんとも思っていないらしいから。あの娘《こ》が返事をしたときの言い方、お聞きになったでしょ、まるで『どうしてあたしの絵を描かなきゃならないの?』と言ってるみたいな?」

「ええ、聞きました。間違いなくそんな言い方でしたね。しかし、説き伏せて言うことを聞かないものでもない、という気がするけどな」

やがてハリエットが戻ってきたので時を移さず、どう、モデルになる気はない? と訊いてみた。すると彼女は二人のたっての願いに殆どためらいを見せず、何分もたたないうちに応じることになった。気の早いエマは、さまざまな描きかけの肖像が入った画帳をさっそく取り出し、絵の大きさを決めにかかった。広げたところ完成品は一枚もない。小さいのがあるかと思えば半身像や等身大のもあり、鉛筆、クレヨン、水彩など、いろいろ試みている。彼女は何にでも手を染めたがり、大抵の人にくらべて短時間で絵や音楽の道に上達した。エマはピアノを弾き、歌をうたい――殆どあらゆる様式で絵を描いた。けれども根気がなかった。完成の域まで上達すれば面白くもなったろうが、途中で挫折して放り出した。絵描きとしても音楽家としても、自分の能力のほどを知らないはずはない。しかしエマは、技量に関する評判がえてして不当に高くて他人を欺くことがあっても、それを別段気にかける風はなかった。

どの絵にもいいところがあった——完成度のいちばん低い絵が恐らくもっともよかった。彼女のスタイルには活気があったが、活気がずっと少なかったにしても、あるいは十倍もあったとしても、彼女の二人の仲間の喜びや賞賛は同じだっただろう。二人とも有頂天だった。肖像画は全ての人を喜ばせる。それにミス・ウッドハウスの絵のできはすばらしいに違いなかった。

「あまりいろいろの顔が見せられないのよ」とエマは言った。「家族を描いて習作するしかなかったから。これは父の肖像——これもだわ——でも、父はモデルになるのが嫌いなものだから、こっそり盗み描きしなきゃならなかったでしょ。それでどっちもあまり似ていないんです。これはミセス・ウェストンよ。これも、これも、それからこれも。ミセス・ウェストンはいつもとても優しくしてくれた親友だわ。あの人はわたしがねだるたびにモデルになってくれたしね。これは姉。小柄でエレガントな感じがよく出ているでしょう！——顔だって似ていなくもないわ。もっと我慢して坐っていてくれたらうまく描けたんだけれど、彼女ときたら四人の子供たちを描かせるのに忙しくてじっとしていないのよ。これは四人の子のうち三人を描いた絵だわ——こっちの端からヘンリー、ジョン、ベラの順だけど、どれがどの子だかわからないわね。子供の絵を描いて描いてってせがむでしょ、だからわたしも断わりきれなかったの。だけど、三つか四つの子供をじっと立たせておくのって大変でしょう、それに、目鼻立ちが並みででもないかぎり、雰囲気や顔色以外に細かい点まで描き分けるのは並大抵のことではないのよ。これが赤ん坊だった四番目の子のスケッチだわ。ソファで寝ているときに描いたのだけれど、帽子につけた花形記章はとてもよく描けているから見てちょうだい。描いたときすやすや眠っていたから都合がよかったわ。この子はとても似ているから自信があるのよ。ソファのすみがよく描けているでしょう。それからこれがいちばん新しいのだわ」——と言って彼女は小型判の美しい紳士の全身図を出して見せた——「最近描いたうちでいちばん出来がいいものだわ。お義兄《にい》さんのミスター・ジョン・ナイトリーよ——もう少しで仕上がるところだったんだけれど、わたしは不機嫌になって仕舞い込んでしまって、肖像画は二度と描くまいと決心したの。腹を立てないわけにはいかなかったのよ。だって、せっかく苦労して真に迫るほど似た絵が描けたと思ったら——(ミセス・ウェストンとわたしはとても似ていると思った点で意見がぴったり一致したわ)——ただちょっとハンサムすぎて——お世辞めいたところはあったけれど——でも、それは過ちにしても許せる過ちだわ——イザベラったら冷ややかな口調で——『そうねえ、ちょっと似てるかしら。でも、本物に比べると見劣りがするわ』だって。わたしたち、彼を説得してモデルになってもらうまでが大変だったのよ、すごく恩に着せられてね。そんなこんなで我慢ができなくなったわ。わたしはこれを仕上げて、ブランズウィック＝スクエアを午後に訪れる人ごとに、あまり似ていないけれど主人の肖像なの、なんて弁解がましく言われるなんてまっぴら、という気持になったのよ——それで肖像を描くのは金輪際やめようと誓ったの。だけど、ハリエットのためというか、むしろわたし自身のために、今度の場合には夫とか妻との関わりがないでしょ、だから決心を翻してもう一度描いてみる気になったわけ」

ミスター・エルトンはいかにもその考えに心を打たれたという感じで、「おっしゃるとおり今度の場合には夫とか妻との関わりがない。全くだ。夫や妻が絡んでいないからねえ」と嬉しそうに繰り返した。その言い方がまた強い関心を示しているようで、エマはふと、このまま二人きりにしておいたほうがいいのではないか、と考えはじめたほどだった。しかし、描きたい気持が先に立っているので愛の宣言はすこし待ってもらわねばならない、と彼女は思った。

エマはほどなく絵の大きさと種類を決めた。ジョン・ナイトリーの肖像のように全身図で水彩にしよう。それにもし気に入ったらマントルピースのいちばん見映えのするところに掛けるつもりだった。

写生が始まった。ハリエットははにかみまじりの微笑を浮かべ、姿勢と表情が変わりはしないかと恐れながら、じっと見つめる芸術家の目に若々しい表情のひじょうに甘美な混合物を提示していた。しかし、ミスター・エルトンが後ろでそわそわして一筆一筆に目を注いでいるから思うように描けない。邪魔にならないかぎり好きなところに陣取って見ていてかまわないと言いはしたものの、どこかよそへ行くように頼もうと思い手を休めた。とそのとき、エマは彼に本を読ませることを思いついた。

「そうだわ、本を朗読していただこうかしら！　そしたらわたしは気持が楽になるし、ミス・ハリエットも退屈しないですむわ」

ミスター・エルトンは二つ返事で引き受けた。ハリエットは耳を傾け、エマは気おきなく集中することができた。それでも彼女は何度となく見にくる彼を許さねばならなかった。それを許さないのは恋人には辛いことだったろう。しかも彼は、鉛筆を動かす手がちょっとでも止まればひょいと立ってきて見とれる——そうした激励者には不機嫌になりようがなかった。比較がほとんど不可能なうちから似ていると言って誉めるような具合だったからだ。ミスター・エルトンには絵を理解する目があるとは信じられない。しかし、彼の愛と愛想のよさには非の打ちどころがなかった。

エマは初日のスケッチにすっかり満足を覚え、この分ならうまくいきそうだと思った。顔は似ていなくもないし、幸いなことにモデルの姿勢がよかった。体つきにちょっと手を入れ、背をすこし高くして優雅さをかなりつけくわえれば、あらゆる点で美しい肖像に仕上げることができる。マントルピースのいちばん目立つところに掛けて、ハリエットには美しさの記念として、わたしには画才の記念として、それだけではない二人の友情のよすがとしても、いつまでも残すことができるという大きな自信があった。これにミスター・エルトンのたいそう有望な愛情の力が多くの好ましい連想を加えることになるだろう。

ハリエットは明くる日もモデルになった。そしてミスター・エルトンは、当然のことながらまた同席して本を読ませてくれと頼んだ。

「ぜひお願いするわ。あなたもお仲間の一人と考えるのは願ったり叶ったりだから」

明くる日も同じ丁重さと好意的な行いと、成功と満足が繰り返されて絵が描かれるあいだ伴奏になり、筆は着々とすすんだ。見た者は誰でも気に入ったが、なかでもミスター・エルトンはしきりに感心してあらゆる批判を通じて弁護にまわった。

「ミス・ウッドハウスはお友達にただ一つ欠けた美しさを与えたわ」――ミセス・ウエストンは、まさか話している相手が恋人とは露ほども知らず彼に向かって言ってのけた――「目の表現はとても正確だけれど、眉毛や睫《まつげ》はミス・スミスのものではないわね。それが彼女の顔の欠点だわ」

「そう思いますか？」と彼は訊き返した。「僕は賛成できませんねえ。目鼻立ちの中でもいちばん似ているところだと思うけどなあ。これほど似た絵は見たことがないぐらいですよ。明暗の違いはあるだろうけれど」

「背が高すぎるんじゃないかな、エマ」とミスター・ナイトリーが言った。

それはエマも承知していたが、頑として認めなかった。するとミスター・エルトンが興奮ぎみに、

「いや、そんなことはない。ぜったいに高すぎませんよ！　いいですか、彼女は坐っているんですよ――すると当然、プロポーションや短縮法を考える必要があるから――要するにミス・ハリエットの身長はこれでぴったり表現されているんですよ」と言って否定した。

「実に美しいねえ」とミスター・ウッドハウスは言った。「よく描けておる。エマの絵はどれもそうだがね。お前ほど上手に描ける人はおるまいて。ただ一つ難を言えば、肩に小さなショールを一枚掛けただけで屋外に坐っているように見えることだね――これでは風邪を引きはしないかと心配になるよ」

「でもパパ、夏ということになっているのよ。暑い夏の一日だわ。木を見て」

「そうかもしれんが、外に坐ったんでは体に毒だと思うがねえ」

「お言葉ですが」とミスター・エルトンが口を挟んだ。「ミス・スミスを屋外に坐らせたのはとても適切な配慮だと思うんです。樹木にしても独特の生気で描かれていますしね。ほかの構図だと品格がぐっと落ちるんじゃないかな。ミス・スミスのたたずまいがもつ清純さといい、全体の雰囲気といい――実に見事ではありませんか！　魅了されて目が離せないぐらいですよ。こんなすばらしい肖像画は見たこともありません」

それから絵を額縁に入れる必要が起こったが、それについて難しい問題がいくつかあった。すぐに行なわれなければならないし、場所はロンドン、注文は趣味に信頼の置ける知的な人の手でなされねばならない。いつも引き受けてくれるイザベラは、時期が十二月で、霧の立ちこめるなか彼女が外出することにミスター・ウッドハウスが耐えられないとあって、頼むわけにはいかない。しかし、悩みはミスター・エルトンに知れたとたんに解消した。こんなときいつも一肌脱ぐ彼が、「もしお任せ下されば喜んで引き受けましょう。ロンドンならばいつだって馬でひとっ走りだし、そうしたご用を言いつかるのは言葉には尽くせないほど有難いことです」と申し出たからだ。

「それでは申しわけないわ！――思っただけで心苦しくなります――こんな面倒な仕

事、お願いするわけにはいきません」——という彼女の言葉で相手はこっちの望みどおりに、お願いだからぜひやらせてほしいと繰り返し——ものの数分でこの問題は解決した。

結局ミスター・エルトンが絵をロンドンへもっていき、額縁を選んで指示を与えることになった。そこでエマは、彼にあまり厄介をかけないで絵の安全を確保するように配慮して包装したが、彼は彼で厄介になることをむしろ望んでいるようだった。

「何という貴重な預かり物でしょう!」と言って彼は受け取りながら優しく溜息をついた。

この人は恋をするには女性に慇懃すぎる、とエマは思った。そう言いたいけれど、恋のしかたも人それぞれでさまざまあるのだろう。彼はハリエットにぴったりの優れた青年だわ。彼の言葉を借りれば「まさにそのとおり」だけれど、彼は溜息をついてひたすら思い焦がれ、わたしが主人公ならば耐えられないほどのお世辞をふりまこうとする。わたしは脇役としてたっぷりそのお相伴をしているんだけれど、それはハリエットのことで彼がわたしに感謝しているからだわ。

第七章

ミスター・エルトンがロンドンにむけて発《た》つ日、エマは彼女の友人に新しいサービスをすることになった。ハリエットは例によって朝食を終えるとすぐハートフィールドに来たが、しばらくすると家に戻り、食事をしにまた来た。打ち合わせていた時間より早くやって来たが、何やら興奮した落ち着かないようすで、思いも寄らぬことが起こったからぜひ話したいという。ものの三十秒でことの次第がわかった。ゴダード先生のもとに戻ると、ミスター・マーティンが一時間ほど前に来て彼女がいないことを知り、いつ帰るともわからないと聞いて、妹の一人から預かったと言って小さな包みを置いて帰った。包みを開いたところ、エリザベスが写すということで貸してやった二つの歌のほかに、出てきたのは彼女宛の手紙だった。この手紙はマーティン本人のもので、結婚を直接申し込む内容だった。「そんなこと、思ってもみなかったわ！ あたし、びっくりしちゃって、どうしたらいいかわからなくなったの。だって、結婚の申込みなんだもの。それがすごくいい手紙なの。少なくともあたしはそう思いました。それにあの人はあたしを心から愛しているような書きぶりなんです――でも、あたしにはわからないわ――ミス・ウッドハウスにどうしたらいいか訊こうと思って急いできたんです」――ハリエットの言葉に耳を傾けながら、エマは、相手の態度を疑問視しながらたいそう嬉しそうにしている彼女を半ば恥じる気持になった。

「きっとあの青年は断わられてもともと心に決めているのよ」とエマは語気を強めて言った。「できれば自分より上の人と結婚したいんだわ」

「お手紙、読んでいただけるかしら?」ハリエットは真剣な目つきで訊いた。「お願い、読んでいただきたいの」

せがまれたことを悔いる気持はなかった。エマはさっそく目を通したが、読んで驚いた。手紙の文体が予想をはるかに上回っていた。文法的な間違いがないばかりか、紳士が書いたとしても決して恥ずかしい文面ではない。易しい言葉遣いではあるが力強く、気取ったところがない。それに手紙から伝わってくる感情は書いた人の気持をよくあらわしていた。短い文面だったが、良識、温かい愛情、自由、礼儀作法、それに繊細な感情までがよくあらわれている。エマは一息入れて手紙から目を離した。エマの意見が聞きたくてたまらないハリエットはかたわらに佇《たたず》み、「それで、どうなの?」と促していたが、やがて我慢がしきれなくなって、「いい手紙? それとも短すぎる?」と付け加えざるをえなくなった。

「そう、とてもいい手紙だわ」エマはいくぶんゆったりした口調で答えた――「たいそういい文章だから、そうねえ、いろいろ考えてみると妹さんのどちらかが手伝ったに違いないわ。こないだあなたと話していた若者を見たけれど、あの人がひとりでこんなにうまく自分が表現できるとは思えないもの。それでいてこれは女の文章ではないわね。力強くて簡潔で、回りくどくないところが男の文章なのよ。きっと彼には分別があって、ペンを執ると生まれつき文章を書く才能に恵まれ、――ということは力強くはっきりものを考えるという意味だけれど――思っていることが自然に言葉になって表現される感じ。そういう人っているものだわ。そうした種類の知性は理解できるわ。精力的で、思い切りがよく、ある程度の感情を持ち合わせていて粗野ではないタイプ。(手紙を返しながら)予想したよりうまく書けた手紙であることは間違いないわ、ハリエット」

「それで」まだ心待ち顔のハリエットは言った――「それで、あたしはどうすればいいんでしょう?」

「どうすればいいかって? 何に関して? この手紙のことでどう行動すべきかと訊いているの?」

「そうなんです」

「何を迷っているの？　もちろん返事を出さなければならないわ――それもすぐに」

「ええ。でも、何て書けばいいかしら。ねえ、ミス・ウッドハウス、教えて」

「教えるなんてとんでもない。あなた一人で考えたほうがずっといいわ。たいそう適切に自分で表現できるはずだわ。これがいちばん大事なことだけれど、自分の気持がうまく言えないなんてありっこないわ。言いたいことの意味ははっきりさせる必要があると思うの。疑念やためらいがあってはいけないものなのよ。礼儀上必要な感謝の気持や、あなたが相手に与える苦痛への気遣いの言葉は、人に言われなくても自然に出てくるはずよ。彼の落胆を悲しむような表現は、教えられなくても書けるでしょう」

「それじゃあなたは彼の申込みを断わるべきだと考えているのね」ハリエットはうつむきながら言った。

「断わるべきだなんて！　それ、どういう意味なの、ハリエット？　そのことについて何か疑問でもあるということ？　わたし思ったんだけれど――でも、ごめんなさい、たぶんわたしは間違っていたんだわ。返事の内容に迷いが起こるようなら、わたしはきっと誤解していたのね。言葉遣いのことで相談したいのだとばかり思っていたんだから」

ハリエットは黙っていた。エマはちょっと遠慮がちな言い方で言葉を継ぎ、

「色よい返事をするつもりなんでしょう」と言った。

「いいえ、そうじゃないわ。つまり、そんなつもりでは――どうしようかしら？　あなただったらどんなアドヴァイスをしてくれますか？　ねえ、お願い、どうすべきか言ってください、ミス・ウッドハウス」

「わたしはどうしろこうしろとは言わないことにするわ。何の関係ももちたくないもの。これはあなたが自分の感情で決めるべき問題なのよ」

「あたし、あの人にこんなに好かれるとは夢にも思わなかった」ハリエットは手紙に視線を落しながら言った。エマはしばらく沈黙をつづけた。けれども、この手紙の魅力には抗し難いものがあるのだろうと気づき、釘を差しておかねばと考えて言った。

「一般的な法則として言っておくけれどね、ハリエット、女性が結婚の申入れを受け入れるかどうかで迷うときには断わるのが本筋なのよ。『イエス』と答えることにためらいを感じるようなら、迷わずに『ノー』と言うべきだわ。結婚というものは疑問を感じながら、乗気にならない気持がありながらするべきものではないと思うのよ。これだけは友達として、あなたより年かさとして言っておくのが義務だと思ったから言うんだけど。でも、あなたの決断に影響を与えたがっていると想像するのはやめてね」

「いいえ、そんなこと。あたしのためを心から思って言ってくださっていることはわかっていますもの――だけど、どうすれば一番いいか、ちょっとアドヴァイスしていただければ——いいえ、アドヴァイスじゃなくて、なんていうのかしら——あなたの言葉どおり、結婚するからには心が決まっていなければならない——ためらいがあってはならないわけだから——結婚ってすごく真剣なものだわ。——ですから、たぶん『ノー』と答えるのが無難なんでしょう。——やっぱり返事は『ノー』だとお思いになる？」

「さあ、どっちかしら、イエスともノーともわたしには口が裂けても言えないわ」エマはにっこり笑った。「あなた自身の幸福だもの、あなたが一番よく判断できるはずだわ。もしミスター・マーティンが誰よりも好きで、これまでつきあったうちで一番好感がもてると思ったら、躊躇することはないわ。まあ、赤くなったわね、ハリエット。——今になってそういう定義づけのできる人が誰かほかに思い当たったわけ？　いいこと、ハリエット、自分を欺いてはいけないのよ。感謝の気持や同情心なんかにほだされないで。今この時点であなたが考えているのは誰？」

いい兆候が見えた、と思った。——ハリエットは暖炉のかたわらに佇んで答えず、困惑の面持で顔をそむけて何ごとか考える風だった。手紙は手にしたままだが、それが今は無意識に握られ、ねじれていた。じれったい気持で結果を待つエマの心に強い希望が湧かないではなかった。やがてハリエットはためらいがちに言い出した。

「ミス・ウッドハウス、あなたが意見を言ってくれないんですもの、あたしは一生懸命自分で考えたわ。それでいま気持が決まって、決心がほぼついたんだけれど、ミスター・マーティンはやっぱりお断わりします。あたし、これでいいとお考えになる?」

「よく決心がついたわね、ハリエット。いいに決まってるじゃない。だって、あなたは当然するべきことをしようとしているんだもの。どっちにしようかと迷っている間、わたしは自分の気持を言わなかったけれど、あなたの意志がはっきり決まった以上、わたしも躊躇なく賛成させていただくわ。ハリエット、これはわたしにとっても嬉しいことなのよ。ミスター・マーティンと結婚すれば、わたしはどうしてもあなたとつきあっていけなくなるでしょ、そんなことになれば悲しいもの。あなたの気持が少しでも揺らいでいる間、何も言わなかったのは決断に影響を与えたくなかったからなのよ。すんでに友達をひとり失うところだったわ。だって、僧院水車場農園のミセス・ロバート・マーティンではまさか訪れることもできないでしょう。これであなたといつまでもつきあえるわ」

ハリエットには自分自身の危険は推測もつかなかったが、そうした危険があったことは彼女の心を強く打った。

「あなたがあたしを訪ねることができないなんて!」ハリエットは驚いて思わず大声をあげた。「そうねえ、確かに訪ねることができなくなりますね。でも、そんなことは思ってもみなかった。そうなったのではほんとに恐ろしいことだわ！——危機一髪とはこのことね！——ねえ、ミス・ウッドハウス、あたし、どんなことがあってもあなたとおつきあいする喜びと名誉は捨てたくないわ」

「ほんとだわ、ハリエット、あなたを失うのは耐えられない苦痛だわ。だって、あなたに立派な人たちとのおつきあいができなくなればそうならざるをえないもの、わたしだってあなたを諦めなければならなくなるわ」

「まあ、そうなったらあたし、とても耐えられない！　ハートフィールドに来られなくなったら死んだも同然だわ！」

「あなたってほんとに優しい人ね！——あなたが僧院水車場農園に追放されて、一生無学で教養のない人たちと一緒に暮すなんて考えられないわ！　あの青年にしても、よくも図々しくあなたに結婚を申し込んだものだわ。きっと自分を相当なものだと思い込んでいるのね」

「あの人はいろんな面で自惚れてはいないと思いますけど」とハリエットは言った。良心がそうした非難を許さなかった。「少なくとも彼はとてもいい人で、あたしの感謝の気持はこの先も変わらないと思うし、好意をもっています——でも、それはまた今度の場合と別の問題だわ——それに、彼に好かれたとしても、だからといってあたしが

――それから、正直なところ、ここへ来るようになってから、あたしはいろんな方に会って――その人たちと人柄や身だしなみを比べてみると、全然くらべものにはならないこともわかったし。だって、一方はすごく美しくて感じがいいんだもの。でも、あたしはミスター・マーティンはほんとに感じのいい人だと思っているし、尊敬してもいます。あの人、あたしを愛してくれて――あんな手紙を書いたんだもの――でも、あなたのそばを離れることはどんなことがあってもしたくないわ」

「ありがとう、ありがとう、よく言ってくれたわね。わたしたちは別れないわよ。女というものは男に結婚を申し込まれたとか、好かれたとか、その人にまあまあの手紙が書ける、というだけの理由で結婚するものではないのよ」

「それはそうです！――手紙といってもほんの短いものだし」

エマはその言葉に趣味の悪さを感じたが、それを大目に見ながら言った。「その通りだわ。夫に上手な手紙が書けたところで、その後の人生を毎日毎時間、無骨なマナーを見て暮すのでは浮かばれないものね」

「ほんとにそうだわ！　手紙なんかどうだっていいことだもの。問題は気の合った同士で楽しく暮すことよね。あたし、きっぱりお断わりします。でも、どうやって断わろうかしら？　何て言えばいいんだろう？」

エマは、返事を書くのは難しいことではないと請け合い、いますぐ書いたほうがいいと助言した。ハリエットはエマが手伝ってくれるものと当て込んで彼女の言葉にしたがった。手伝うことなど要らないとエマは言い続けたが、結局はじめからしまいまで手を入れることになった。返事を書くに当たって、もう一度手紙に目を通すハリエットには未練がましさが感じられ、エマは、決定的な表現を交えて気持を引き締めることが必要だと感じた。それに彼女は、相手を不幸にしはしまいかとたいそう気遣い、彼の母親と妹たちがどう思い何と言うか、恩知らずだと思いはしないかと気懸りなようすなので、エマは、もしあの青年がこの場にあらわれでもすれば結婚の申込みに応じてしまうのではないか、と危ぶんだ。

しかし、断りの手紙は書かれ、封をされ、送られた。問題は片付き、ハリエットは盗《と》られずにすんだ。彼女はその夜ずっとふさぎがちだった。けれどもエマは愛すべきハリエットの悔いを考慮に入れ、彼女に対する自分の愛情や、時にはミスター・エルトンの話を持ち出すことで、そうした気持を和らげてやった。

「僧院水車場へ招かれることはもうないわ」ハリエットは悲しげな語調で言った。

「たとえ招かれたとしても、あなたと別れることには耐えられないわ、ハリエット。あなたはハートフィールドに必要な人だから、僧院水車場にあげるわけにはいかないのよ」

「あたしだってあそこへ行きたいとは思わないわ。だってあたしはハートフィールド以外では幸せな気持になれませんもの」

しばらくしてからハリエットの口を衝《つ》いて出たのは、「ゴダード先生の耳に入ったらとてもびっくりなさると思うわ」という言葉だった。「ナッシュ先生も驚くでしょうね。お姉さまがとてもいい結婚をしたと思っていらっしゃるから。相手はただの生地商人だけれど」

「学校の先生にそれ以上の大きな誇りや洗練性があったとすれば悲しいことだわ、ハリエット。ナッシュ先生はあなたにこうした結婚の機会があることを羨ましがるでしょうね。彼女の目からすれば、今度愛されたことだって貴重な体験に見えるんじゃないかしら。あなたにとってもっとすばらしいあのことについては、彼女はまだ何も知らないと思うわ。ある方が秘かにあなたに思いを寄せていることは、ハイベリーではまだ殆ど人の口にのぼっていないし、これまでのところ、彼の表情や態度が読めるのはあなたとわたしぐらいのものじゃないかと思っているのよ」

ハリエットは頬を染めてにっこり笑い、あたしをこんなに好いてくれる人がいるなんて不思議だわ、というようなことを言った。ミスター・エルトンに愛されるのは嬉しい。

けれどもしばらくすると、彼女は断わったミスター・マーティンがまたぞろ気の毒に思えるのだった。

「あたしの手紙、もう届いているわね」ハリエットは小声で言った。「あの人たち、今ごろ何をしているかしら――彼の妹さんたちに知れたかしら――もし彼が悲しむとすれば、彼女たちも悲しむでしょうね。彼があまり深刻に考えなければいいけれど」

「ここにいない人たちのことを考えるぐらいならもっと楽しい時を送っている人たちにしましょうよ」とエマは声を張り上げた。「今ごろミスター・エルトンは恐らくあなたの肖像画をお母さんや妹さんたちに見せて、実物のほうがずっと美しいなんて言ったり、五、六度もせがまれてから名前を聞かせたりしているわ、きっと」

「あたしの肖像！――でも、あの人はもうボンド街へ送ってしまったんじゃないかしら」

「まさか！　もしそうだとしたら、わたしはミスター・エルトンのことを何も知らないみたいなものだわ。いいえ、わたしのつつましやかなミス・ハリエット、あなたの肖像は間違いなく彼が明日馬にまたがる直前までボンド街に届いてはいないわ。今夜はずっとそばに置いて、じっくり眺め、ご自分の慰めや喜びとしているわ。あの絵は彼の意図を家族に打ち明け、あなたを紹介し、わたしたちの本性に潜むもっとも心楽しい感情と、熱のこもった好奇心と、温かい愛情をみんなの間に撒き散らすのだわ。彼らの想像が何と陽気で、活発で、疑わしげで、せわしげに働くことかしら！」ハリエットはもう一度微笑を浮かべたが、それがしだいに強くなっていった。

第八章

ハリエットはその夜ハートフィールドに泊まった。ここ何週間か、彼女は半分以上の時間をそこで過ごしており、しだいに彼女専用の寝室をもつようになった。さしあたってのところ彼女をできるだけ自分たちと一緒にしておくのがあらゆる点で一番いい、というのがエマの判断だった。明くる朝ハリエットは一、二時間ゴダード先生のところへ行かざるをえなかったが、そのさい彼女はハートフィールドに戻るといつものように何日か滞在することで話が決まった。

彼女がいない間にミスター・ナイトリーがやって来て、ミスター・ウッドハウスやエマと一緒にしばらく坐った。ミスター・ウッドハウスは散歩に出るつもりだったが、先へ延ばさないほうがいいわと娘に促され、ミスター・ナイトリーにも勧められて、礼を失するとは思いながらも出かけることにした。ミスター・ナイトリーは形式張ったところのない人だから手短に、はきはきした受け答えをしたが、これは相手の長ったらしい言い訳や儀礼的なためらいと面白い対照をなしていた。

「それではミスター・ナイトリー、失礼とお考えにならなければお許しを頂いて、エマの勧めで十五分ばかり散歩をしてまいります。日も昇りましたのでな、できるうちに三か所を回ることにします。ご無礼の段はお許しください。なにしろ私ども病人は特権階級だと思っておりますので」

「どうか他人行儀なことはおっしゃらないで」

「すばらしい身代りに娘を置いていきます。エマは喜んでおもてなしするでしょう。それではお許し願って三か所巡りの冬の散歩をしてまいります」

「それに越したことはありません」

「ぜひご一緒願いたいものですが、何せ足がたいそう遅いので、私の歩調では退屈でしょうし、ドンウェル僧院まで長い道のりをひかえておいでだから」

「これはどうも、お気遣いありがとうございます。私もじきにまいりますが、そろそろ行かれたほうがよろしいでしょう。オーバーをお持ちして庭木戸を開けましょう」

ミスター・ウッドハウスはようやく出かけた。しかしミスター・ナイトリーはすぐには帰らず、腰を下ろしたところを見ればしばらく世間話をしていたいらしい。彼はハリエットのことを話し始めたが、エマが聞いたこともないような誉め言葉が訊きもしないのに口を衝いて出た。

「あなたが言うほど彼女の美しさを買ってはいないんだが」と彼は言った。「しかし、綺麗なことに間違いはないし、気立てのよさにはたいそう好感がもてる。性格はつきあう相手しだいだけれど、いい人の手にかかれば相当な女になると思う」

「そう思っていただけて嬉しいわ。いい人の手が欠けていなければいいんだけれど」

「ほらね」と彼は言った。「やっぱりお世辞が言われたくてしょうがないか。だから言うんだがね、確かにあなたは彼女を向上させた。第一女学生じみたくすくす笑いはなおったしね。教えがいのある女の子だよ」

「ありがとう。何かの役に立っていると思えなければわたしだって悔しいもの。だけど、あんまり誉めてくれる人はいないのよ。あなたにしてもいつも誉めるわけではないし」

「彼女はまた来るって、けさ言ってたね？」

「そろそろ来てもいい頃だわ。予定の時間はとうに過ぎているから」

「何かで遅れているんだろう。訪問客があったとか」

「ハイベリーのゴシップ屋ね——口うるさいったらありゃしない！」

「ハリエットはあなたみたいに誰でも彼でも口うるさいとは感じないだろうがね」

これは図星だからエマも反論はできない。だから黙っていた。やがて彼はにっこり笑いながらつけくわえた。

「時間や場所についてははっきり言えないけれど、あなたの小さな友達はそのうち耳寄りな話を聞くことになるだろうと信じる十分な理由がある、ということだけは言っておこう」

「まあ、ほんと？　どんな話？」

「ひじょうに大事な話であることは間違いない」ミスター・ナイトリーの口元にはまだ微笑が浮かんでいた。

「ひじょうに大事！　わたしには一つしか思いつかないわ。彼女を愛しているのは誰？　誰があなたに打ち明けたの？」

エマはてっきりミスター・エルトンがそれとなくほのめかしたものと思った。ミスター・ナイトリーは誰にとっても友達で助言者みたいな立場だったし、ミスター・エルトンが彼を尊敬していることはエマも知っていた。

「ハリエット・スミスがそのうち結婚の申込みを受けることになる、と考える理由があるんだよ」と彼は答えた。「それも非の打ちどころのない人からだ——ロバート・マーティンという男だがね。この夏彼女が僧院水車場に滞在している間にそういうことになったらしい。彼はぞっこん惚れ込んで、結婚したいと本気で思っている」

「それはご親切な思し召しだこと。でも、ハリエットが色よい返事をすると自信でもあるのかしら？」

「それはとにかく、申し込むつもりではいる。それでいいんじゃないかね？　実はその件で相談をしにおとといの晩、僧院へ来たんだよ。私が彼や家族に十分な好意をもっていることがわかっているし、私を親友だと思っているのでね、自分のような若さで身を固めるのは軽率だと思うかどうか、彼女が若すぎるとは思わないか、要するに彼女が自分よりも一階級上の社会の人だと見なされているという懸念があるらしく(とりわけあなたが彼女を可愛がっていることがわかっているのでね)、自分が彼女を選んだことに全面的に賛成してくれるかどうかを訊きに来たわけだ。私は彼の言葉が大いに気に入った。ロバート・マーティンほど分別のある話しぶりは聞いたことがない。彼の話はいつも要領を得ている、隠し立てがなくて、率直で、判断が正しいんだよ。彼は洗い浚《ざら》いぶちまけた。経済状態や、計画や、いざ結婚ということになった場合に家族のやろうとしていることやなんかをね。息子としても兄としても立派な青年だよ彼は。私は結婚を勧めるのに何のためらいも感じなかった。彼は結婚してやっていけることを証明したのでね。ま、そういうわけで、私はそれに越したことはないと確信したので彼女のほうも誉めたところ、幸せいっぱいという感じで帰って行った。たとえ彼がそれまで私の意見を尊重しなかったとしても、あのときばかりは私を高く買っただろうね。それに恐らく、こんないい相談相手で頼りがいのある友達はいない、と思いながら帰ったんじゃないかな。これはおとといの晩に起こったことだ。だから、彼女に打ち明けるのはそう先のことではない、と思って差し支えない。昨日しゃべったようすはないから、今日あたりゴダード先生のところへ行っていないとも限らない。もし彼女が来客に引き止められているとすれば、口うるさい奴とはぜんぜん感じていないかもしれないよ」

「一つお尋ねするけれど、ミスター・ナイトリー」彼が話す間おおむね微笑を浮かべていたエマは言った。「ミスター・マーティンが昨日言わなかったとどうしてご存じなの？」

「いかにも」彼は驚いた表情で答えた。「確かなことを知っているわけではない、憶測だから。彼女とは一日中いっしょではなかったのかい？」

「それじゃあなたがおっしゃったことのお返しに言うけれど、実は彼、昨日話したの――ということは手紙をよこして、断わられたのよ」

これを信じてもらうにはもう一度繰り返さねばならなかった。席を立ったミスター・ナイトリーは驚きと不快さに顔を赤らめ、怒り心頭に発して、

「それじゃ彼女は私が思ったより馬鹿だ。いったい何を考えているのかね？」

「結婚の申込みを断わる女は男にはいつも理解できないって言うけど、ほんとだわ」とエマは言った。「誰が結婚を申し入れても女は断わらない、と決めてかかっているのが男なんだから」

「馬鹿なことを言うんじゃない。男はそんなことは考えやしない。それにしてもこれはどういう意味かね？　ハリエット・スミスがロバート・マーティンを断わった？　もしそうなら気違い沙汰だ。しかし、それはあなたの間違いだと思うが」

「わたしは彼女が返事を書くところを見たのよ。これぐらいはっきりしたことはないでしょう」

「返事を書くところを見た！　大方返事も書いてやったんだろう。いいかねエマ、これはあなたのやったことだ。彼女を説得して断わらせたんだ」

「もしやったとしても(断わっておくけどそれはぜったいに認めないわよ)、悪いことをしたとは感じないでしょう。そりゃミスター・マーティンは立派な人だわ。でも、ハリエットと対等だと認めるわけにはいかないのよ。それにわたしは彼がよくもまあハリ

エットに求婚することができたものだと驚いたわ。あなたの話だと、彼にはある程度のためらいがあったそうだけれど、それが克服できたのは残念としか言いようがないわ」

「ハリエットと対等ではないって？」ミスター・ナイトリーは興奮のあまり大声を上げ、叫ぶような言い方をした。それからしばらくして落ち着きを取り戻すと辛辣な口調でつけくわえた。「確かに彼はハリエットとは対等ではない。社会的地位も分別も彼のほうが上だからね。エマ、あなたはあの娘に夢中なあまり目が見えなくなった。生れや性質や教育、それに親戚縁者にしても、ハリエット・スミスのどこがロバート・マーティンよりも上かね？　彼女は誰だか身元の知れない人の私生児で、決まった財産を受け継ぐあてはないし、ちゃんとした親戚もいないことは間違いがない。普通の学校の特別寄宿生として知られているだけだ。賢い娘ではないし、知識に長《た》けているわけでもない。ものの役に立つことは何一つ教わっていないし、独力で技能を身につけるには若すぎる上に無教育ときている。彼女の年では経験なんてありっこないし、機転がきかないから役立つような知識も身についていない。そりゃあ綺麗だし気立てもいい。しかし、それだけじゃないか。結婚を勧めるに当たって、私がただ一つためらったのは、彼のためを思えば相手として見劣りがするし、親類筋もよくないことだった。財産について言えば、どう考えても彼はずっとましな相手が選べる。道理をわきまえた連れ合いとか役に立つ配偶者ということになれば、ハリエットは最低の相手だよ。しかし、惚れた男に道理を説いてもはじまらないからね、彼女の気立てのよさに免じて、彼のような男の手にかかればいい結果が出るだろうと、まあ、ハリエットの無難さを当てにすることにしたわけだ。この縁組で得をするのはもっぱら彼女のほうだと私は感じているんだがね。だから私は、誰に言わせても彼女は玉の輿に乗ったという声が上がる、と考えた(今でもそう考えているがね)。あなたもきっと満足する、と確信していたぐらいだ。あのときとっさに頭をよぎったのは、ハリエットがいい相手と一緒になるんだからハイベリーを去ってもあなたは悔いないだろう、という思いだった。私は胸のうちに呟いたのを覚えているよ、『ハリエットがいくら好きなエマでもこれはいい縁組だと思うだろう』ってね」

「そんなことが言えるなんて、エマを知らなすぎるにもほどがあるわ。何ですって? たかが農夫が(いくら分別やいいところがあるにしても、ミスター・マーティンは農夫以上の人ではないわ)、わたしの親友にとっていい縁組だと言うつもり? わたし自身の知り合いだとは決して認められない人と結婚してハイベリーを去っても、わたしは悔いないだろうだなんて! わたしがそんな気持になれるとよくも考えたものだわ。言っておきますけど、わたしの気持は全く違うわ。あなたの言葉は決して公平じゃない。ハリエットの身分に対して不当だわ。彼女の身分はわたしばかりか、ほかの人たちもたいそう違った評価をするでしょう。ミスター・マーティンのほうが裕福かもしれないけれど、社会的地位については彼のほうが下であることは間違いないもの――彼女の動き回る領域からいってもずっと上じゃない――彼と結婚すれば身分が下がることになるわ」

「知性のある、れっきとした紳士ともいえる農夫との結婚だよ、無知な私生児にとって身分が下がるとはなにごとかね！」

「彼女が生まれた事情については、法律上はどこの誰ともわからないかもしれないけれど、常識ではそれは通らないわ。彼女を育てた人々のレベルより下に見られることで、他人の犯した罪を償わせるべきではないわ――お父さんが紳士階級の人で、しかも資産家であることはほとんど疑いがないのよ――だって、仕送りはふんだんにあるし、彼女の教育や生活の費用《かかり》は惜し気もなく出してくれるんだもの。――彼女が紳士の娘とつきあっていることは誰も否定しないと思うのよ。――やっぱりハリエットはミスター・ロバート・マーティンより上だわ」

「彼女の両親が誰であろうが」とミスター・ナイトリーは言った。「誰が面倒を見ようが、彼女をあなたの言う上流社会に紹介する計画は彼らにはなかったようだ。ごく普通の教育を受けたあと、彼女はゴダード先生の手に委ねられて何とかやってきた。――要するにゴダード先生の方針に従って動き、先生の知り合いとつきあってきたわけだ。どうやら彼女の友達はこれで十分だと思っていたらしい。事実十分だがね。彼女自身、高望みはしなかったんだよ。あなたが彼女を友達として選ぶまではつきあっていた連中を嫌ったりはしなかったし、それ以上の野心は抱かなかった。彼女は夏場のマーティン一家との交際でけっこう幸せだった。当時の彼女に優越感はなかった。今それがあるとすれば、あなたが与えたことになる。あなたはハリエット・スミスの友達だったわけじゃないんだよ、エマ。ロバート・マーティンにしても、彼女にその気がないわけじゃないとわかっていたから結婚を申し込む気になったわけでね。私は彼をよく知っているけれど、現実的だから利己的な情熱にかまけて女に言い寄るような男ではない。それから自惚れの問題だがね、私の知るかぎり彼ほど自惚れから遠い男もいないね。脈があると思ったからこそ結婚を申し込んだ。これは間違いがないと思う」

この主張にはまともに答えないのがエマにとっては都合がよかった。むしろ彼女はもう一度、自分の方針に従った問題の取り上げ方を選んだ。

「あなたはミスター・マーティンにはすごく温かいお友達だわ。だけど、前にも言ったけれどハリエットの見方は不当もいいところだと思うわ。ハリエットに立派な相手と結婚する権利があることはあなたが言うほど軽蔑すべきことではないわ。頭のいい女の子ではないけれど、あなたが気づいていない分別もあるのよ、理解力を軽んじるような口ぶりはどうかと思うわ。だけど、その点を別にして、あなたの言うようにただ美しくて気立てが優しいだけだとしても、彼女の場合、並みの美しさや優しさではないから世間一般の目からすれば少なからぬ取り柄ということになるのよ。だって彼女は、百人中九十九人までが美しいと思うような娘だもの。だから、男の人が美しさについて今よりもっと理性的になって、顔の美しさではなくて博識な知性を愛するようになるまでは、ハリエットのように美しい娘は決まって好かれ、求められ、多くの男性のなかから選ぶ権利をもっている、したがって玉の輿に乗る権利がある、ということじゃないかしら。気立ての優しさにしても軽んじることのできない美徳だわ。それには本物の優しい気質と洗練された物腰、たいそうつつましやかな自分の見方、すすんで他人を気に入ろうとする態度、などが含まれていますからね。もし男性がおしなべてそうした美しさや気質を女性がもつ最高の資格だと思わないとすれば、わたしはたいそう間違っていることになるわ」

「何ということかね、エマ。自分の理性をこきおろすあなたの言葉を聞いていると私もそう思いたくなるよ。あなたのように間違った使い方をするぐらいなら分別なんてないほうがいい」

「ほらね！」エマはおどけて大声で言った。「それがあなたたちの本音であることはわかっているのよ。ハリエットみたいな娘こそ全ての男が喜ぶタイプなの——男の五官を魅了すると同時に判断力を満足させますからね。ハリエットだって相手を選ぶわよ。もしあなたに結婚することがあるとすれば、彼女こそぴったりだと思うわ。やっと世間に知られ、大人になったばかりの十七歳という年で、初めての結婚の申込みを断わったばかりに首を傾《かし》げられなければならないというわけ？　そんなことはないでしょう——お願いだから彼女に自分の周りを見る時間をあげてほしいわ」

「これまで自分の考えは言わなかったけれど、私はいつもあなたたちの交際をたいそう愚かしいことだと思ってきた」ちょっと間を置いてからミスター・ナイトリーは言った。「しかし、今になって私はハリエットにとってひじょうに不幸な交際になりそうだと気がついた。あなたは彼女をやれ美しいの、選ぶ権利があるのとおだてているのでね、そのうち手の届くところには彼女に見合う男は一人もいない、ということになりかねない。虚栄心というやつは、弱い頭にはいろんな悪戯をするものでね、若い女性にとって期待を膨らませすぎることぐらい簡単なことはない。ミス・ハリエット・スミスはたいそう美しい娘だけれど、結婚の申込みはそう早くは舞い込んでは来ないかもしれないよ。あなたが何と言おうが、分別のある男は馬鹿な妻はほしくない。家柄のいい男は身分のはっきりしない娘との結婚には二の足を踏む——慎重な男は、妻の家柄に関する謎が解けたさいに間《ま》の悪い羽目に陥って恥をかきはしないかと恐れるだろう。彼女をロバート・マーティンと結婚させれば安心だし、ちゃんとした暮しができて永久に幸せだと思うけどね。しかし、焚きつけて高望みをさせ、有力者で資産家でなければ満足できないなどということになれば、一生をゴダード先生の特別寄宿生で終るか――(ハリエット・スミスは結局誰かと結婚するだろうから言うんだけれど)少なくとも相手がいなくなって、年老いた習字教師の息子でも摑めば御の字、ということになるだろう」

「この点については考え方がずいぶん違うから議論してもはじまらないわ、ミスター・ナイトリー。互いに相手を怒らせるだけですものね。だけど、彼女をロバート・マーティンと結婚させるのは不可能なこと、二度と申し込むことができないほどきっぱり断わったんだから。断わった以上、彼女はどんなに悪い結果になろうとそれに甘んじなければならないわ。断わったこと自体については、わたしが少しも影響を与えなかったと言うつもりはないけれど、わたしにせよ誰にせよ、殆ど他人の出る幕ではなかったのよ。これは間違いないわ。彼は風采が冴えないし、マナーだってわるいでしょ、だから一時その気になったことがあったとしても、今は違うのよ。立派な人に会うまえには彼で我慢ができたかもしれない。彼は友達のお兄さんだし、彼女の気を引こうと努力もしたわけですもの、あれやこれやを考えあわせると、ハリエットは彼より上の人に会ったことがないんだもの、僧院水車場にいる間は彼に好意を抱いたかもしれない。けれども今では事情が違うのよ。紳士がどういうものかがわかっているから、教育やマナーの点で紳士でなければハリエットと結婚する機会はないのだわ」

「ナンセンスだ、こんな間違った話は聞いたこともない！」ミスター・ナイトリーは叫んだ。「ロバート・マーティンのマナーにはどこへ出しても恥ずかしくない良識や誠実さや気さくなところがある。それに彼の心はハリエット・スミスには理解できないほんとうの品性をもっている」

エマは答えないで明るく無関心な表情を装おうとした。けれども内心は落ち着かず、ミスター・ナイトリーが帰ることをひたすら願った。自分の行動を悔いたりはしなかった。彼女は今でも女性の権利や洗練などの問題では彼よりもよくわかっているつもりだった。総じて彼の判断には一種の敬意を払うのがならわしだったが、声を大にして何もかも反対されるのは嫌だった。それに、怒り心頭に発した面持で目の前に坐っていられるのはたいそう不愉快だった。こうした気まずい沈黙のなかで何分かが過ぎたが、その間エマは一度だけ天気を話題にしてみた。しかし彼は答えなかった。彼は考えごとをしていた。やがて彼の考えたことは次の言葉になって出てきた。

「ロバート・マーティンの失うものは大したことはない——もし彼にそうした考え方

ができればの話だがね。やがてそう考えるようになることを私は希望するよ。ハリエットについてのあなたの考え方はあなたが一番よく知っている。しかし、縁結びが好きだと公言しているあなただから、見方や考え方や計画がいろいろあるんだろうが、友達として言っておくけど、ハリエットの相手にエルトンを考えているのなら無駄骨だと思うな」

エマは笑いながら否定した。彼は言葉を継いだ。

「エルトンが駄目なことははっきりしている。彼はとてもいい人だし、ハイベリーの教区牧師としてもなかなか立派だが、無分別な結婚をするような人では全くない。いい収入の価値を誰よりも知っている男だからね。口では感傷的なことを言うかもしれないが行動は理性的だ。あなたはハリエットの権利を口にするがね、権利を意識している点では彼もひけを取らない。自分がたいそう男前で、どこへ行っても人に好かれることを心得ている。男だけの席で気を許したときの口ぶりからすれば、彼は自分を安売りするような真似はしないと見ている。彼の妹たちが親しくしている若い娘が何人かいる大きな家族のことを勢い込んで話していたのを聞いたことがあるけど、なんでも娘たちは一人当たり二万ポンドの財産があるということだった」

「もしわたしがミスター・エルトンとハリエットの結婚をもくろんでいたら、そのお話で目を開いてくださったことを感謝するけど」エマはもう一度笑いながら言った。「あいにく今のところはハリエットを独り占めにしたいだけなの。縁結びはもうおしまいだわ。ランドールズでやっただけのことは望めないもの、怪我をしないうちにやめるわ」

「それでは失礼する」――彼はだしぬけにそう言って腰を上げ、歩み去った。ひどく腹立たしかった。青年の失望をひしひしと感じながら、自分が賛成したばかりにそれを助長することになったと思えば残念でならず、この問題にエマが果たした役割に腹が煮えくりかえった。

エマの心中も穏やかではなかった。しかし、そうした気持の原因は彼に比べはっきりしなかった。彼女はかならずしもミスター・ナイトリーほど自分に満足しきってはいなかったので、自分の意見は正しく相手は間違っているという確信はなかった。彼はエマに比べ完璧な自己満足を覚えながら帰っていった。エマはしかし大して落胆はせず、しばらく時間がたってハリエットが戻りでもすれば元気になれそうだった。それにしてもハリエットの帰りが遅い。エマはそこはかとなく不安になりはじめた。あの青年が今朝ゴダード先生を訪れ、ハリエットに会って思いのたけを打ち明けたのではないか、と心配になってきた。結局、そうしたまずいことになりはしないかという恐れが大きな不安になったのである。やがてハリエットは元気に戻ってきたが、遅くなった理由はなにも言わないのでエマは満足を覚えて胸を撫で下ろし、ミスター・ナイトリーが何を考えようが何と言おうがわたしは女の友情と感情が正当化しないことは何もしなかったのだ、とわれとわが身に言い聞かせた。

ミスター・エルトンのことではちょっと驚かせられたけれど、ああした問題でミスター・ナイトリーが彼をわたしほどの興味と鋭い目で観察したはずはない。それに彼があんなことを言ったときには苛立ちと怒りに駆られていた。だからエマは、彼は自分が知っていることよりもむしろ、真実だと思いたいことを腹立ちまぎれに言ったのだ、と信じることができた。ミスター・エルトンがわたしの聞いたことのないようなうちとけた機会に何か言ったのを彼が聞いた、というのは本当かもしれない。それにミスター・エルトンは金の問題について軽率な、分別のない性質の男ではなく、どちらかというと生まれつき注意深いのかもしれない。それにしてもミスター・ナイトリーは、あらゆる利害関係という動機と戦う強い情熱の影響を考慮しなさすぎる。ミスター・ナイトリーはそうした情熱を無視しているし、それの影響は言うまでもなく考えていない。しかしエマはそうした情熱をあまりにも見ているので、それが合理的な思慮分別からくる躊躇を乗り越えさせることがある、ということを疑わなかった。それに、いかにもふさわしい理に適った慎重さ以上のものはミスター・エルトンにはない、とエマは確信していた。

ハリエットの朗らかな顔と態度がエマにも伝染《うつ》った。ハリエットは帰ってくるとミスター・マーティンは思い出さず、ミスター・エルトンのことを話題にしてナッシュ先生が言ったことをさっそく面白そうに繰り返した。ペリー先生が病気の子供を診察しに来たさいナッシュ先生をつかまえ、昨日クレイトン・パークから戻る途中ミスター・エルトンに会ったけれども、彼はこれからロンドンへ出かけるところで明日まで戻らないつもりだ、と言ったのでたいそう驚いた。夜にホイスト（二人ずつ組んで四人で行なうブリッジの前身）・クラブが開かれるはずで、ミスター・エルトンは一度も休んだことがなかったからだ。そこでペリー先生がそのことを言い、いちばん上手なあなたに欠席されるのはつまらない、と言ってロンドン行きを一日だけ延ばしてはどうかと説得したけれど聞き入れない。実は特別な用があって行くのだが、これはどんなことがあっても先へ延ばすわけにはいかないと言う。何やら貴重な預かり物をもって行くとかで、とても大事そうにしていた。ペリー先生はよく理解できなかったが、これは女性の絡む問題に違いないと思い、そう言ってやったところ、ミスター・エルトンはひじょうに意識的な顔つきでにっこり笑い、意気揚々と馬を駆って走り去った。ナッシュ先生はそう言ったあとでミスター・エルトンのことをいろいろしゃべり、ハリエットを意味ありげに見やって、「彼の用事が何だったか知ったかぶりはしないけれど、ミスター・エルトンが好きになる女性は世の中でいちばん幸せだと思うわ。だって、男前といい感じのよさといいミスター・エルトンの右に出る人はいないもの」と言った。

第九章

ミスター・ナイトリーと言いあいをしても、エマは自分自身と言いあいをするわけにはいかなかった。彼は大いに機嫌を損ね、ハートフィールドにまたやって来るまでの時間が普段より長かった。二人が会ったとき彼が見せた難しい表情は、彼女が許されていないことを示していた。エマは残念だと思いはしたが、悔いる気持にはならなかった。それどころか、彼女の計画や遣り方はそのあと数日間の一般的な情勢からますます正当化され、これでよかったのだという気がした。

優雅な額縁におさめられた肖像画はミスター・エルトンが帰るなり無事に渡され、居間のマントルピースの上に掲げられたが、彼は立ち上がってそれを見つめ、当然のことながら溜息まじりに賞賛の感嘆詞を発した。ハリエットの感情は、若さと彼女の知性が許すかぎりの、目に見えるような強い愛着の言葉になってよどみなく口を衝いて出た。やがてエマは、ミスター・マーティンが思い出されるときは必ずミスター・エルトンと対比され、そのさいミスター・エルトンの存在が際立っていることに心から満足を覚えた。

役に立つ本をいろいろ読むとか、会話を交わすことで小さな友達の知性を磨く、というエマの考えはまだ最初の二、三章を過ぎたばかりで、明日も続くことになった。勉強よりはおしゃべりのほうがずっと易しいし、彼女の理解力を高めたり、大真面目な問題を考えたりする努力よりも、想像力を働かせてハリエットの運命に思いを馳せるほうがはるかに楽しかった。そして、ハリエットが今やっている唯一の文学の趣味というか、人生の夕べに備える知的たしなみというかは、出くわしたあらゆる種類の謎を、友達が作ってくれた組み合わせ文字やトロフィーで飾った四つ折判の加熱プレス紙に書き写すことだった。

文学流行《ばやり》のこの時代には、そうしたものを大規模に蒐集するのは珍しいことではなかった。ミセス・ゴダードが経営する学校のナッシュ教頭は、少なくとも三百は清書していた。彼女から初めて勧められたハリエットは、ミス・ウッドハウスに助けてもらってもっとたくさん集めたいと思った。エマは創意や記憶や趣味で彼女を援助した。ハリエットの字がとてもきれいなので、量的にも形式的にも第一級の蒐集になった。

ミスター・ウッドハウスは娘たちとほとんど同じ興味をこれに抱き、彼女らの蒐集に加えられるようなのを思い出すことも一度や二度ではなかった。「私の若い頃には気の利いた謎がたくさんあったんだが――それが思い出せないのはおかしい。ま、そのうち思い出すだろうて」と彼は言い、いつも、「そうだ、『美しけれど心冷たき乙女よ』というのがあったよ」で終るのだった。

そのことを言ってやった親友のペリーも、差し当たって謎のようなものは思い出せなかった。しかしミスター・ウッドハウスは、あなたはあちこち回診するから行った先で面白いのに出くわすかもしれない、心掛けて集めてくださいと頼んだ。

ハイベリーの識者を総動員することは娘のエマが望んでいたことでは決してない。彼女が協力を頼んだのはミスター・エルトンだけだった。何かほんとうに面白い謎や、言葉当て遊び《シャレード》や、とんち問答が集められたらお願いするわ、と言ったところ、懸命に思い出そうとするので見ていて悪い気はしなかった。同時に彼の、女性に慇懃でなかったり誉めたことにならない言葉は口にすまいと、心掛けるさまがわかって好感がもてた。こうして二人は彼からとても上品な謎を二つか三つ寄せてもらったが、彼があの有名なシャレードをようやく思い出していささか感傷的に、

最初のシャレードは悩みを意味し
二番目はそれを感じる運命にあり
全てはこよなき解毒剤
悩みを和らげ癒すなり

と朗唱したときには、何ページかまえにすでに書き写したものとあってエマは心から気の毒になり、

「ご自分でお書きになればよろしいのに、ミスター・エルトン」と言った。「それだけが新鮮さを保証するんだわ。あなただったら造作もないと思うけど」

「いや、とんでもない！　そうしたものは一度も書いたことはありません。僕は馬鹿な男でねえ、ミス・ウッドハウス——ここで彼はちょっと間をおき——いや、ミス・スミスからさえインスピレーションは湧きませんよ」

しかし、インスピレーションが湧いた証拠はその明くる日にはあがったのである。彼はちょっと立ち寄り、テーブルに一枚の紙を置いて帰ったが、それに書かれたシャレードは友人が愛する女性に宛てたものだと彼は言ったけれど、そのときの態度から彼自身

の作品に間違いない、とエマは即座に確信した。

「ミス・スミスの蒐集用に置いて行くのではありません」と彼は言った。「友人のだからたとえちょっとでも人目にさらす権利はないんですが、見るだけなら嫌でもないだろうと思って」

その言葉はハリエットよりもエマに向けられていたが、エマには彼の気持が理解できた。自分を意識するあまり、ハリエットよりエマに視線を向けるほうが楽だったのだ。言い終えるなりエルトンはそそくさと帰った。――ややあってエマはにっこり笑い、紙片をハリエットのほうへ押しやりながら――

「あなたに置いていったんだから取っといて」と言った。

けれどもハリエットはぶるぶる震え、手を触れることができなかった。そこで先に目を通すのが嫌いでないエマは見ないわけにはいかなかった。

ミス――に寄せる

シャレード

最初の謎は地上の王侯の富と栄華
彼らの快楽と奢侈なるぞ

第二の謎は異なる人の姿
あれに見よ、海原の王たる彼を！

さあれ、ああ！　両者の相結ぶとき
いかなる敗北に立ち至ることぞ！
人の誇る力も自由も全て消え
大地と大海の王なる彼も
膝を屈して奴隷となる
独り統《す》べるは女、美しき女なり

汝が機知は当意即妙に言葉を見出し
かの優しき瞳に承諾の光ぞあれかし！

エマはシャレードに視線を投げかけ、じっと考えて意味をつかむと、もう一度読み返して確かめ、各行の意味に納得がいったところで幸せそうに微笑みながらハリエットに渡した。それから、希望と意味のわからなさで狐につままれた顔の彼女を前に、胸のうちに呟いた。『でかしたわね、ミスター・エルトン。もっと下手なシャレードを読んだことがあるわ。求愛《コートシップ》――たいそうすてきなヒントだわ。大した腕前だこと。探りを入れたというわけね。あなたは、「ミス・スミス、私のシャレードを受け入れ、同時に意図をおくみの上、あなたに求婚することをお許しください」とはっきり述べているわ。

かの優しき瞳に承諾の光ぞあれかし！

やっぱりハリエットだわ。優しき瞳とは彼女の目にぴったり、こんなふさわしい形容はないわ。

汝が機知は当意即妙に言葉を見出し

ふーん――ハリエットの機知が当意即妙？ だったら申し分ないけれど。彼女をこんなふうに表現するとしたら、男は首ったけということね。ああ、ミスター・ナイトリー、ご参考までにお見せしたいわ。これならばあなたも納得するんじゃないかしら。一生に一度ぐらい自分の間違いを認めないわけにはいかないでしょう。ほんとに立派なシャレードだわ！　それに要領を得ているし。まもなくことは重大な局面を迎えるに違いないわ』

「それなあに、ミス・ウッドハウス？　ねえ、何なの？」と息せき切ったようなハリエットの問いかけで、エマはこうした心楽しい想念から引き戻された。さもなければしばらくは続いただろう。「あたし、見当がつかないわ――なんだかさっぱりわからない。それって、いったい何なの？　教えて、ミス・ウッドハウス。こんな難しいもの、初めて見たわ。王国が答なの？　友人って誰かしら？――それから、若い婦人とは誰のこと？　これ、上手なシャレードだと思う？　女が答ということ？

独り統べるは女、美しき女なり

と言ってるけど、海の神様のことかしら？

あれに見よ、海原の王たる彼を！

それとも三叉の鉾《ほこ》（海神の標章）が答かしら？　あるいは人魚？　鮫《シャーク》？　そんなはずはない、

鮫は一音節だから。たいそう気の利いたものに違いないわ、でなかったらあの方はもってこなかったでしょう。ねえ、ミス・ウッドハウス、あたしたちにわかると思う？」

「人魚や鮫だなんて！　馬鹿なこと言わないで、ハリエット。あなた、何てこと考えているの？　人魚や鮫が答えだとしたら、お友達の作ったシャレードをもってくる意味はないじゃないの。いま言うからその紙をよこしてわたしの言うことを聞いてちょうだい。まずミス――に寄せる、とあるけれど、ダッシュのところはハリエットと読むのよ。

　　最初の謎は地上の王侯の富と栄華
　　彼らの快楽と奢侈なるぞ

これはコート（宮廷）だわ。

　　第二の謎は異なる人の姿
　　あれに見よ、海原の王たる彼を！

これはシップ（船）――実にはっきりしているわ――肝心なのはこの次よ。

さあれ、ああ！　両者の相結ぶとき〈結べばコートシップ〈求愛〉になるでしょう〉、
　いかなる敗北に立ち至ることぞ！
人の誇る力も自由も全て消え
大地と大海の王なる彼も
膝を屈して奴隷となる
独り統べるは女、美しき女なり

とても適切な賛美だわ――そのあとにシャレードを宛てた相手がくるんだけれど、それが誰であるかを理解するのはたいして難しくないでしょう。一人でゆっくり読んでみることね。あなた宛に書かれたことは間違いないから」

嬉しい説得とあって、ハリエットはそう長い時間は抵抗できなかった。結びの二行を読むと動悸がしはじめ、幸せでいっぱいになった。口が利けなかったが、何かを言う必要はない、感じるだけで十分だった。エマが彼女に代わってしゃべった。

「この誉め言葉にははっきりした特別の意味が籠っているから」とエマは言った。「ミスター・エルトンの意図は一瞬たりとも疑うことはできないのよ。彼のお目当てはあな

たなの――じきに完璧な証拠を受け取ることになるわ。きっとそうなる、思い違いなんかではない、と思っていたけれど、これではっきりしたわね。この件についてはあなたと知りあって以来の望みが叶ったわけだけれど、彼の心ははっきり決まったのよ。そうよ、ハリエット、わたしがずっと望んでいたことがいま起こったんだわ。あなたとミスター・エルトンの愛情が果たしてとても望ましいものか、このうえなく自然なものか、わたしにはよくわからなかったんだけれど、望ましさと自然さが同じぐらいだとわかったわけ！　こんなに幸せなことはないわ。心からおめでとうと言わせていただきますよ、ハリエット。こんな愛情が生まれたんだもの、女が誇りを覚えて当然だわ。この関係から生まれるのはいいことずくめ――尊敬、独立、家――あなたの欲しいものは何でも手に入るし、ハートフィールドとわたしの近くで親しいお友達の中心になって、わたしたちの友情は永遠に確立する。いいこと、ハリエット、この縁組ならばわたしもあなたも恥じることはないわ」

優しく何度も抱き合いながら、最初のうちハリエットの口を衝いて出たのは「嬉しいわ、ミス・ウッドハウス」という言葉だけだった。けれども、会話らしい言葉が出るようになると、エマには彼女が当然のことながらミスター・エルトンとの将来を夢に見、感じ、期待していることがはっきりわかった。ミスター・エルトンのすばらしさは十分すぎるほどわかっている。

「あなたの言うことはいつだって正しいわ」とハリエットは叫んだ。「だから、あたしはあなたの言葉どおりになると思うし、信じるし、希望したいわ。あなたに言われなければ想像もできなかった。だって、あたしの身には過ぎたことですもの。ミスター・エルトンって、誰とでも結婚できるような人でしょう？　あの方について別の見方があるなんて考えられないもの。とても立派な方だわ。『ミス――に寄せる』というこのすてきな詩、なんて頭のいい人でしょう！――でも、ほんとにあたしに寄せたシャレードかしら？」

「わたしは疑わないし、疑問に耳を貸すこともできないわ、そうに決まっているんだから。わたしの判断に間違いないと思ってよ。芝居の前口上みたいなものだし、章のモットーだわね。そのうち事務的な散文がはじまるわ」

「誰も期待しなかったようなことだわ。ひと月まえのあたしには想像もつかなかった！　不思議なことが起こるものねえ！」

「ミス・スミスとミスター・エルトンみたいな人たちが知りあうと、そんなことが起こるんだわ――実に不思議ねえ――こんなに望ましいとはっきりしているようなこと――ほかの人たちが前もって手筈を整える必要のありそうなことが、あっという間にできあがってしまうんだから、とても普通のことではないわ。あなたとミスター・エルトンは境遇によって互いに呼び寄せられたのよ。それぞれの家のあらゆる事情によって、あなたたちはお互い同士のものなのよ。あなたたちの結婚はランドールズの結婚にも匹敵するでしょう。ハートフィールドの雰囲気には愛情に正しい方向を与えて流れるべき水路に送り出すような何かがあるらしいわ。

　まことの愛の進路は決してなだらかならず（シェイクスピア『真夏の夜の夢』第一幕第一場）――

というけれど、シェイクスピアのハートフィールド版はこのくだりに長い註がつきそうだわ」

「相手もあろうにミスター・エルトンほどの人があたしを恋してくださるなんて――ミカエル祭（九月二十九日）には知りもせず、話したこともないこのあたしを！　しかも彼は右に出る人もないくらいハンサムで、ミスター・ナイトリーみたいにみんなが尊敬している人！　彼との交際を誰も彼もがもとめ、その気にならなければ一度だって一人で食事を摂らないですむ、一週間の日数よりも招待状のほうが多い、と誰もが言っています。それに教会での説教のすばらしいこと！　彼がハイベリーに来てからこっち、ナッシュ先生はお説教の内容をぜんぶ書きとってもってるわ。あっ、いけない、恥ずかしいわ。あの人を初めて見たときのことを思い出しちゃった！　なんて浅はかだったのかしら！——あの人が通ると聞いたでしょ、あたしはアボット姉妹と表の部屋へ駆け込んでブラインド越しに覗いたんです。そしたらナッシュ先生に叱られて追い返されてしまいました。先生は残って覗いているの。だけどまもなくあたしを呼び戻して覗かせてくれたわ。先生って根は優しいのよね。この牧師さんはなんて美しい人かしら、と思った！　あのとき彼はミスター・コールと腕を組んでいました」

「あなたのお友達が誰であろうと——何をしていようと、少なくとも常識があればこの縁組には好意をもってくれるはずだわ。わたしたちの行動を馬鹿に言ってやるわけでもないものね。もしその人たちがあなたたちの幸せな結婚を実現したければ、立派な性格でそれを保証する人がいるじゃない——彼らが最初にあなたたちを住まわせるために選んだのと同じ地方なり社会なりに落ち着かせたいとすれば、これでそれは実現することになるわ。また、その人たちの目的が世間で言う良縁を結ぶことだけにあるとすれば、不自由なく暮せるだけの財産や立派な家があるし、その人たちを満足させるに違いない出世だって考えられないわけじゃないでしょう」

「ええ、ほんとだわ。なんてすばらしいことをおっしゃるの。あたし、あなたのお話を聞くのが大好き。何もかも理解しているのね。あなたとミスター・エルトンは同じくらいに頭がいいわ。このシャレードにしても、あたしが一年かけて勉強したって作れない感じだわ」

「昨日の断わり方からみて、腕試しに作ってみる気だなと思ったわ」

「これは間違いなくあたしが読んだうちで一番いいシャレードだわ」

「確かにこれほど要領を得たのは読んだことがないわね」

「長さだってあたしたちが集めたのの二倍ちかくあるし」

「長ければいいというものではないけれどね。シャレードは短いに越したことはないのよ」

その言葉は詩句に気を取られていたハリエットには聞こえなかった。彼女の胸にたいそう満足のいく比較がふと思い浮かんだ。やがて彼女は頬を染めながら言いだした。

「あたし思うんだけれど、言いたいことがあるとき、誰でもするように机のまえに坐って手紙で手短に表現するのと、こんな詩やシャレードを作るのは全く違うことなんですね」

エマはこの言葉でミスター・マーティンの散文が厳しく否定されたと思った。

「なんてすばらしい詩なんでしょう！」ハリエットは言葉を継いで言った――「この

最後の二行は！――でも、どうやってお返しをして意味がわかりましたと言えばいいかしら？　ねえ、ミス・ウッドハウス、どうすればいい？」

「わたしに任せて。あなたは何もしないのよ。彼は今夜来ると思うけど、来たら返すわ。その際つまらないやりとりがあると思うけれど、あなたには累《るい》が及ばないようにするわ――あなたは優しい目で微笑んでいればいい。わたしを信じて任せなさい」

「ねえ、ミス・ウッドハウス、この美しいシャレードをノートに書いちゃいけないなんて残念だわ！　この半分もすばらしくないシャレードだって書いたことないんです」

「最後の二行を省きさえすれば書いてはいけないという法はないわ」

「そうなの？　でもこの二行は――」

「もちろんクライマックスだわ――これはこっそり楽しむべきところね。そのために大事にとっておきなさい。そこが抜けても書き足らないことはないし、二行がなくなるわけでもないわ。それに意味が変わることもないしね。取り除くと特殊な目的で使っている言葉が消えるけどシャレードの華麗さは残るでしょ、するとどんな蒐集にも使えることになるわけ。彼はきっと、自分の情熱よりもシャレードを軽んじられたくないでしょう。恋する詩人はどちらの資格も大事にしてあげなければ、両方を否定することになるわ。ノートをお出しなさい、書いてあげます。そうすればあなたが咎められることもないわ」最後の二行を切り離したくない気持があったけれど、ハリエットは言われた通りに従った。切り離せば友達は愛の宣言を書かないことになる。それはどんな意味でも公開したくない貴重な贈物だった。

「そのノートは決して手放さないことにするわ」と彼女は言った。

「気持はわかるわ」とエマは答えた。「ごく自然な感情だもの。それが長く続けば続くほどわたしとしても嬉しいのよ。あら、父が来たわ。シャレードを読んで聞かせてもいいわね？　きっと喜ぶと思うわ。こういうものは何でも好きなの、とりわけ女性に賛辞を呈するのに目が無い人なのよ。父という人はわたしたち女性にそれはそれは優しい心根の持ち主なんだから！――それでは読むわね」

ハリエットの顔が曇った。

「ねえ、ハリエット、このシャレードをあまり気にしちゃだめよ――意識のしすぎで過敏になって、ありもしない意味がいかにもありそうに見えてくるのは禁物だわ、盛り込まれた意味を汲み取っただけでさえ自分の気持の底を見抜かれかねないんだから。こんなちょっとした誉め言葉に感動しすぎないこと。秘密にしておきたかったら、わたしがいるのに紙を置いて帰りはしないわ。しかも彼はあなたじゃなくてわたしのほうへ押して寄越したのよ。あまり深刻に考えないことにしましょう。このシャレードの出来栄えにやたら感心しなくても、彼には十分な励みになっているんだから」

「いいえ、そんな！――あたしはただ見当違いな態度は取りたくないと思っているだけです。あなたの好きなようにして」

ミスター・ウッドハウスは入ってくると、「やあ、ノートの進み具合はどうかね？――なにか目新しいのでも見つかったかな？」という例の質問でシャレードの問題を蒸し返した。

「そうよ、パパ。出来たてのほやほやのがあるから読んであげるわ。今朝テーブルの上に紙切れが載っててね――（妖精が落したんじゃないかとわたしたちは思うんだけれど）――見たら美しいシャレードが書いてあるの。たった今ノートに写したばかりだわ」

そう言って彼女は父の好みに合わせてゆっくり、はっきりした口調で二、三度繰り返して読んだ。進むにつれて説明をくわえていったが、父はたいそう気に入り、予期したように結びの賛辞にはことのほか感じ入った面持で、

「なるほど、実にうまく書けておる。ぴったりだ。真実にあふれておる。『女、美しき女なり』か。美しいシャレードだねえ。どんな妖精がもってきたか、私には簡単に想像がつくよ。――いやね、こんな美しい詩はお前にしか書けまいて、エマ」と言った。

エマはうなずき、微笑を浮かべただけだった。――彼はちょっと考えてから優しい溜

息を一つつき、言葉を継いだ。

「ああ！　お前が誰に似ているかは造作もなくわかるよ！　お母さんはこういうことに優れておった！　お母さんほどの記憶力があればなあ！　しかし私には何も思い出せん――私が口ずさむのをお前がよく聞いたというあの謎解き詩も、第一スタンザを覚えているだけでなあ、いくつもあるというのに。

キティ、美しけれど心冷たき乙女よ
汝のともせし火をいまだに嘆く
われは目隠しせる少年に助けを求め
彼の近づくを恐れたり
さきにわが求婚を妨げし者なれば

私に思い出せるのはここまでだな――しかし、これはおしまいまで実に見事な詩だ。確かもう書き取ったと言ったね」

「そうよ、パパ。二ページに書いてあるわ。わたしたち、『典雅文集』から写したの。ギャリック（一七一七―七九。イギリスの俳優・劇作家）の詩だったわね」

「そうそう――先が思い出せなくてなあ。

キティ、美しけれど心冷たき乙女よ、か。

この名前を聞くとイザベラを思い出すんだよ。あの娘《こ》はおばあちゃんの名前をもらってすんでにキャサリンとつけるところだった。来週にはここへ来るはずだな。それはそうとあの娘の部屋は考えたかな？　子供らの部屋も決めねばなるまいが」

「それはもう――もちろん個室を使ってもらうわ。いつもの部屋、それから子供たちには例によって子供部屋があるし――普段と同じでいいでしょ？」

「そのへんはわからないが――このまえ来てからもうかなりたつねえ！――復活祭以来だよ。あのときだってほんの二、三日いただけだった――ミスター・ジョン・ナイトリーが法律家というのはひじょうに不便なものだ――イザベラもかわいそうだよ、私たちみんなから切り離されて――帰ってきてミス・テイラーがいないんじゃあの子もどんなに寂しかろうねえ！」

「少なくとも驚きはしないわよ、パパ」

「さあ、どうかねえ。彼女が結婚すると初めて聞いたときにはえらく驚いたからね」

「イザベラがいるうちにウェストン夫妻をお食事に招ばなくちゃならないわ」

「もし時間があればそうだね――しかし――(と彼はひじょうに滅入ったような顔で)あれが帰ってくるといってもわずか一週間だ、何をする時間もあるまい」と言った。

「もっと長くいられないのは生憎《あいにく》だけれど――どうしても帰らなくてはならないらしいわ。ミスター・ジョン・ナイトリーは二十八日にはまたロンドンで用があるそうだし、あの人たちが田舎に割《さ》かれる時間をぜんぶ頂けるっていうし、二、三日を僧院訪問に充てることもないわけだから、わたしたちは感謝すべきだわ。あの人たちはうちよりもミスター・ナイトリーのほうにごぶさたしているんだけれど、ミスター・ナイトリーは今年のクリスマスは権利を放棄すると約束しているわ」

「イザベラがハートフィールド以外は行けないとなると辛いねえ」

ミスター・ウッドハウスは自分の権利以外にはミスター・ナイトリーの弟に対する権利や、イザベラに対する誰の権利も決して考慮に入れることができなかった。彼は坐ったままちょっと考え込んでから言った。

「しかし、彼が帰るにしても、私はどうしてイザベラまでがそんなに早く帰らねばならないのかわからないねえ。もっとゆっくりするようにイザベラを説得しようと思うんだがね、エマ。子供らと一緒にいたってよさそうなものだ」

「それはいままで駄目だったじゃないの、パパ。今度もそうはいかないわよ。イザベラは旦那さまを帰して自分だけ残ることができない質《たち》なんだから」

これはほんとうだったから否定のしようがなかった。嫌なことではあったけれども、ミスター・ウッドハウスはすなおに溜息をつくしかなかった。娘がそれほどまでに夫を愛しているという考えに父の元気が殺《そ》がれた、とみたエマは元気が出るに違いない話題を持ち出した。「お姉さん夫婦が来ているあいだハリエットがずっといてくれるわ。彼女はきっと子供たちの相手をしてくれると思うの。わたしたち、あの子らをとても誇りにしてるものね、パパ？　ハリエットはヘンリーとジョンではどっちがハンサムだと思うかしら？」

「さあ、どっちだろうな。さぞかしやって来るのを娯しみにしているだろうねえ。ハートフィールドへ来るのが大好きだからねえ、ハリエット」

「きっとそうだと思います。だってここが好きにならないわけはありませんもの」

「ヘンリーはいい子だよ。ジョンは母親そっくりでな。ヘンリーのほうが上なんだが、父親じゃなくて私の名前をとってつけた。二番目のジョンが父親にちなんでつけた名前だ。驚いた人もいたと思うがね、長男に父親の名前をつけなかったのは、イザベラがどうしてもヘンリーがいいと言い張ってな、それだけにイザベラはかわいいんだよ。それにあの子はひじょうに頭がいい。みんなたいそう利発な子供らで、やることなすことかわいらしいったらない。私の椅子のところへ来て、『おじいちゃん、紐《ひも》ちょうだい』なんて言うんだよ。一度なんかヘンリーがナイフをほしがるんで、ナイフはおじいちゃんしか持てないと言ってやった。父親がときどき乱暴な扱い方をしすぎるのでねえ」

「パパが腫物《はれもの》にでも触るような扱い方をするから乱暴に見えるだけだわ」とエマは言った。「でも、よその父親と比べてみれば乱暴とは思わないでしょう。男の子だもの、お義兄《にい》さんは活動的で丈夫に育てたいと思っていらっしゃるのよ。ときどきおいたをするときびしく叱ることもあるわ。でも、愛情あふれる父親よ——ミスター・ジョン・ナイトリーが愛情あふれる父親であることは間違いないわ。子供たちはみんなお父さまが好きだもの」

「そこへまた伯父さまがやって来て、はらはらするようなやり方で子供らを天井へほうり上げる！」

「でもあの子たちはそれが好きなのよ、パパ。あれほど好きなものはないって感じだわ。面白くてたまらないから、伯父さまが交代でやるという規則を決めなかったらいつまでも順番を譲ろうとしないぐらいだわ」

「私にはわからないねえ」

「わたしたちだってみんなそうよ、パパ。世の中の人たちの半分は残る半分の人たちの喜びが理解できないんだから」

昼近くになって、女性たちがいつものとおり四時の食事の支度に席を立とうとしたとき、比類のないこのシャレードのヒーローがまたやって来た。ハリエットは顔をそむけた。しかしエマはいつもの微笑で彼を迎え、すばやい一瞥で、岸に竿《さお》を突き立てて舟を一押ししたというか――采《さい》は投げられたというか、そんな意識を彼の目に読み取った。そして彼女は、彼は結果を見届けに来たのだと思った。しかし、彼の表向きの理由は、その夜に開かれるミスター・ウッドハウスのパーティに自分がいなくてもいいかどうか、それともハートフィールドではいささかなりと欠かせない存在であるかどうかを確かめることにあった。もしそうなら何をさておいても出席しなければならない。しかし、そうでなければ実は友人のコールにぜひ食事を共にしたいと誘われ、都合がつけば行くと約束したのだという。

エマは彼に感謝の言葉を述べ、わたしたちのためにお友達をがっかりさせるわけにはいかない、父はあなたが三回勝負に参加するものと当てにしているでしょうけれど、と答えた。彼は、それでは友人との会食を断わると言い――エマは、いいえ、相手に悪いからどうぞご遠慮なく、ともう一度断わった。それではとミスター・エルトンが別れの一礼をして帰りかけると、エマはテーブルの紙を取り上げて差し伸べながら言った――

「そうそう！　シャレードをお寄せいただいてどうもありがとうございました。見せていただいたことを感謝します。わたしたち、とても感心したものですからミス・スミスのノートに書き取らせていただきましたの。お友達の方も気を悪くなさらないでほしいわ。もちろん、書いたのは最初の十行だけですけど」

ミスター・エルトンは答に窮した面持だった。彼は当惑の表情――というよりむしろ怪訝《けげん》そうな顔で――「名誉」がどうしたというようなことを言い、エマとハリエットをちらと見やって、テーブルに開かれたノートに目を移すと、取り上げてひじょうに注意ぶかく調べた。エマは気まずい時間をやり過ごすつもりで微笑を浮かべながら言った。

「お友達にお詫びを言っていただかなければなりません。だけど、こんなに立派なシャレードを一人か二人のものにしてはならないと思うわ。これだけのシャレードが書けるんですもの、どんな女性にも気に入られますわ」

「僕はためらいなく言いますが」と答えながらも、ミスター・エルトンは大いにためらいを見せつつしゃべった。「僕はためらいなく言いますが――もし友人が僕と同じ感じ方をすればの話ですが――彼のささやかな感情の発露がこれだけのお誉めにあずかれば(と言いながら彼はノートにもう一度目をやり、それからテーブルに戻した)、彼としてもこんな誇らしいことはないと思うに違いありません」

言い終ると彼はそそくさと帰っていったが、エマには彼の帰るのが早すぎたとは思えなかった。それというのも、彼には好感のもてる立派な面があるとはいえ話しぶりにはひけらかすようなところがあって思わず吹き出したくなったからだ。彼女は、最高の喜びは優しいハリエットに任せて、心ゆくまで笑うためにその場から走り去った。

第十章

十二月の半ばだったが、若い婦人たちが規則的に運動をするのを阻《はば》むような天候にはまだなっていない。エマはその翌日、ハイベリーからちょっと離れたところに住む病人を抱えた貧しい家族を見舞った。

一戸建てのこの農家への道は牧師館小路といって、曲がりくねった広い大通りを直角に折れて行った先にある。そして、ここには想像できるようにミスター・エルトンの祝福された住いがあった。二、三軒の粗末な家屋を通り過ぎると、小路を四分の一マイルほど行ったところに牧師館がそびえていた。古くてたいしていい建物ではない。道路端に建ててあって、地の利はないけれども現在の所有者がかなり手を入れてスマートになった。そんなわけで、二人の友達が歩度を緩めて物見高い目で観察しないで通り過ぎるはずはなかった。エマは、

「ここだわ。そのうちあなたとシャレードのノートが越してくるところよ」と言った。するとハリエットは、

「まあ、何てすてきなおうちなんでしょう！――とても美しいわ！――あれがナッシュ先生がすごく誉めていた黄色いカーテンなのね」と答えた。

「今ではこっちへ来ることもあまりないけれど」二人して歩を運びながらエマは言った。「そうなるとわたしも来るようになるでしょうから、ハイベリーのこの辺りの垣根や、門や、池や、刈り込みなんかとも馴染みになるわね」

ハリエットはこれまで牧師館に入ったことがないので、中を見たいという好奇心は強かった。エマは、外観がそれほどでもないので恐らく内部《なか》もそうだろうと思いながら、ハリエットの気持はミスター・エルトンが彼女に当意即妙の機知を見たのと同じ類いの愛の証拠だと思った。

「何とかして中へ入ってみたいけれど、それらしい口実が思いつかないのよ――家政婦に召使いのことを訊こうにも召使いはいないし――父からことづてがあるわけでもな

いしね」

と言って彼女は考えてみたが何も思いつかなかった。数分間互いに黙りこくったあと、ハリエットが言い出した。

「あなたは結婚しないとか、この先も結婚しないとおっしゃるけど、あたしは不思議でたまらないわ！　あなたみたいな美しい人がどうしてなのかしらって！」

エマは笑って答えた。

「わたしに魅力があるということだけでは結婚する気にならないのよ。ほかの人にも魅力があると思う必要があるんだわ――少なくとももう一人そういう人が要るわけ。それにわたしは今のところ結婚する気がないばかりか、およそ結婚をするつもりはないのよ」

「あなたはそう言うけれど、あたしには信じられないわ」

「その気になるにはこれまでに会ったことのないような優れた人と会わなければならないわ。たとえばミスター・エルトン（と言って彼女ははっとなり）は問題外だし、そういう人と会う気がもともとないんだからしょうがない。そんな気にはなりたくないの。改善の余地なしだわね。もし結婚したら後悔するに違いないと思うもんだから」

「まあ！――女の人からそんな話を聞くなんてとても不思議な気持だわ！」

「女性が結婚したくなる普通の理由ってあるじゃない。それがわたしにはないのよ。恋にでも陥れば話は違うんだろうけれど、わたしは恋をしたことがないわ。恋はわたしの行き方じゃないというか、そんな性格じゃないのね。この先もそういうことにはなりそうにないわ。恋もしないで自分の立場を変えるなんてばかだと思うのよ。財産なんか欲しくないし、仕事も欲しくはない。社会的地位も要らない。わたしはハートフィールドでわがもの顔に振る舞っているけれど、結婚した女性で夫の家をわたしの半分も思い通りにできている人って殆どいないと思うのよ。父はわたしをかわいがってくれるし、大事にもしてくれるわ。父の目からすればいつだってわたしが一番で正しいことになっているけれど、結婚すれば決してそうはいかないわ」

「それじゃミス・ベイツみたいにオールドミスになっちゃうじゃない！」

「あなたにしてはずいぶん恐ろしいイメージを抱いたものね、ハリエット。もしわたしがミス・ベイツみたいに愚かで——満足しきって——いつもにこにこして——おしゃべりで——見境がなくて潔癖さに欠けて——周りの誰彼のことをあることないことしゃべりたがるような女になると思ったら、明日にでも結婚するわ。でもね、ここだけの話だけれど、結婚していないことを除いてわたしたちの間に似たところは何もないはずだわ」

「だけどオールドミスにはなるでしょう！　それが怖いのよ！」

「それだったら心配ご無用、わたしは憐れなオールドミスにはならないから。鷹揚な世の中の人の目に独身生活が軽蔑すべきものに映るのは貧乏な場合だけだわ！　かつかつに暮すだけの収入しかない独身女性は滑稽で見苦しいオールドミスになって、若い男女の格好な笑いものにもなるだろうけれど、十分な財産のある独身女性はいつだって相応な扱いを受けるし、誰にも劣らず分別があって、感じよく見えるものだわ。それに、人並み優れていることはちょいと見に見えるほど世の中の公平さや常識に反するものでもないわ。だって、ぎりぎりの収入ではとかく心が萎縮するし、性質もひねくれるでしょう。かつかつの暮しをしていて、いやおうなしにとても狭い、概して低俗な社会で生きる人たちが偏狭で意地が悪くなるのもうなずけるというものだわ。だけど、これはミス・ベイツには当てはまらないことよ。あのひとは人がよすぎるし、ばかみたいでわたしには向かない。でも、独身で貧しいけれどおおむねみんなに好かれるのね。きっと貧しさで心が萎縮する、ということがなかったんだわ。もし一シリングがあれば六ペンスを人にくれてやるような、そんな人なのよ。それに彼女を恐れる人は誰もいないでしょ、これは大きな魅力だわ」

「でも、何をするの？　齢をとったらどんなことをなさるおつもり？」

「わたしが自分を知っているとすれば、わたしの頭は活発に働いて他人の手を借りずにすることがたくさんあるはずだわ。四十か五十になったとき、二十一のときよりもやることが少なくなるなんて考えられないのよ。そのときだって女が普通目と手と頭ですることは今と同じくらい、さもなければあまり変わらない程度にできるわ。絵が描けなくなればそれだけたくさん本を読むし、音楽をやめれば絨緞編みを始める、といった具合にね。それから関心の対象というか、愛情を注ぐ相手というか、これがなくなるのは独身生活では避けなければならない大きな弊害だけれど、わたしには姉に芯からかわいがっている子供がいて面倒が見られるからその点は恵まれているわ。齢をとってから必要なさまざまな感動も、恐らくその頃には子供も増えて与えてくれるわ。姉の子たちに一喜一憂しながら暮すわけ。どの子に対する愛情も親のそれには及ばないけれど、親ほど温かく盲目的でないところが気楽で、わたしにはぴったりしているのよ。わたしの甥や姪たち！——姪をちょくちょく呼んでいっしょに暮したいわ」

「ミス・ベイツの姪をご存じ？　あなたは彼女を百回も見ているに違いないと思うけど——直接知っているの？」

「そりゃ知っているわよ。だって彼女がハイベリーに来るたびにいやおうなしに知らされるもの。あらいけない、こんな言い方をしたのでは姪御さんが嫌いになっちゃうわね。ミス・ベイツはジェーン・フェアファックスのことでみんなをうんざりさせているけど、少なくともわたしはナイトリーの家族の話で彼女の半分も人を退屈させるようなことがあってはならないわ！　ジェーン・フェアファックスという名前を聞いただけでも不愉快だわ。彼女から手紙がくるたびに四十回も読んで聞かされるし、友達を誉めるにしても際限もない繰り返し、おばさんに胸衣の型を送ってやるとか、おばあさんに靴下留めでも編んでやるとかすれば、一か月はその話ばかりね。ジェーン・フェアファックスには好意をもっているけど、死ぬほど退屈だわ」

農家に近づいたので、とりとめのない話題は中断された。エマは同情心がとても強いので、貧しい人々の苦しみは彼女の与える金ばかりでなく、心遣いや、親切や、助言や、忍耐などにも癒された。彼女は彼らの習わしを理解し、無知と誘惑されやすいものを考慮に入れて、教育の効果も殆どない彼らに並外れた美徳を期待する、といったロマンティックなところはなかった。彼らの悩みに同情して気さくに入っていき、善意と知性をもっていつも救いの手を差し伸べる。今の場合、彼女が訪れたのは病人を抱えた貧しい農家だったが、できるだけ長くいてやって慰めと助言を与え、小屋を後にして歩み去りながら、ハリエットにむかって家族の印象を話した。

「こうした光景を見ると自分のためになるのよ。ほかのことなんてまるで取るにたらないように見えてくるわ！――今日みたいな日は一日中貧しい人たち以外のことは考えられなくなるの。そのくせ明日には頭からすっかり消えてしまったりするんだけれど」

「ほんとうね」とハリエットは言った。「かわいそうな人たち！　ほかのことなんか考えられないわ」

「ほんとうにあの印象はすぐには消えないと思うわ」エマは小屋の庭を通って低い垣根とぐらつく踏み段を越え、もとの細い道路に通じる狭くて滑る小径を歩きながら言った。彼女は、「消えそうにないわ」と繰り返して足を止め、惨めな小屋の外観にもう一度目を遣りながらもっと惨めな内部を記憶にのぼした。

「ええ、そうだわ」と彼女の連れは言った。

二人は足を運びつづけた。小径はちょっと曲がっていたが、曲がったところを通りすぎたときミスター・エルトンの姿が急に見えた。ずいぶん近かったから、エマにはつぎのように言う時間しかなかった。

「ほらきたわ、ハリエット、見上げた考えがはたして長続きするか、こんな風にだしぬけに裁かれるのよ。それで（と言って彼女はにっこり笑った）、もし同情が苦しむ人たちに対する努力と救済を生み出したとすれば、ほんとうに大事なことをなしとげたと認めてもいいのではないかしら。惨めな人たちに同情して出来るだけのことをしてあげるだけであとは空っぽというのでは、わたしたち自身にとっても悲しいだけだわ」

紳士が彼女らのところへ来るまでにハリエットは、「その通りだわ」と相槌を打つのがやっとだった。けれども、会うなり話題にのぼったのは貧しい家族の困窮と苦しみだった。ミスター・エルトンも彼らを訪れるところだったが、訪問は先へ延ばされた。しかし二人は何ができ何をすべきかについて興味深い意見を交わした。それからミスター・エルトンはきびすを返して二人と一緒に歩き出した。

『こんな用向きで偶然に会うなんて』とエマは考えた。『同じ慈善的な用で一緒になったんだから、これはきっとお互いの愛情を大いに高めるに違いない。告白が行なわれても不思議はないわ。もしわたしがここにいなければきっとそうなる。ああ、どこかよそにいればよかった』

エマはなるべく二人から遠ざかりたいと思い、まもなく小径の片側のちょっと高くなったところへ道をあけて真ん中を歩かせた。けれども二分とたたないうちにハリエットが、例によって依存心と真似したがる癖から同じところを歩きはじめ、結局二人ともエマに従うことになった。これはいけない。彼女はすぐさま足を止め、ハーフブーツの紐を締め直すのを口実にしゃがんで小径をいっぱいにふさぎ、三十秒もしたら追いつくから先に行ってほしい、と二人に頼んだ。彼らは言われたとおりに従った。やがてころあいを見計らって背筋を伸ばしかけると、ハートフィールドへスープを貰いに行けと命じられた小屋の子供が水差しを抱えて追いついてきた。これはもっけの幸い、さらに遅れる権利が手に入ったとエマは思った。そのときの彼女に意図することがなかったら、女の子と肩を並べて歩きながら話したり質問したりすることほど自然な行動はなかっただろう。それで二人はわたしを待つ義務を感じないで前を歩きつづけられる。けれどもエマは不本意ながら追いついてしまった。子供の足が速く、二人の足並みがかなり遅かったからだ。どうやら彼らは興味深い話題に余念がなさそうなので気になった。ミスター・エルトンは勢い込んでしゃべり、ハリエットはいかにも楽しそうに聞き入っている。それでエマは子供を先に行かせ、どうやって距離をもうすこしあけようかと思っているところへ二人が振り返ったので仕方なしに一緒になった。

ミスター・エルトンはまだしゃべっており、何やら興味深そうな細かいことを言っている。それが友人のコール宅で昨日行なわれたパーティのことで、スティルトン・チーズや、北ウィルトシャ・チーズや、バターや、セロリや、ビートの根や、デザートの話だとわかると、エマはなんとなくがっかりした。

『もちろんそのうちもっといい話に変わるはずだわ』エマはそう思いなおして自分を

慰めた。『愛しあう仲だもの、どんな話だって面白いに決まっている。それに話題は何であれ核心に近づく前触れにはなるのよ。もっと長いこと遠ざかっていればよかったわ！』

彼らは黙って歩きつづけた。やがて牧師館の垣根が見えてくると、エマは少なくともハリエットだけは館に入れてやろうとだしぬけに思い立ち、もう一度ブーツの紐の具合が悪いのに気がつくと、それをなおすために遅れた。それから紐をちぎって抜け目なく溝に捨て、二人を呼び止めて、なおそうと思ったけれどどうしてもうまくいかない、これでは歩いて帰れない、と訴えることにした。

「靴の紐が切れちゃって」と彼女は言った。「どうにもならないわ。ほんとに厄介な道連れだわね。いつもは替りのを用意しているんだけれど。ミスター・エルトン、差し支えなかったらお宅にお寄りして家政婦さんにでもリボンか紐か、何でもいいからブーツを縛るようなものをお願いしたいんですけど」

ミスター・エルトンはこの提案にいかにも幸せそうな顔をした。そして彼女らを家のなかへ案内し、全てを引き立つように見せようと努めたが、そのときの彼の機敏さと気配りにまさるものはなかっただろう。案内されたところは普段彼が使っている部屋で、表通りに面していた。後ろにはもう一部屋あって、ここととつながっている。仕切りのドアは開かれており、エマは家政婦の案内でその部屋に入って、紐をなおすのを丁寧に手伝ってもらった。ドアは開け放しておかなければならなかったが、ミスター・エルトンが閉めるものとばかり思っていた。ところがそれは閉められず、開けたままだった。しかし、隣の部屋でミスター・エルトンが自分の話題を選ぶことができるように、エマは家政婦に絶え間なく話しかけた。けれども、彼女の耳には十分間、自分の声しか聞こえなかった。これ以上は引き延ばすことができない。そこでエマは話を切り上げ、姿をあらわさないわけにはいかなかった。

恋人たちは窓辺に佇んでいた。こんないい状況はない。エマは三十秒ほどうまくいったわと喜びに浸った。しかし考えてみるとそうでもない。彼はまだ肝心なことを言っていない。なるほど彼は愛想よく楽しげに、二人が通りすぎるのを見たからわざとあとを尾行《つけ》たとか、気を引くような言葉やほのめかしは口にしているが、肝心なことはひとことも言っていない。

『石橋を叩いても渡らないほうだわ』とエマは胸のうちにつぶやいた。『一歩また一歩と慎重に歩を運んで、足元を確かめてからつぎの一歩を繰り出している』

それでもエマは、わたしの機転で何もかもがうまくいったわけではないけれど二人が現在を楽しむようすがとはなっている、そのうち大きな出来事に結びつくに違いない、と自負しないではいられなかった。

第十一章

ミスター・エルトンのことは彼に任せておかねばならない。彼の幸福を監督したり、行動を早めたりすることはもはやエマにはできない。姉一家の来訪が差し迫っていたので、まずは期待として、次いで現実問題として、この先はエマのおもだった関心の対象になった。彼らがハートフィールドに滞在する十日間は、恋人たちにはときおり、思いがけず援助を与えることがあるかもしれないものの、それ以上のことは期待すべくもなかった――またエマ自身期待しなかった。しかし、彼らにその気があれば急速に進展するかもしれない。いや、その気があろうがなかろうが進展しなければならない。彼女は、二人のために何かしてやる暇があればいいとは殆ど考えなかった。何かしてやればやるほど自分では何もしない人がいるものだ。

ジョン・ナイトリー夫妻は例年より長くサリー州にごぶさたとあって、彼らに寄せられる関心も当然のことながら普段よりは強い。彼らが結婚してこの方、長い休暇は今年までハートフィールドとドンウェル僧院ですごしてきたが、この秋の休暇は子供のために海水浴に充てたからサリー州の親戚とは何か月も会っておらず、ミスター・ウッドハウスにいたっては全く会っていない。ミスター・ウッドハウスはイザベラに会うためにさえロンドンまでだって出向こうとしない人だった。したがってこの短すぎる訪問を独り占めしようと手ぐすね引いて待ち構えていた。

彼は旅が娘に与える苦労をたいそう気遣い、残り半分の行程を一行のうち何人かを運んでくる自分の馬と、馭者の疲労が少なからず気になった。しかし彼が心配するには及ばなかった。十六マイルの旅路を幸せに終え、ジョン・ナイトリー夫妻と五人の子供ら、それにほどほどの数の子守りたちはハートフィールドに無事着いた。到着のざわめきと喜びのうちに、大勢に話しかけたり、歓迎の言葉をかけたり、促されたりがひとしきり続いたあと、あちこちへ部屋割りをして落ち着かせたが、この騒ぎと混乱にはこんなときでもなければミスター・ウッドハウスの神経は耐えられなかっただろう。いや、今でさえもう少し長引けば耐えられそうになかった。しかし、ハートフィールドの習わしと父の感情を尊重していたミセス・ジョン・ナイトリーは、小さな子供たちが一刻の猶予もならず望むに違いない食べたり飲んだり眠ったりの要求を満たすなど、差し当たっての娯しみや自由を当てがいながら、彼らがあまり長いこと父に纏《まと》いついてうるさがられないように気遣った。

ミセス・ジョン・ナイトリーは小柄で優雅で美しく、立ち居振る舞いのしとやかな女性だった。際立って愛想のいい性格で、家族にすっぽりくるまった感じの彼女は夫に尽くし、子供には目がない。父と妹に優しい愛情を抱いているので、こうした強い絆がなければさらに温かい愛情は不可能だったと思われる。彼女は彼らのどちらにも欠点が見出せなかった。理解力が秀でているとか、頭の回転が早いほうではない。この点では父に似ていたけれど、体質もおおむね受け継いで体は華奢、子供の健康には気を遣いすぎるほど神経質で、くよくよと心配し、父がミスター・ペリーと親しいようにロンドンのウィングフィールド先生が好きだった。親娘は情け深さと、古くからの知己を大事にする根強い習慣を持ち合わせている点でも似通っていた。

ミスター・ジョン・ナイトリーは長身で紳士的で、ひじょうに頭のいい人だった。法律の専門家として頭角をあらわした彼は家庭を愛し、人柄も立派な人物である。しかし物腰には控え目なところがあって、一般に人好きのしない印象はここから出てくる。時には不機嫌になるところもあった。気難しい人ではないし、そうした非難に価するほど理不尽に不機嫌になることもそうしばしばあるわけではないが、彼の短気はあまり感心できない欠点だった。実際、妻にたいそう尊敬されているとあって、もって生まれた欠点はとかく増長しがちになる。極端なまでに優しい彼女の気質は彼の我儘を助長するに違いない。彼には彼女に欠けた頭の冴えと回転のよさがあり、時には不快なことをしたり、厳しい口の利き方をすることもあった。彼は公平な見方をする義妹にはあまり気に入られていなかった。彼女は間違ったことはなにひとつ見逃さなかったからだ。姉のイザベラをちょっとでも傷つけるようなことがあれば、本人は気づかないようなことでも目ざとく気がつく。もし彼の態度がイザベラの妹に気に入られていれば、もっと大きなことでも見逃したかもしれない。しかし、その態度というのが、もの静かで親切な兄であり友人である人のそれに過ぎず、誉めもしなければ盲目的でもない。個人的な賛辞など薬にしたくても含まれていないから、彼女の目からすれば彼がときおり陥る、父への尊敬の念から来る忍耐に欠けているという欠点中の欠点を許す気にはなれなかった。彼は、エマの父に対してかならずしも望まれるほどの我慢をしなかった。ミスター・ウッドハウスの癖とそわそわしたところは彼を苛立たせ、合理的な諫言《かんげん》や手厳しい返答という、やはり間違った態度をとらせた。それはしかし滅多に起こることではない。実を言うとミスター・ジョン・ナイトリーは義父を大いに尊敬しており、然るべき態度をおおむね心得ていたからだ。けれども、エマにしてみれば、そうした間違った態度を頻繁に見せつけられるのが許せなかった。わけてもまた起こりはしないかという懸念が、杞憂にすぎなかろうとしばしば起こって耐えられない思いをした。けれども、いつの訪問でもはじめはこまやかな気遣いが示される。特に今度は短い滞在になるので和気藹々《わきあいあい》のうちに過ごしたい。そう思いながら腰を下ろしてようやくくつろいだ矢先に、ミスター・ウッドハウスが憂鬱そうに頭を振って溜息をつき、

「ああ、イザベラ、ミス・テイラーが結婚してなあ——悲しいことだよ、全く！」と言い出して、娘が先《せん》に訪れて以来ハートフィールドで起こった変化に触れた。

「あら、そうだったわね、パパ」イザベラはさっそく同情を示しながら言った。「さぞ寂しいでしょう！　それにエマだってきっと寂しいわ。二人にとってひどく悲しいことだわ！——ほんとに心から同情していたの——あの人がいなくなった生活なんて想像もつかなかったんだもの——ほんとに悲しいことねえ——でも、彼女はとても元気なんでしょう？」

「そりゃあ元気だ——と思うがね——よくは知らんが、あそこが彼女の性に合えばいいと思っているよ」

ここでミスター・ジョン・ナイトリーがエマにむかって、ランドールズの雰囲気に何か疑わしいものでもあるのか、ともの静かに訊いた。

「いいえ、そんなものは何もないわ！　ミセス・ウェストンは元気そのものよ。パパ

は名残惜しくてそんな言い方をしただけなのよ」

「お二人にとってたいそう名誉なことですな」ミスター・ジョン・ナイトリーは当たり障りのない答え方をした。

「パパはちょくちょくお会いになるの？」イザベラは父にふさわしい悲しげな口調で訊いた。ミスター・ウッドハウスはためらいを見せて——「うん、ま、そう度々でもないがね」

「まあ、あんなことおっしゃって。結婚してからこっち、会わなかったのはたった一日じゃないの。一日を除いて毎日、朝でなければ夕方、ミスター・ウェストンかミセス・ウェストンのどちらか、たいていは両方だけれど、ランドールズでなければここで、あなたにも想像がつくだろうけれどここのほうが多いわね、イザベラ。あの人たち、とても優しくてね、こまめに訪ねてくれるのよ。ミスター・ウェストンって、ほんとはミス・テイラーに劣らないほど気持が優しいのね。パパ、そんな憂鬱な言い方をするとイザベラがわたしたちのことを誤解しちゃうじゃないの。ミス・テイラーがいなくなって寂しいということには誰でも気づいているけれど、それだけにウェストン夫妻も気を遣って顔を出してくれている、ということがほんとのところなのよ」

「本来そうあるべきでしょう」とミスター・ジョン・ナイトリーが言った。「あなたの手紙から想像したとおりです。彼女が気遣いを見せたいと思うのは疑いようがないし、彼は社交的で暇のある人ですから、毎日訪ねてくるのもそう難しいことではありません。ハートフィールドは君が心配するほど変わっちゃいないといつも言ってきたけど、そのとおりだったね、イザベラ。エマの話を聞いて君も満足したんじゃないかな」

「そりゃ確かにミセス・ウェストンはちょくちょくやって来るよ。これは否定できないがね」とミスター・ウッドハウスは言った。「でもねえ――いつだってまた帰らなきゃならないからねえ」

「もしあの人が帰らなければミスター・ウェストンがかわいそうじゃないの――パパはミスター・ウェストンのことなんかそっちのけなんだから」

「ミスター・ウェストンにも多少の権利はあると思いますねえ」ジョン・ナイトリーは楽しげに言った。「私は夫だしあなたは未婚だから、男の主張は同じ力で私たちを打つことになるかもしれませんな。それで互いにかわいそうな夫の肩を持つことにしましょうよ、エマ。イザベラについては、ウェストン夫妻のことはなるべくそっとしておきたい程度に結婚生活も長いわけだから」

「あら、わたしのことを言っているの？」彼の妻は言っていることの一部しか理解できずに訊き返した。「――わたしほど結婚生活を擁護している人はいないと思うけど。

もしあの人がハートフィールドを去るとき悲しい気持にならなかったとすれば、ミス・テイラーほど幸運な人はいないと思ったかもしれないわ。それからミスター・ウェストンだけれど、あんな立派な人を軽んじるなんて。わたしはいくら誉めても誉め足りないぐらいに思っているわ。あの人ほど優しい気質の人はいないと思っているのよ。あなたやお義兄《にい》さんを除けば、右に出る人はいないと思っているぐらいなの。このまえの復活祭のとき、あの風の強い日にヘンリーの凧《たこ》を上げてくださったことは決して忘れないわ。それに、去年の九月のことだけれど、夜中の十二時にコバムでは猩紅熱は流行《はや》っていないとわざわざ手紙に書いてよこしたりしてね、わたしはあの人ほど優しい心根の持ち主はいないと確信しているわ。——もし誰かあの方にふさわしい人がいるとすればミス・テイラーだわ」

「ミスター・ウェストンの息子はどこにいるんです?」とジョン・ナイトリーが訊いた。「結婚式には来たんですか、来なかったんですか?」

「まだ来ていないわ」とエマが答えた。「式の直後にでも来るだろうと、みんな期待したんだけれど、けっきょく期待外れだったわ。それに最近では彼のことを口にする人もいないわね」

「しかしエマ、手紙のことは言ってあげなくてはなるまい」と彼女の父が言った。「息子はミセス・ウェストンにお祝いの手紙を書いたんだよ。彼女が見せてくれたんだが、それが立派な手紙でな。よくこれだけのものを書いたと思ったもんだ。自分の考えで書いたかどうかはわからないがね。まだ若いから、恐らく伯父さんあたりが――」

「若いといっても二十三になるのよ、パパ――時のたつのは速いということを忘れているんだわ」

「もう二十三にもなるのか！――ほんとうかね？――そうとは気がつかなかった――なにしろ母親を失ったときは二歳だったからねえ！　全くもって光陰矢のごとしだ！――おまけに私は物覚えが悪くてなあ。それはそうと、あれはとても立派なかわいらしい手紙でな、ウェストン夫妻を大いに喜ばせたものだ。確かウェイマウスで書かれて、九月二十八日付になっておったが、『親愛なるご夫人様』で始まっていたのは覚えているがね、その先は忘れてしまった。最後は『F・C・ウェストン・チャーチル』と署名してあった――これははっきり覚えているよ」

「まあ、何て心掛けのいい礼儀正しい方でしょう！」と思いやりのあるミセス・ジョン・ナイトリーは感じ入ったような声をあげた。「きっと立派な青年に違いないわ。でも、お父さまと一緒に住めないなんて悲しいこと！　子供が両親や生まれた家から連れ去られるのは衝撃的なことだわ！　ミスター・ウェストンもよく手放せたものだけれど、わたしには理解できないわ。自分の子を人手に渡すなんて！　そんなことをもちかける人にはほんとに好意が持てないわ」

「チャーチル夫妻には誰も好意を持たなかっただろうな」ミスター・ジョン・ナイトリーは冷ややかに言った。「しかし、君がヘンリーやジョンを手放すような気持にミスター・ウェストンがなると考える必要はない。ミスター・ウェストンは好悪の情が強いというよりのんきで陽性な気性の人だ。物事をあるがままにうけとめ、家族の愛情や、家庭が与えてくれるものに頼るよりも、いわゆる社交に娯しみを求める、つまり食べたり飲んだり、隣人を相手に週に五度もホイストをやるような楽しみ方をするほうじゃないかと思う」

エマはミスター・ウェストンを咎めるような口の利き方が気に入らず、異議を唱えたい気持に半ばなったけれど、なんとか言わずに我慢した。できれば波風を立てたくなかったからである。義兄には家庭を大事にするという貴重な尊敬すべき習慣があって、家庭の幸福に満足しきっているところから、世間一般の社交やそれを重視する人たちを見下していた——そうした態度には相手に強い忍耐を要求するようなところがあった。

第十二章

兄のミスター・ナイトリーが彼らと一緒に食事をすることになった——イザベラがやって来た最初の日には親子水入らずの食事を望んでいたミスター・ウッドハウスの意にはいささか反していたが、そうすべきだと感じたエマが決めた。兄弟に対して当然の配慮をしたことのほかに、ミスター・ナイトリーと最近言いあいをした事情から、正式の招待状を出すことにはとりわけ嬉しさが伴った。

もう一度よりを戻して友達になりたい、と彼女は望んだ。そろそろ仲直りをするときがきた、と思った。実を言うと仲直りは当たらない。彼女は間違っていなかったのだし、彼も間違いを決して認めないだろう。妥協するなんて問題外だ。けれども、喧嘩したことを忘れたような顔をする時期がきているのも事実だった。そしてエマはそれが友情の復活を助けることを願い、彼が部屋に入ってきたとき子供たちの一人を抱いていた——末っ子で、生まれて八か月になる、ハートフィールドは初めての女の子だったが、その子は叔母の腕に抱かれて揺さぶられ、きゃっきゃっとはしゃいだ。確かにそれは役に立った。彼ははじめむっつりした顔つきで無愛想に質問したが、やがていつもの通りみんなに話しかけ、すっかりくつろいで赤ん坊を気さくに彼女の腕から抱き取った。エマは再び友達になれたと思った。するとその気持にはじめ大きな満足を覚え、それからちょっと図々しくなると、赤ん坊を誉めるミスター・ナイトリーにむかって、

「わたしたち、甥や姪のことを同じように思えるなんて何ていいことでしょう。大人の男女については意見はときどきすごく違うけれど、子供たちのことでは全く同じなのね」と言わないではいられなかった。

「大人の男女を評価するに当たって、もしあなたが十分に本性に従い、彼らを扱うさいにこの子らを扱うのと同じように思いつきや気まぐれの影響を受けなければ、私たちは考え方が同じかもしれないね」

「きっと意見の違いはわたしが間違っているところから起きているのでしょう」

「そうだよ」とミスター・ナイトリーは微笑を浮かべながら言った――「それにはもっともな理由がある。なにしろあなたが生まれたとき私は十六歳だったからね」

「それは大きな違いだわ」とエマは答えた――「わたしたちの人生のその時期にあなたが判断力でずっとまさっていたことに間違いはないけど、あれから二十一年もたっているんだもの、わたしたちの理解もかなり近づいたんじゃないかしら？」

「まあ、相当に近くはなったろうな」

「それでも考え方が違ったときわたしが正しい可能性はないわけね」

「依然として十六年の経験という利点があるし、それに私は若い美人でもなければ甘やかされた子供でもないからね。さあ仲直りをして、そのことは言いっこなしにしよう。エマちゃん（イザベラの子）、叔母ちゃまに言っておあげ、『すんだことを蒸し返すようなことは言わないでお手本を見せてちょうだい、まえには間違っていなかったとしても今は間違っているんだから』って」

「ほんとだ」とエマは言った。――「あなたの言う通りだわ。『エマちゃん、叔母ちゃまより立派な大人になってね。もっともっと賢くて自惚れのない大人になるのよ』ところでミスター・ナイトリー、ちょっと言いたいことがあるんだけど。それでもうおしまいにするわ。善意という点ではわたしたちはお互いに間違ってはいなかったし、わたしの議論が結果として間違っているとはまだ証明されていないと思うのよ。わたしはただ、ミスター・マーティンがひどく落胆してはいないかと思って。それを知りたいだけだわ」

「あれ以上の落胆はできないだろうな」と彼は短く答えたが、それだけで十分だった。

「そう――ほんとにお気の毒なことをしたわ――ねえ、わたしと握手をして」

丁重に握手をしているところへジョン・ナイトリーがあらわれ、「久しぶりだな、ジョージ」、「元気かい、ジョン」とイギリス風の挨拶がさりげなく交わされたが、そっけないとも見えるもの静かなやりとりの陰に、必要とあれば相手のために水火も辞さぬ愛情が仄見《ほのみ》えていた。

語らいにふさわしい静かな夕べで、ミスター・ウッドハウスがイザベラと楽しい話をするためトランプを断わったので、小さなパーティは片方に彼とイザベラ、もう一方にはナイトリー兄弟、といったぐあいに勢い二手に分かれた。彼らの話題は全く異なるか、混じりあうにしてもそういうことはめったになかった――そしてエマはときどきどちらかに加わった。

兄弟は自分たち自身の関心事と仕事を話題にしたが、話好きで、いつもしゃべる側に回る兄が主として話題を提供した。治安判事だった彼はおおむね何かの法律問題を抱えていてジョンに相談をもちかけるか、少なくとも珍しい逸話を披露するかした。それにドンウェルの自作農園を所有する農業者として、どこの畑には来年は何を播くといった話をする。彼はまた、生まれてこの方彼同様にここにいちばん長く住んで愛着の強い弟にとって、興味が湧かずにはおかない地元の情報を伝えないではいられなかった。排水路の計画、垣根の植え替え、樹木の伐採、小麦や蕪《かぶ》や春のトウモロコシなどを畑のどこにつくるかなどにもジョンはひとしなみの関心を込め、持ち前の冷静さで熱心に聞き入った。そしてもし兄の話に疑惑の一つも起これば、彼の質問は熱を帯びてくるのだった。二人がこうして話に花を咲かせている間、ミスター・ウッドハウスは娘を相手に幸せな悔いと気遣いにみちた愛情を思うさまぶちまけていた。

「イザベラ」ミスター・ウッドハウスは、五人の子供をつぎつぎと構いつけるのに忙しい彼女をしばし差し止めて手を取った――「先《せん》にここへ来てからずいぶん時間がたったねえ！　どれぐらいになるかな？　道中さぞ疲れたろう！　今夜は早く寝なければいけないよ――そうだ、休むまえにおかゆを一杯すすめたいねえ――私と一緒にいただこう。エマ、みんなでおかゆをすることにしてはどうかね？」

ナイトリー兄弟が自分と同様、かゆなどという代物には目もくれないとわかっていたので、エマはすすめる気にならず――結局かゆは鉢に二杯だけ注文された。どうしてこんないいものをみんなが毎晩欲しがらないのかと、いぶかりながらかゆの効用をひとくさり述べたあと、彼は深刻な顔で非難がましく言った。

「秋にはここへ来ないでサウス・エンドに行ったそうだが、それはまずかった。私は海の空気はあまり体にいいとは思わないんだよ」

「ミスター・ウィングフィールドが強くすすめてくださったものだから――そうでも

なければ行かなかったわ。子供たちにいいからってすすめられて、特に喉が弱いベラに海の空気と水泳が効くということでね」

「そうかい。でもねえ、ペリーに言わせれば海があの子にいいかどうか疑問がいろいろあるそうだよ。私について言えば、お前には言ったことがないが、海は健康には役に立たないと昔から固く信じている。一度死ぬ思いをしたからねえ」

「ちょっと待って」これは危ない話題だととっさに思ってエマは口を挟んだ。「海の話はやめてくださらない？　羨ましくて惨めになっちゃうのよ——だって海を見たことがないんだもの！　お願いだからサウス・エンドの話はご法度にして。それはそうとイザベラ、あなたまだミスター・ペリーのことを訊いていないわね。彼はあなたのことを決して忘れないわよ」

「そうだったわね。ミスター・ペリーはお元気なの、パパ？」

「元気には元気だが、健康そのものというわけじゃない。気の毒にペリーは胆汁症を患ってな、養生をする暇がない——自分の体を大事にする暇もないと私に言うんだよ——悲しいかぎりだがね——いつもそこらじゅうから引っ張りだこなんで仕方がない。あれほど繁盛する先生はあまりいまい。それに、あんなに頭のいい人もどこにもいないだろう」

「奥さんやお子さんたちも元気？　お子さんたちは大きくなったでしょうね？――ミスター・ペリーはとても尊敬しているわ。そのうちいらっしゃるといいんだけれど。うちの子たちに会うととても喜ぶと思うわ」

「大事な問題で一つ二つ訊きたいことがあるから、明日あたり来ると思うがね。そうだ、イザベラ、彼が来たらベラちゃんの喉を診《み》てもらうといい」

「そうね！　でも、この子の喉はずっとよくなって今では殆ど心配にならないのよ。水泳がよかったのか、それともウィングフィールド先生の塗り薬が効いたのかもしれないわ。八月からずっとときどき塗っていたから」

「水泳がよかったとは考えにくいねえ――塗り薬が要るとわかっていたら頼んでやったんだが――」

「ベイツ親娘のことを忘れていない？」とエマが訊いた。「あの人たちの消息を訊かないけれど」

「そうそう、すっかり忘れていた――恥ずかしいわ――お手紙にはたいていあの人たちのことが書いてあったものね。お元気なんでしょ？　優しいベイツおばさま――あした早速、子供たちを連れて訪ねることにするわ――あの人たちはいつもうちの子を見ると喜んでくれるの。それからあのすばらしいミス・ベイツ――あんなに親娘そろって立派な人たちもいないものだわ！　あの人たち、お元気なんでしょう、パパ？」

「ま、おおむね元気といったところだね。しかし、ミセス・ベイツはひと月ほどまえに風邪をこじらせたらしい」

「まあ、お気の毒に！　この秋は風邪がずいぶん流行《はや》ったものね。ウィングフィールド先生もこんなにひどい風邪はインフルエンザのとき以来だっておっしゃっていたもの」

「大体そんな感じだったね。しかし、お前の言うほどひどくはなかった。ペリーによれば、風邪は流行ったが十一月としてはそんなにひどいほうでもなかったそうだ。ペリーは特に病人が多かったとは言っていないよ」

「ウィングフィールド先生も病人がひじょうに多かったと思っていたかどうか知らないけれど、ただ――」

「ああ！　ロンドンはいつの季節でも病人だらけだからねえ。ロンドンの住人は健康じゃない、健康になれっこないんだよ。あそこに住まざるをえないということは恐ろしいことだ！――なにしろ遠いし――空気も悪いからねえ」

「いいえ、パパ、空気はちっとも悪くないのよ。わたしたちの住んでいるところはよそとは比べものにならないわ！――あそこを一般の界隈と混同しないでほしいわ。ブランズウィック＝スクエアのあたりはよそとはずいぶん違って空気がとてもきれいなの。正直な話、よその界隈には住む気がしないわ――なんといっても空気が澄んでいるでしょ、子供を育てるにはあそこに限ると思っているぐらいよ――こと空気に関してはブランズウィック＝スクエア界隈に止《とど》めを刺す、とウィングフィールド先生の折紙付きなんだから」

「しかしハートフィールドには及ぶまい。お前はブランズウィック＝スクエアで何とか我慢しているが、ハートフィールドに一週間住んでみなさい、生まれ変わったようになるというか、これまでと同じではなくなるんだよ。私の目には今のところお前たちは誰一人健康には見えないねえ」

「パパにそう言われるのは残念だわ。だけど、わたしはどこへ行っても完全にはよくならない神経性の頭痛と動悸がするだけで、ほかには悪いところはどこもないのよ。それに子供たちが寝るまえにいくらか青ざめていたのは、旅のせいでちょっと疲れていたのと嬉しさに興奮していたためだわ。明日には元気を取り戻すでしょう。ウィングフィールド先生も、こんなに元気で旅立つ姿を見送ったことはない、とおっしゃっていたもの。少なくともパパは主人の具合が悪いとは考えないでしょう」と言ってイザベラは愛情あふれる気遣いを込めて夫を見やった。

「まああだね、お前にはお世辞が言えないから言うんだが。しかしミスター・ジョン・ナイトリーはとうてい元気とは思えないねえ」

「どうしたんですか？――何かおっしゃいましたか？」ミスター・ジョン・ナイトリーは自分の名前を聞きつけて訊き返した。

「父があなたを元気がないって言うのよ――でもちょっと疲れただけだと思うわ。発つまえにウィングフィールド先生に診ていただくとよかったんだわ」

「おいおいイザベラ」――彼は慌てて叫んだ――「私の顔色なんか気にしないでくれ。医者に診せたり甘やかしたりは自分と子供だけにして、私のことは放っておいてくれないか」

「あなたのお友達のミスター・グレアムがスコットランド出身の土地の管理人に新しい地所を管理させるとかいう話で」とエマは言った。「あなたがお兄さんにどんなことをお話しになっていたかよく知らないけれど、うまくいくかしら？　昔からの偏見が強すぎるということはないのかしら？」

彼女はこうして長話にもちこむことに成功したが、やがて注意を父と姉に戻さざるをえなくなって耳を傾けると、イザベラが首尾よくジェーン・フェアファックスの消息を尋ねている――ジェーン・フェアファックスは概して格別好きでもなかったけれど、そのときは誉めるのに手を貸してもいいという気がした。

「あの優しく愛らしいジェーン・フェアファックス！」とミセス・ジョン・ナイトリーは言った――「ときどき偶然ロンドンで見かけはするけど、ずいぶん長いこと会っていないわ！　おばあさんとおばさんは彼女が訪れるのをさぞ娯しみにしているでしょう！　彼女があまりハートフィールドに顔を見せられないことをエマのためにいつもたいそう残念に思っているわ。だけど、キャンベル大佐夫妻も娘さんが結婚したから彼女を手放せなくなったんでしょうね。エマにはいいお友達でしょうけど」

ミスター・ウッドハウスは一も二もなく同意しながら言葉を継いで言った。

「けれども私たちの友達のハリエット・スミスも美しい娘さんだよ。お前もきっとハリエットを好きになるよ。彼女以上の友達はエマも望めないだろう」

「それを聞いて安心したわ――でも、あんなに何でもできてすばらしい方はジェーン・フェアファックスだけでしょう？――それにエマと同じ年だし」

この話題はたいそう楽しく論じられ、つづいて同じ重要な話題がつぎつぎ持ち出されて、やはり和気藹々裡に通り過ぎていった。けれどもその宵はもう一度ちょっとした騒ぎなしには終らなかった。かゆが運ばれると――矢継ぎ早の誉め言葉にさまざまな批評――といった具合に話の種がふんだんに提供され、かゆはどんな体質にもよいという疑問を許さぬ断定から、それを我慢のできる出来ぐあいで出したことのない家に対する厳しい批判まで、さまざまに取沙汰されたが、イザベラが挙げざるをえなかった最近の、したがって一番目立った例はサウス・エンドに行ったおり彼女が雇った料理女だった。若い女だったが、この女は適度に薄くて薄すぎず喉ごしのいいかゆ、の意味がどうしてものみこめなかった。そういうかゆをよく注文したけれど、まあまあに出来上がったためしは一度もない、と言ったところ、それがきっかけで危険な口火を切ることになった。

「ああ！」と、ミスター・ウッドハウスが頭を振り振り彼女を優しい気遣いの目で見据えながら感嘆詞を発したのである――その叫びはエマの耳には、「ああ、だから言わんこっちゃない。サウス・エンドくんだりへ行ったらどんな結果になるか知れたものじゃないよ。口にするのも恐ろしい」と聞こえた。そこで彼女はしばらくの間、父がこのまま黙って喉ごしのいいかゆをすすりつづけてくれればいいと願った。けれども彼はものの二、三分もたつと口を開いて、

「秋にここへ来ないで海へ行ったとはなあ、この先いつ思い出してもきっと残念でならないよ、私は」と言った。

「どうして残念なのかしら？――子供たちの体にはとてもよかったのよ」

「それだけじゃない、どうしても海へ行くとすればサウス・エンドでないほうがよか

ったんだよ。あそこは健康によくない。お前たちがサウス・エンドに行くことになった、と聞いてペリーは驚いていたぐらいだからね」

「そういう考えの人が大勢いるのは知っているわ。でも、それはひどい間違いよ――あそこで過ごして健康を損ねたり、泥で差し障りが起こったなんてことはぜんぜんないもの。それにウィングフィールド先生もあそこが健康に悪いと思うのはまったく間違った考え方だと言っているし。わたし、あの方の言葉は当てにできると思うの。だってあの方はあそこの空気の性質をよく理解しているし、彼自身の兄弟が家族連れで何度も出かけているんだもの」

「海へ行くんだったらクローマー（ノーフォーク州の海浜保養地）にすればよかった――ペリーは一度クローマーに一週間ばかり行ったことがあって、海水浴場としてはどこよりもいいと言っている。海が一望のもとに見渡せて、空気もひじょうに澄んでいるそうだ。それに私の理解するところでは、海からそうだな――四分の一マイルぐらい離れたところ――にでも宿をとれば、きっと快適だったんだろうがね。ペリーに相談すべきだったな」

「でも、旅の距離が違うわ――ずいぶん違うことを考えてもごらんなさい――四十マイルどころか百マイルもあるのよ」

「そう言うけれどな、何はさておき健康が第一だとペリーは言っているよ。それに、いざ旅行という段になれば四十マイルも百マイルもたいした違いではあるまい——四十マイルも旅をして空気の悪いところへ行くぐらいなら動かないでロンドンにじっとしていたほうがましだ。ペリーはこのとおりの言い方をしたが、彼にはたいそう間違った判断に思えたんだねえ」

エマは父を止めようとしたが果たせなかった。父がここまで言った以上、義兄が怒り出しても仕方がない、という気がエマにはした。はたして彼は、

「ミスター・ペリーも訊かれるまで黙っていればよかったんですよ」と言った。「何だって彼は私のやることに嘴《くちばし》を容《い》れるんですか？　家族をどこの海岸に連れていこうと勝手じゃないですか。ミスター・ペリー同様、私にだって自分の判断でことを行なう自由があるはずです。彼の薬なんか欲しくないが、指図だって要りませんよ」ここで彼は言葉を切って、やがて冷静になると皮肉をまじえ、「もしミスター・ペリーが百三十マイルの距離を女房と五人の子供を引き連れて、四十マイルを旅するときに比べてびた一文よけいにかからず、なに不自由なく旅をすることができると言うなら、彼みたいにサウス・エンドよりもクローマーを選びますがね」と言った。

「全くだ」ミスター・ナイトリーは待ってましたとばかり口を挟んだ。「そのとおり。それなら考え直してもいい——しかしジョン、小径をランガムのほうへ移動させる件で

私が言っていたことだが、家の牧草地を通らないようにもっと右へ曲げることは何の苦もなくできると思うんだよ。もしそれがハイベリーの人たちに不便を強いることになるならやらないつもりだが、現在の道筋を思い出してみれば……しかし、それを証明する唯一の方法はわれわれの地図を参照することだ。できたら明日の朝僧院で会って、調べてから意見を聞かせてもらうよ」

ミスター・ウッドハウスは友達のミスター・ペリーに対するああした厳しい非難にかなり心を乱された。実を言うとミスター・ペリーの言葉というのは当たらず、無意識とはいえおおむね自分の感情や表現をいかにもミスター・ペリーが言ったように偽っていたのだ——しかし、娘たちが彼の心をなだめにかかったので険悪な空気はしだいに消えてゆき、また兄弟の一人がすかさず機転をきかせ、もう一人が楽しい回想でミスター・ウッドハウスの気をそらしたのでそれが蒸し返されることはなかった。

第十三章

ハートフィールドへのこの短い訪問ではミセス・ジョン・ナイトリーほど幸せな人は

いなかった。毎朝五人の子供を連れて古い知り合いを訪ね歩き、前の晩に父や妹を相手に何をしたかという話をする。一日があっという間に過ぎていったが、こんなに早く過ぎなければいいのに、ということのほか彼女には望むことはなかった。楽しい訪問だった――短すぎるだけに申し分のない訪問と言えた。

昼間に比べ夜のほうが暇だった。しかし、クリスマスとはいえ一度だけは外でする完全な正餐の約束を断わりきれなかった。ミスター・ウェストンは断わっても聞き入れない。ある日ランドールズで夕食を共にすることになったのである。ミスター・ウッドハウスでさえ説得されて、二手に分かれるよりはそのほうがよかろうということになった。どうやってみんなを運ぶかについて、ミスター・ウッドハウスはできれば異議の一つも申し立てたいところだったが、娘夫婦の馬車と馬がハートフィールドにあるので、それに関しては簡単な質問にとどめざるをえなかった。疑問をさし挟む余地が殆どなかったからだ。エマはまた馬車の一台にハリエットを乗せて行くことを父に提案し、了解を取るのにさほど時間はかからなかった。

招かれたのはハリエットとエルトンとナイトリー、それに彼らの特別の仲間たちだけ――人数が少ないばかりか、時間も早目にということだったが、これはなにごとにつけミスター・ウッドハウスの習慣と好みを考慮するという慣例に従った結果である。

この大きな出来事の前の晩(なにしろミスター・ウッドハウスが十二月二十四日の夜に外で食事をするのだから大きな出来事に違いなかった)ハリエットはハートフィールドで過ごしたが、帰るときには風邪でひどく具合が悪く、ミセス・ゴダードに看病してもらいたいというたっての希望がなければ、エマとしてはハリエットを帰したくなかった。エマは明くる日彼女を訪ね、ランドールズに関しては彼女の悲運がすでに決定的になっていることを知った。熱が高いうえに喉がひどく痛み、ミセス・ゴダードは愛情あふれる看病に余念がなかった。ミスター・ペリーの名前が出て往診を頼むことになり、ハリエットは楽しい食事への出席を禁じられたが、具合が悪くて気分のすぐれない彼女はその権威には抗《あらが》いようもなかった。後日ハリエットは、このときの悔しさを口にするたび涙が出てしょうがなかった。

エマはできるだけ長く枕元に腰をおろし、ミセス・ゴダードがやむをえず席を立つときには彼女に付き添い、ミスター・エルトンがあなたの状態を知ったらどんなに気落ちするか知れない、と言って元気づけた。そして彼としてもあなたがいない席に出たところで楽しかろうはずはないし、みんなが寂しがるに違いないと言い聞かせ、帰るときにはハリエットをかなり落ち着かせた。ミセス・ゴダード宅から何ヤードも離れないうちに、向こうから来る人に会った。誰かと思ったらほかならぬミスター・エルトンだった。

どうやら彼はミセス・ゴダードの家へ行くところらしかった。二人は病人のことを話題にのぼしながらゆっくり歩きつづけた——彼は、ハリエットの具合がかなり悪いという噂を聞いて見舞いに来たところだ、彼女のようすをハートフィールドに伝えたいと言った——すると、毎日ドンウェルに出かけているミスター・ジョン・ナイトリーが上の男の子を二人連れて追いついた。いかにも健康そうに上気した子供たちの顔はそこらじゅうを駆け回っている証拠で、それが目当てで家路を急いでいるロースト・マトンやライス・プディングをたちまち平らげるさまを彷彿させた。彼らは追いつくと一緒に歩き出した。エマがハリエットの病状を説明しているところで——「喉がひどい炎症を起こして熱がとても高いんです。脈が速くて弱いんだけれど、ミセス・ゴダードのお話では、ハリエットはよく喉をやられて心配したものだそうです」——とエマが言うと、ミスター・エルトンはひどく気遣わしげな顔で叫んだ。

「喉が痛むんですか？——伝染性でないといいんですが。腐敗性の伝染するやつはいけません。ペリーは診たんですか？　お友達ばかりでなくあなたも気をつけなければなりません。くれぐれも危険をおかすことのないように願います。ペリーはどうして診ないんですか？」

実を言うとエマはまったく驚かなかった。彼女は、ミセス・ゴダードは経験が豊かだし手厚く看病しているから大丈夫だと請け合い、こうした度を過ごした懸念を鎮めにかかった。しかし、ある程度の不安は残っているに違いない。不安はいくら消そうとしても消えるどころか、火に油を注ぐようなもので募るだけ、と知っていたエマはまるで別の話題を持ち出しでもするようにさっそく言い足した。

「とても冷え込んでいますし――雪でも降りそうな気配ですね。場所がほかのところで、よそのパーティでしたら今日は外出はとりやめにして――父にも出かけないほうがいいと引き止めたいところですけど、本人は出かけるつもりでいますし、寒さはあまり感じないらしいので、取り止めればウェストン夫妻がひどく失望するのはわかっているということもあって、よけいな口出しはよすことにします。でも、ミスター・エルトン、あなたの場合は失礼して口出しをさせてもらいますけど、ちょっと声がかれているみたいですよ。明日声をお使いになるでしょ、疲れもすることを考えてみれば、今夜は大事をとって出かけないのがごく普通の用心ではないでしょうか」

ミスター・エルトンは、どう答えたらいいかよくわからない、とでも言いたげな顔をした。まさにその通りだった。それというのも、こんな美しい女性が気遣ってくれたのはありがたいことであり、彼女の助言に抵抗するのは好むところではないが、実を言うと訪問を取り消す気など毛頭なかったからだ――しかしエマは、自分自身の前の考えや意図に気を取られこだわるあまり、彼の言葉を公平に聞き曇りのない目で彼を見る、ということができず、彼が、「なるほど冷え込んでいますね」と相槌を打って歩いて行くさまに目をやりながら、これでランドールズ行きを思い止まらせ、今夜は一時間ごとに人をやってハリエットの容体を聞かせるだけの力を確保してやった、と喜んでいたのである。

「そうなさいませ」と彼女は言った。「ウェストン夫妻にはこちらから謝っておきますから」

けれども、その科白が彼女の口から出るか出ないうちに、もし天候だけが不都合の原因ならばうちの馬車にお乗り下さい、と義兄がていねいに勧め、その申し出に満足したミスター・エルトンが即座に受け容れる、ということが起こった。そのほうが礼儀にかなっていた。要するにミスター・エルトンは行くことになり、このときほど彼の幅広のハンサムな顔が嬉しそうに見えたことはなかった。そして、つづいて彼女を見やった目がこのときほど有頂天に見え、あからさまな微笑を浮かべていたこともなかった。

『まあ、ずいぶんおかしなことがあるものだわ！』とエマは胸のうちにつぶやいた。『せっかくわたしがうまいぐあいに行かないですむようにしてあげたのに、病気のハリエットをほったらかしてパーティに出かけるなんて！——気が知れないったらありゃしない！――だけど男の人、特に独身者にはそうした傾向――ということは外で食事をすることが好きという意味だけれど――があって、晩餐への招待は彼らの娯しみや仕事のなかでも高い位置を占め、威信にかかわるというか、殆ど義務のようなもので、何をさしおいても優先しなければならないのかもしれない――ミスター・エルトンの場合がまさにそれで、彼はとても優しくて人好きのする立派な青年に違いないし、ハリエットを心から愛しているけれど、それでも招待を断わることができず、誘われればいつでも外で食事をする。愛とはなんて奇妙なものだろう！　ハリエットに当意即妙の機知を見ることができながら、彼女のために一人で夕食を摂ろうとはしないんだから』

まもなくミスター・エルトンは彼らと別れた。別れ際に彼はハリエットの名前を口にしたが、その言い方にかなりの感情が籠っていることをエマも認めないわけにはいかなかった。これからミセス・ゴダード宅を訪れて彼女の美しい友人の容体を聞きたい、それから支度をしてまたお会いするときには吉報をお知らせしたいものですと言って溜息をつき、にっこり笑って立ち去ったが、その態度がたいそういい印象を与えた。

ミスター・ジョン・ナイトリーは二分か三分黙りこくったあとでやおら口を開いて言った――

「ミスター・エルトンほど人に好かれようとする男には会ったことがない。女性に関するかぎりまったく努力を惜しまないからねえ。男が相手だと理性的で気取らないんだけれど、女に気に入られようとするときは顔の造作を総動員する」

「そりゃミスター・エルトンのマナーは完璧ではないわ」とエマは答えた。「でも、人に気に入られたいという気持があるときには大目に見てやらなくてはならないわ。実際、お目こぼしをすることはたくさんあるものでしょう。ほどほどの力しかもたない男性が最善の結果を出したときには、能力のある人が怠けている場合を凌ぐことだってあるんだもの。ミスター・エルトンにはそうした非の打ちどころのない寛容さと善意があって、これは評価しないではいられないわ」

「そうだね」ミスター・ジョン・ナイトリーはいささかずるさをみせてすかさず答えた。「彼は確かにあなたに対して大きな善意を抱いているよ」

「わたしに?」エマは驚きの微笑を浮かべながら反問した。「あなたはわたしがミスター・エルトンのお目当てだと想像しているの?」

「正直に言ってそういう想像が頭をよぎりはしたがね、エマ、もしそれが思いも寄らないことだったら考えてみてもいいんじゃないかな」

「ミスター・エルトンがわたしを好きだなんて! ――なんという考え方でしょう!」

「そうだと言っているんじゃないが、そうでないかどうか考えてみて、それによって行動を律するぐらいのことはしてもいいだろうと思うんだよ。彼に対するあなたの態度は見込みがあると思っているんだ。友達として言っているんだがね。身の回りをよく見て、自分のやっていること、何をやるつもりでいるのかを確かめたほうがいいと思う」

「ありがとう。でも、あなたは全く間違っているわ。ミスター・エルトンとわたしは親友だけれど、それ以上の仲ではないのよ」エマは判断力に自信のある人々がいつも陥る間違いと、事情をよく知らないことからしばしば起こる失敗を思い、笑いだしたい気持になりながら歩を運んでいた。それにしてもわたしを盲目で無知で相談相手が要る、と思っている義兄があまり気に入らなかった。彼はそれっきり黙りこんだ。

ミスター・ウッドハウスはすっかり訪問する気になり、しんしんと冷え込んでいたが寒さに怖《お》じ気《け》立つようすなど更にない。ほかの誰よりも天候を意識する気配を見せず、自分の馬車に長女を乗せて時間通りに出発した。彼は出かけることに好奇心を募らせ、それがランドールズのウェストン夫妻に与える喜びを思う気持でいっぱい、厚着をしているから寒いとは感じなかった。けれども寒さはきびしく、二台目の馬車が動き出したときには雪がちらほら舞いはじめた。空は雪をはらんで、空気のひと揺れでたちまち辺りは白一色に染まるかと思われた。

ほどなくエマは連れがあまり楽しげではないことに気がついた。食事のあとで子供たちを犠牲にして、こんな天気の日に用意をして出かける。これは悪いこと、とはいわないまでも愉快なことではない。ミスター・ジョン・ナイトリーはそれがどうしても好きになれなかった。犠牲を払って訪問するだけの意味があるとも思えなかったのだ。だから彼は牧師館への道すがら不満を言いつづけた。

「よほど自惚れてでもいなければ、こんな日に我が家の炉辺を後にして会いに来いなんて言えるわけはない」と彼は言った。「自信家なんだね。私にはできないことだ。雪の降るなか出かけるなんて愚の骨頂だよ、まったく！——家の中でぬくぬくとしていたいというのに——引っ張り出すほうも引っ張り出すほうならば出かけるほうも出かけるほうだ！　仕事か用事でこんな夜に出かけざるをえないとなれば、ずいぶん辛いと感じるんだろうがね——それがこうして恐らく普段より薄着で、理由もなしにいそいそと、自然の声に逆らって出かける。自然の声はね、理性的にも感情的にも出かけないほうがいい、なるべく一切を内にかくまっておけ、と言っているんだよ——いいかね、われわれはこうして、昨日言われず聞かれなかったことで明日言われず聞かれないことは何一つ言ったり聞いたりしない退屈な時を、なんと五時間も過ごすために他人の家へ向けて出発するわけだ。こんな悪天候を衝いて出かけ、帰るときには恐らくもっと荒れている。おまけに四頭の馬と四人の召使いは、五人の暇な震える人々を自宅よりも寒い部屋とひどい人の集まりの中へ運ぶためにだけ駆り出されているんだ」

エマは彼がきっといつも受けている同意を与えることができず、さりとて旅の道連れが普段うなずいて言うに違いない科白を真似て「ほんとだわ、あなた」と相槌を打つ気にもなれず、答えまいと心に決めた。賛成はできないし、異を唱えるだけの勇気もない。けっきょく黙るしかなかった。エマは彼にしゃべらせ、口をつぐんだまま窓ガラスを閉めなおしたり、襟元を掻きあわせたりした。

ランドールズに着いて馬車が回され、昇降段が下ろされると、粋な黒ずくめのミスター・エルトンが笑みをたたえながらさっと現われた。これで重苦しい話題から解放される、と思うとエマはほっとした。ミスター・エルトンは親切で快活そのもの、人が変わったような陽気さなので、ハリエットの病状についてわたしとは違う報告でも受けたのかと思い、着替えをしている間に人をやって訊き当てたところ、「大体同じで——よくはなっていない」という返事だった。

「ミセス・ゴダードからの報告はわたしが望んだほどはかばかしいものではありませんでした」と彼女は早速言った。「『よくはなっていない』という答でしたから」

聞くなり彼は顔を曇らせ、感情の籠った声で言った。

「ええ、そうなんです！——着替えに戻るまえに、もう一度と思ってミセス・ゴダードの家に行ってみたんですが、ミス・スミスはぜんぜんよくなっていない、病状はむしろ悪いぐらいだと聞かされました。それで僕は悲しいやら心配やらで——今朝強壮剤を服《の》んだのを知っているので、てっきりよくなっているとばかり思っていたものですから」

エマは微笑を浮かべながら答えた——「わたしの見舞いは彼女の病気の神経面に効いたんだと思います。でも、いくらわたしでも喉の痛みは追い払えなかったわ。ほんとにひどい風邪なんですね。お聞きになったでしょうけれど、ミスター・ペリーをお呼びしたんですよ」

「ええ——想像はしました——それは——聞きませんでしたが」

「彼女はこの病であの先生によくかかっていたそうです。明日の朝には朗報が聞けるでしょう。でも、不安を感じないではいられません。今日のパーティには何とも残念なことですわ！」

「まったくもって残念としか言いようがありません！——彼女のいない寂しさは片時も忘れられないでしょう」

実感の籠った言葉だった。それに伴う溜息にも真情があふれていた。ただしもう少し長くつづいてほしかった。それからわずか三十秒しかたたないうちに、彼はほかのことを、しかもたいそう快活な口調で楽しげにしゃべり出した。これにはエマもいささかうろたえた。

「馬車に羊の革を使うとは実に見上げた工夫ですねえ」と言ったのである。「それで乗り心地がいいんだ。寒さを感じないのはなぜかと思ったら、こうした心遣いのせいなんですね。当節の創意工夫は紳士の馬車を非の打ちどころのないものにしました。悪天候から完全に守られ、窓さえ閉めれば外気はひと吹きも入ってこない。天候は全く問題になりませんからね。とても寒い午後ですが――この馬車に乗っていると寒さなんて感じません――おや、雪がちらついていますね」

「ええ」とミスター・ジョン・ナイトリーが言った。「かなり降りそうですな」

「クリスマスですから」とミスター・エルトンは答えた。「降ってあたりまえでしょう。考えてみれば降り出したのが昨日でなくてよかった。昨日だったら今日あたり積もって、ミスター・ウッドハウスはきっと出かけないと言い出して、今日のパーティはお流れになりますからね。しかし、今なら友情を暖めるにはもってこいの季節です。問題はありませんよ。クリスマスにはみんな友人を呼びますから、最悪の天候だって気にする人はいません。僕は一度雪に降りこまれて友人の家に一週間足止めを食ったことがありました。あのときほど楽しかったことはないなあ。何しろ一晩のつもりで出かけて、戻ったのが一週間後でしたからね」

ミスター・ジョン・ナイトリーは何がそんなに楽しいのか理解に苦しむと言いたげな顔をしながら冷ややかに、

「ランドールズに一週間降りこめられたいとは思いませんな」と言っただけだった。

別のときならエマも面白いと思ったかもしれない。しかし彼女は、ミスター・エルトンが浮き浮きと違う感情を見せたことに驚き、面白がるゆとりはなかった。楽しいパーティへの期待にハリエットはすっかり忘れられてしまったらしい。

「きっと暖かい暖炉が待っているでしょう」とミスター・エルトンは言葉を継いだ。「そして何もかもが最高の安らぎを与えてくれます。魅力的な人たちですよ、ウェストン夫妻は——夫人は誉め言葉に窮するほど申し分がないし、ご主人は人寄せが好きで客あしらいがうまい。尊重すべきご夫婦です——小さなパーティになるでしょうが、選りすぐった人たちの小さなパーティほど結構なものはありません。ウェストン家のダイニングルームは十人ほど坐ってちょうどいい広さですが、僕としてはこういう集まりでは二人多すぎるよりも二人足りないほうがいいですね。あなたも賛成されるでしょうが(と言って彼はエマに顔を向けた)、どうです、きっとあなたも賛同されるでしょう。もっとも、ミスター・ナイトリーはロンドンで大きなパーティに慣れていらっしゃるでしようから僕たちの気持にはすんなりは入れないかもしれませんが」

「いや、ロンドンの大きなパーティには全く馴染みがありません——私は誰とも食事をしませんから」

「ほう！（驚きと憐れみの口調で）法曹界がそんなに多忙とは知りませんでした。まあ、そのうち報われるときが来るでしょうがね、労少なくして楽しみ多しというときが」

「一番の楽しみは」ミスター・ジョン・ナイトリーは馬車が馬車回しの門をくぐったときに言った。「ハートフィールドに無事戻ることです」

第十四章

それぞれの紳士はミセス・ウェストンの客間に入るさいに表情を変える必要があった——ミスター・エルトンは楽しげな顔をつくろわねばならなかったし、ミスター・ジョン・ナイトリーは不機嫌な表情を消さねばならない。ミスター・エルトンは微笑を控えねばならず、ミスター・ジョン・ナイトリーはその場の雰囲気に合わせてもっとにこやかにすべきだった――エマだけは自然にまかせ、気分通りに幸せな表情でよかった。彼女にとって、ウェストン夫妻に会えるのは心から楽しいことだった。ミスター・ウェストンは大好きで、何の遠慮もなく口が利けるのは世の中広しといえども彼の妻と彼だけだった。父や自分に関する些細なできごと、困ったこと、楽しかったことなどを、いつ話しても興味深く聞いて理解してわかってもらえる、と確信できる相手だった。ハートフィールドのことは、何を話してもミセス・ウェストンが関心をもって賑やかに反応してくれる。だから、個人生活の日々の幸福がそれにかかっているよしなしごとを、息継ぐ間もなく話し合って最初の三十分を費やし、二人はようやく満たされた気持になれた。

これは恐らくまる一日の訪問でも得られない喜びだった。それは確かに今の三十分とは違う機会だが、ミセス・ウェストンの姿を見、微笑に接し、触れるだけ、声を聞くだけでエマにはありがたく、ミスター・エルトンの不可解な振る舞いや、不愉快なことはなるべく考えないで楽しいことをこころゆくまで楽しもう、と心に決めた。

ハリエットが不幸にも風邪を引いたことは、彼女が着くまえに詳しく伝えられていた。ミスター・ウッドハウスはかなりまえから席について、自分とイザベラがここに着くまでの話や、次の馬車でエマがやって来るということのほか、ハリエットが風邪で来られなくなったいきさつなどをしゃべり、ジェイムズが娘に会える喜びに触れて満足の極みに達したところで第二陣が到着した。それでミスター・ウッドハウスのお相手に殆どかかりっきりだったミセス・ウェストンはようやく解放されて、エマを迎えることができた。

ミスター・エルトンのことをしばらく忘れるつもりだったエマは、みんなが席についてみると彼が側にいるとわかっていささかがっかりした。エマにしてみれば、ハリエットに対する彼の奇妙な鈍感さは、席が近いばかりか、何かにつけて幸せそうな顔を突き出してしきりに話しかけるから意識の外に追い出すことがなかなかできない。彼の行動は忘れるどころか、『ひょっとするとこの人は義兄の想像どおり愛情の対象をハリエットからわたしに移しかえているのではなかろうか?』と秘かに思いたくなるほどのものだった。――『まさか、ばかげている、耐えられないわ』――けれども彼はエマが寒くはないかと気遣い、彼女の父にたいそう関心を寄せ、ミセス・ウェストンの話にさも感じ入ったようにうなずく。挙句の果てに、殆ど知識もないのに恋人気取りでエマの絵を誉めはじめた。エマはかなりの努力を払ってたしなみを守りつづけた。自分のためにもぶしつけな態度はとれない。やがて元どおりにおさまることに望みを託し、ハリエットのためにも、積極的に礼儀をわきまえた態度を心掛けさえした。しかしそれには努力が必要だった。ミスター・エルトンの無意味な言葉に我慢がならなくなった折りも折り、みんなの間でやりとりされていた話を小耳にはさんで、エマはぜひとも聞きたいと思った。どうやらミスター・ウェストンが息子について何か言っているらしく、「私の息子」、「フランク」、そしてまた「私の息子」、といった言葉が五、六度繰り返された。ほかの言葉の切れっぱしをつなぎあわせると、息子が近々訪れる予定だと言っていることがわかった。けれども話題は、ミスター・エルトンをおとなしくさせるまえにほかのことに移ってしまい、ばつが悪くていまさら訊き返すわけにはいかなかった。

ところで、エマは結婚しないと固く心に決めていたけれど、フランク・チャーチルという名前を耳にしたり、彼のことを思うといつも無関心ではいられなかった。とりわけ彼の父がミス・テイラーと結婚してからというものは、もし結婚するとすれば年齢、性格、身分からいって彼こそわたしにふさわしい、と一度ならず考えたものだ。両家の結びつきからも、彼はわたしにぴったりという気がする。二人を知る者は誰でも考えたくなる縁ではないだろうか、と想像しないではいられなかった。ウェストン夫妻はきっと考えたことがあるに違いない。エマには強い自信があった。彼やほかの誰かの力によって、なにものにも代えがたいと思っている幸福なこの境遇を捨てる気にはならなかったけれど、エマには彼に会いたいという大きな好奇心があった。会って彼が好ましい人物であることを確かめ、ある程度好かれてみたい、そして友人たちの想像のなかで彼と結びつけられることに一種の歓びを感じてみたい、という明白な意図があった。

そんな感情のエマにとって、ミスター・エルトンの愛想のよさは恐ろしく時宜にかなわないものだった。けれども、エマは不機嫌になりながらもたいそう礼儀正しく振る舞い、このあともおそらく帰るまでにはあけすけなミスター・ウェストンの口から同じ情報、またはその詳しい内容がもう一度もち出されないではおかないだろう、と思えば楽しかった。――思ったとおりになった――食事が始まって、幸いなことにミスター・エルトンから解放され、ミスター・ウェストンのそばに坐ると、彼は客の世話から初めて自由になれたひとときを利用して彼女に言ったのである。

「あと二人でちょうどいい人数になるんだがね。――二人とはほかでもない、あなたの美しいお友達のミス・スミスと息子なんだが――彼らが顔を揃えて初めてこの席は完全になる、と言いたいねえ。さっき客間でみんなに、フランクが来るという話をしていたんだが、それは聞かなかったでしょう？　実は今朝彼から手紙が届いて、二週間以内に来ると言ってきたんだよ」

エマはほどほどの嬉しさを込め、フランク・チャーチルとミス・スミスが加わればこの集まりも完全になる、という彼の主張に心から同意した。

「実を言うとあの子が来たかったのは九月以来のことでね」とミスター・ウェストン

は言葉を継いだ。「どの手紙もそのことでいっぱいなんだが、なにしろ自分の時間が自由にならないんだよ。(ここだけの話だが)気難しい人がいてね、時には周りにかなりの犠牲を強いなければ気が済まないので困るんだ。しかし、どうやら一月の第二週あたりに来るのは間違いなさそうだ」

「さぞかし待ち遠しいことでしょう! それにミセス・ウェストンも彼とお近づきになりたがっているから、あなたに劣らず楽しみでしょう」

「そうだろうね。しかし彼女はまた先へ延びるんじゃないかと思っているよ。私ほどには当てにしていないね。けれども彼女はあの連中を私みたいには知らない。実情はこうなんだよ――(ここだけの話だが、これは別の部屋ではおくびにも出さなかったことだ。どこの家族にも秘密というものがあってね)――実は、一月に友達が何人かエンスコムを訪れることになっているんだが、フランクが来るのも彼らの訪問が延期されるかどうかにかかっているわけだ。もし延期されなければ身動きがとれない。しかし、私は延期になると見ている。あの一家にはかなり偉い婦人がいて、訪ねてくるのは彼女が嫌っている家族なんだ。二年か三年に一度は招待することが必要だと考えられてはいるが、いざそのときになるといつも延期される。この件についてはいささかの疑問もない。私は一月の半ばまえにここでフランクに会えると信じているよ。これは私が今ここにいるのと同じ程度に間違いがない。しかし、あそこにいるお友達(と言って彼はテーブルの上手の女性を顎でしゃくった)には気まぐれなところが殆どないし、ハートフィールドでも気まぐれな態度に出くわした経験がないんで、それの影響は予測もつかないだろう。私は長年つきあってきたから慣れっこになっているがね」

「その問題に疑惑みたいなものがあるとは残念だわ」とエマは答えた。「でもわたしはあなたに味方したいと思うわ、ミスター・ウェストン。もし息子さんは来るとお考えになるのだったら、わたしもそう思うわ。あなたはエンスコムをよくご存じだもの」

「そうだね——行ったことはないけれど、知っていると言ってもいいだろうね。——気まぐれな人というのは女なんだが、全く変わっている！——しかし、ま、フランクのためを思って悪く言ったことはないがね。それというのも彼女はフランクがとても好きだと信じているからなんだ。自分以外は誰も好きになれない女だ、と昔は思っていたものだが、あの子にはいつも優しかった(むら気や気ままなところがあって、なにごとも思い通りでなければ気が済まないけれども、彼女なりに優しかったんだよ)。私に言わせれば、あれだけの愛情を芽生えさせたのはフランクの手柄だ。ほかの人には言えないことだが、彼女はおよそ他人に対して愛情なんてかけらほども持たない女だからね。おまけに気性ときたら悪魔みたいなもんだ」

この話がとても気に入ったエマは、客間に席をかえた途端にミセス・ウェストンに声をかけ、フランクが来るそうで娯しみだけれど、初めて会うのはちょっと不安なところもあるわねと言った。――ミセス・ウェストンも、うなずいてそうだと認めた。けれども、いま話に出ているときに初対面の不安を味わうのならばとても嬉しいんだけれど、とつけくわえた。「それはね、彼が来るかどうか当てにならないからなの。主人ほど楽天的にはなれないんだもの。結局待ちくたびれに終る可能性が大きいのよ。事情は主人からよく聞いたでしょ」

「ええ――なんでもミセス・チャーチルの気まぐれなご機嫌しだいのようね。確かに言えるのは夫人がいつも不機嫌だということらしいわ」

「まあ、エマったら！」ミセス・ウェストンは微笑を浮かべながら答えた。「気まぐれの確かさとはどういう意味？」それから、こっちの言うことを聞いていなかったイザベラに顔を向け――「ねえ、ミセス・ナイトリー、ミスター・フランク・チャーチルにはお父さまが考えるほど簡単には会えそうもないらしいわね。伯母さまの気分とご機嫌しだいというじゃないの。手短に言えば彼女の気分を損ねたら最後ということでしょう。あなたたち二人にはほんとのことを言うけれど、ミセス・チャーチルはエンスコムに君臨している、それはそれは偏屈な女性で、彼が来るも来ないも彼女によこす気があるかないかによるのよ」

「ああ、ミセス・チャーチル？　知らない人はいないわ」とイザベラは答えた。「あの青年を思い出すたびにわたしはとても同情するのよ。気難しい人と一緒に暮さなければならないのはきっと大変なことだわ。幸いわたしたちはそういう大変さとは縁がないんだけれど、ずいぶん惨めな生活に違いないと思うわ。彼女に子供がいなかったのはせめてもの幸いだわ！　もしいたらさぞ不幸にしたことでしょうね！」

エマはミセス・ウェストンと二人きりになりたかった。そうすればもっと話が聞けたに違いない。イザベラには言わないようなことまで心おきなく打ち明けるようなところがミセス・ウェストンにはあったからだ。それに彼女は、チャーチル家に関することは彼女自身が想像してすでに本能的に知っていた若い青年に関する考え方を除いて、なにひとつわたしに隠そうとしない、と心から信じていた。しかし、差し当たってその話題は打ち切られた。ほどなくミスター・ウッドハウスが彼女らのあとから客間へ入ってきた。食事がすんだあと長いあいだ坐っていることは窮屈で耐えられない。ワインも会話も引き止め役にはならず、彼は普段一緒にいてくつろげる相手のところへいそいそと退散したのだ。

けれども、彼がイザベラと話している間に、エマはころあいを見計らって言った。

「だからあなたは息子さんのこの訪問が確かなものとは考えないわけね。お気の毒だわ。こちらへ来るのがいつになるにせよ、ひと悶着あるに違いないから早ければ早いほどいいのよ」

「そうなの。延期されるたびに今度も延期じゃないかと気になるし。ブレイスウェイトという名前なんだけれど、たとえこの家族の訪問がとりやめになっても、なにか口実を設けてすっぽかされるんじゃないかという気がしてならないの。本人が来たがらないと想像するのは耐えられないけれど、でも、チャーチル夫妻に彼を片時も手放したくないという強い気持があるのは間違いないと思うわ。嫉妬なのよ。実の父親に対する気持にさえ焼き餅をやくんだから。要するにわたしは彼が来ることを当てにできないの。だから主人もあまり楽観的にはならないでほしいのよ」

「来るべきだわ」とエマは言った。「たった二日だけにしろ来るべきよ。若い人なのに、それだけの力もないなんて殆ど考えられないわね。若い女性が悪い人の手にかかればいじめられたり、訪れたい人たちから遠ざけられたりすることはあるかもしれないけれど、若い男が父親と一週間過ごしたいというのを邪魔立てされるなんて理解できないことだわ」

「エンスコムに出かけてどんな家族か見てみないことには、彼に何ができるかは判断できないわよ」とミセス・ウェストンは答えた。「家族のなかの一個人の行動を判断するにも同じ慎重さが必要だわ。でも、エンスコムは確かに一般的な基準で判断してはいけないと思う。だって彼女はずいぶん常軌を逸しているもの、一切が自分の思い通りにならないと気がすまないんだから」

「でも彼女は甥御さんが可愛くてたまらないんでしょ。わたしに言わせれば、ミセス・チャーチルという人はたえず我儘のしほうだいで、何から何まで世話になっている夫のためにはこれっぽちも犠牲を払わないくせに、何の負い目もない甥にしばしば支配されている、ということになるのよ」

「ねえエマ、あなたは優しい気性の持ち主だけれど、性悪女の気持がわかったようなふりをしたり、そのためのルールを決めたりはしないほうがいいわ。ほうっておけばいいのよ。彼がときどきかなりの影響力を発揮していることは間違いないけれど、それがいつなのか、まえもって知ることは彼にも全然できないわけね」

エマはその言葉に耳を傾け、それから冷静に言った。「彼が来なければわたしは満足しないわ」

「問題によっては大きな影響力を発揮するんだろうけれど」とミセス・ウェストンは言葉を継いだ。「力が殆ど及ばない場合もあるのよ。今度彼が養父母のもとを離れてわたしたちを訪れることも、そうした場合のうちに入るということだわ」

第十五章

まもなくミスター・ウッドハウスはお茶が欲しいと言い出し、飲み終ると帰り支度をすっかり整えたので、時間が遅いことに気づかせまいと、お相手の女性が三人がかりでご機嫌をとるやら気をそらすやら、男性客が入ってくるまでやっとのことで間をもたせた。話好きで陽気なミスター・ウェストンは、どんな形であれ客が早々と帰ることには首を縦に振らない。しかし、やがて客間のパーティは人数も増えた。最初に入ってきたうちの一人、ミスター・エルトンはたいそう上機嫌だった。ミセス・ウェストンとエマはソファに腰をかけていたが、彼はつかつかと歩み寄ると、勧められもしないのに二人の間に腰を下ろした。

フランク・チャーチルへの期待から気持が浮き立ち、やはり機嫌がよかったエマは、彼がさきほど見せた不適当な態度を忘れて前と同じような好意的な気持になろうと心掛け、まずハリエットを話題にしたことで聞こうという気になって、いとも親しげな微笑を浮かべた。

彼は、エマの美しい友人を心から心配している、と言った――あなたの美しく、かわいらしく、気立てのいいお友達、という言い方を彼はした。「あなたは知っていますか？――ランドールズに着いてから彼女の容体のことで何かお聞きになりましたか？――とても心配なんです――正直に言って、彼女の病気が病気なものでひどく気になるんですよ」そして彼はこんな調子でしばらくしゃべりつづけた。ひじょうに適切な言い方だが返事には大して注意を払わず、ひたすら悪性の喉の痛みを気にかけているようすだった。エマはそんな彼が心からかわいそうだと思った。

けれども、聞いているうちに話がおかしくなってきたようだ。だしぬけに彼が悪性の喉の痛みを心配しているのはハリエットのためではなくわたしのため――その病気が伝染するということよりもわたしに伝染《うつ》らないでほしいためではないか、そんな気がしてきたのである。彼は、二度と病室を訪れないでほしい、と熱を込めて頼みはじめた。ミスター・ペリーに会って意見を聞くまでは差し当たってそういう危ないことはしないと約束してほしい――エマは笑って取り合わず、話題をもとに戻そうとしたけれど、度を過ごした彼の心配は止めようがない。腹立たしかった。これではまるでハリエットではなくてわたしを愛している、と偽っているようなもの――それは隠しようもない――ではないか。ほんとうだとすれば、これこそもっとも軽蔑かつ唾棄すべき不実だわ！　平静にふるまうのは難しかった。彼は助け舟をもとめてミセス・ウェストンに顔を向け、頼み込んだ。僕を支持していただけませんか？――僕の言葉にお口添えねがって、ミス・スミスの病気が伝染らないことがはっきりするまで、ミス・ウッドハウスがミセス・ゴダード宅を訪れないように説得していただけませんか？　約束していただかないと満足できません――あなたのお力で約束を取りつけていただけませんか？

「この人はね、他人のことにはとても気を遣うんですが、自分の問題となると無頓着もいいところです！」と彼は言葉を継いだ。「今日だって家で風邪の養生をしたほうがいいと僕に言っておきながら、潰瘍性の咽喉炎が伝染る危険を避けてほしいと頼んでも約束をしないんですから！　これ、公平と言えますかねえ、ミセス・ウェストン？――ここだけの話ですが、僕にも文句を言う権利はありませんか？　ご親切なあなただから、支持と助力はきっと与えていただけると思うのですがね」

使った言葉といい言い方といい、いの一番にエマに関心をもつ権利があると決め込んでいるような彼の口ぶりに、ミセス・ウェストンが見せた驚きの表情をちらと見、驚きはさだめし大きかったに違いないとエマは感じた。自分自身については、不快さと腹立たしさのあまり要領を得たことはなにひとつ言う力が湧いてこない。ただ彼の顔を見るばかりだった。けれどもその一瞥で彼は正気に立ち返ったに違いない。そのあと彼女はソファから腰を上げ、姉のかたわらの席に移って彼女だけを相手にしゃべった。

話題がたちまち移ったので、ミスター・エルトンがその譴責をどうとったかエマには確かめる時間がなかった。空模様を見に行ったミスター・ジョン・ナイトリーが戻って、みんなに報告したからである。あたりは銀世界だが雪はなお降りしきっており、風もかなり強いという。彼は締め括りにミスター・ウッドハウスにむかって、

「これはあなたの冬の社交にとって景気のいいはじまりといったところですな。吹雪を衝いて帰るのは馬にとっても馭者にとっても新しい経験でしょう」と言った。

ミスター・ウッドハウスは肝を潰して口が利けなかった。けれども、ほかの者はみんな何か言った。驚いた者があれば驚かなかった者もいる。問いかける者がいるかと思えば、慰めの言葉を口にする者もいた。ミセス・ウェストンとエマは彼を元気づけて注意を義理の息子からそらそうと懸命につとめたが、義理の息子はいささか残酷に勝利を追求しつづけていた。

「あなたの決意は大いに称賛しますよ」と彼は言った。「あんな天候をものともせずお出かけになったんですから。まもなく雪になることはもちろん承知のうえでした。雪が降りそうなことは誰の目にもわかっていたに違いありませんからね。あなたの気概は見

上げたものです。無事帰り着けるでしょう。あと一、二時間降っても道が通れなくなることはないでしょう。それに馬車は二台で来ていますから、一台が共有地の吹き曝《さら》しのところで吹き飛ばされても代りが控えています。深夜までには無事ハートフィールドに着きますよ」

ミスター・ウェストンはまた違う種類の勝ち誇った気持を込め、しばらく前から雪になるのはわかっていたがミスター・ウッドハウスが不安を覚えて帰宅を急ぐことになるといけないので黙っていた、と打ち明けた。かなりの量の雪が積もったとか、積もりそうで帰るのに差し支えるだろうというのは冗談にすぎない。この分では残念ながら帰路には何の困難も伴わないでしょう。道が通れないほど積もって、ランドールズにお泊めしたかった。彼は最大の厚情を見せながらみなさんをお泊めするだけの用意はあると請け合い、一工夫すれば全員をお泊めすることもできることに夫人の同意を求めたが、空き部屋は二間しかないことを知っている夫人はどう答えればいいかわからなかった。

「どうすればいいかね、エマ?――さて、どうしよう?」というのがミスター・ウッドハウスの最初の疑問で、しばらくはそれを繰り返すばかりだった。彼はエマに慰めを求め、馬は優秀だしジェイムズの腕も確かだから帰り道は大丈夫だわ、それに周りには友人も大勢いるじゃないの、というエマの返事でいくらか元気になった。

長女の不安もミスター・ウッドハウスのそれに劣らなかった。子供たちをハートフィールドに置いたままランドールズに泊まるはめになる、と思えば気が気でない。思い切って出発すれば道は今のところ通れないことはない。けれども出かけるとなれば一刻の猶予もならない。彼女は、父とエマがランドールズに泊まって、自分と夫は雪が積もろうと吹き溜りがあろうと出発することに決めてほしかった。

「今すぐ馬車を出すように言って、あなた」と彼女は言った。「すぐに出かければ何とか帰れると思うわ。もし動けなくなったら降りて歩けばいい。わたしはちっとも怖くはないわ。半分ぐらいの距離は歩いたって平気。帰ったらすぐ靴を取り替えればいいんだから。それぐらいのことで風邪なんか引かないわよ」

「全くだ！」と彼は答えた。「そうなると世にも異常なことが起こるわけだ。なぜかって、風邪は一般にちょっとしたことでも引くものだからね。歩いて帰るんだって？——君はかわいらしい靴を履いているから歩けもしようが、馬には大変だろう」

イザベラはミセス・ウェストンの方を向いてこの計画への賛成を求めた。ミセス・ウェストンは賛成するしかなかった。それからイザベラはエマに顔を向けたが、彼女はみんな一緒に帰るという希望を完全には捨て切れなかった。二人でこの点を話し合っているところへ兄のミスター・ナイトリーが入ってきた。雪が降っていると言った弟の言葉を聞くなり出て行った彼は、戻ってくると外へ確かめに行ってきたと言い、帰るには一向に差し支えない、今でも一時間後でも好きなときに出発して大丈夫だと請け合った。馬車回しの向こう――ハイベリー道路をちょっと行った先――まで行ってみたが、雪はどこでも半インチほどしかなく――大抵のところで地面をわずかに薄化粧する程度だ。雪は今のところまだちらついているけれど、雲には切れ目が見えてきたからまもなくやむ気配だ。馭者にも会ってきたが、二人とも心配は要らないということで意見が一致した、と彼は言った。

イザベラはその知らせを聞いて安堵の胸を撫で下ろした。父のことを思えば、エマにしてもありがたかった。父は神経質な体質が許す範囲で即座にこの問題について安心した。けれども、ひとたび駆り立てられた不安はランドールズにいる間は静めようがなかった。差し当たって帰るのに危険は伴わない、ということに満足はしたが、いくら説得しても、ここに留まることが安全だと納得させることはできなかった。こうすればいいとか、ああすべきだとか、みんなが言いあうなかで、ミスター・ナイトリーとエマは手短にやりとりしてことを決めた。

「お父さんは不安でしょう。一緒に行けばどうかね？」

「みなさんがよろしければ、わたしはいつでも」

「ベルを鳴らそうか?」

「どうぞ」

こうしてベルが鳴らされ、馬車の用意が命じられた。二、三分もたてば、一人の厄介な道連れは自分の家に戻って酔いも覚め、冷静になる見込みがたつし、もう一人はこの辛い訪問が終ると機嫌がなおって幸せになる、とエマは思った。

馬車がやって来た。こんなときいつも真っ先に扱われるミスター・ウッドハウスはミスター・ナイトリーとミスター・ウェストンの介添えで注意深く馬車に乗せられた。しかし、降った雪を見、あたりが思ったよりも暗いことに気づいて、あらためて覚えた不安は二人が何と言おうが止めようがなかった。「馬車が進めないのではないかね。イザベラが心配すると思うねえ。それにエマは後ろの馬車に乗るんだが、どうすれば一番いいか、私にはわからないねえ。なるべく離れないように走っておくれ」そこでジェイムズに話しかけ、後ろの馬車を置いてけぼりにしないよう、ゆっくり進むように命じた。

父のあとからイザベラが乗り込んだ。それからジョン・ナイトリーが、その一行とは一緒でないことを忘れ、きわめて自然に乗り込んだ。それでエマは、ミスター・エルトンに付き添われて二台目の馬車に乗り、腰を下ろすと当然のことのようにドアが閉まったから差し向いで旅をするはめになった。今日起こった疑惑を感じるまえならば、ハリエットの話ができるとあって、一瞬たりとも間の悪いことはなく嬉しかったに違いない。そして四分の三マイルの道のりも四分の一マイルぐらいにしか感じなかっただろう。しかし今では、こんなことになってほしくはなかった。彼はウェストン家の上等なワインを飲みすぎ、きっとばかなことを言うに違いない、とエマは思った。

自分の身だしなみのよさでできるだけ彼を抑えようと思い、エマはさっそく落ち着き払ってしかつめらしく、天気と夜の闇について切り出した。しかし、馬車が馬車回しの門を通りすぎてもう一台の馬車と合流するかしないうちに、話が遮られて――手が握られ、ぜひ聞いて下さいと言われ、ミスター・エルトンが激しく言い寄ってきた。二人きりになった貴重な機会を利用して、僕の気持はもうよくご存じだと思いますが、と言い、希望と――恐れと――あこがれの気持をまくしたてて、もし受け入れられなければ死んでしまいたい、と結んだ。しかし彼は、自分の熱心な愛着と、たぐい稀な愛と、前例のない情熱がある程度の効果をもたないはずはない、要するにいち早く真剣に受け入れられるものと自惚れ、決めてかかっていた。ほんとにそうだった。良心のためらいもなく――弁明もなく――気後れしたようすもたいして見せず、ハリエットを愛しているはずのミスター・エルトンはわたしを愛しているなどと言っている。エマはそんな彼を止めようとした。けれどもそれはかなわず、彼は言い終るまでやめようとしない。腹立たしかったけれど、一瞬思いなおして、口を利くさいには自分を抑えようと心に決めた。こうした愚かな行動の半分は酔ったことからきているに違いない、だから一時の気の迷いにすぎないとエマは感じた。そこで彼女は、今の彼にもっともふさわしい真剣さとおどけが半々に混じった態度で、

「わたしほんとに驚きましたわ、ミスター・エルトン。こんなことをおっしゃるなんて！　あなたはご自分を忘れていらっしゃる——わたしを友達だとお思いになって——ミス・スミスに伝えたいことでもあれば喜んでお伝えします。だけど、こんなことをおっしゃるのはやめにしてください」と言った。

「ミス・スミスか！　彼女に伝えたいことですか？——彼女がいったい何だと言うんですか！」——それから彼はいかにも驚いたという思い入れよろしく、自信たっぷりに口調をまねて彼女の言葉を繰り返したので、エマはすばやく答えないではいられなかった。

「ミスター・エルトン、いくらなんでも度が過ぎます！　そんな振る舞いには一つしか説明のしようがないわ！　あなたはどうかしています。そうでもなかったら、わたしに向かってハリエットのことをそんな言い方はできないでしょう。正気に立ち返って何もおっしゃらないでください。そうすればわたしも忘れる努力をします」

しかし、ミスター・エルトンは気持が高揚する程度にワインを飲みはしたが、理性が混乱するほどには飲んでおらず、自分の言っていることはよく心得ていた。だから彼は彼女の疑惑にたいそう傷ついたと激しく抗議をし、エマの友人としてミス・スミスにある程度の敬意を払っていることに軽く触れたが――ミス・スミスの名前が挙がる理由がわからないと言い――またぞろ自分の熱い思いを言い立てて、色よい返事がたったいま欲しいと迫った。

あまり酔っていないとすれば、これは無節操で図々しいと考えるしかない。そこでエマはいささか礼を失するのはやむをえないと思いながら答えた。

「疑うことはもうできなくなりました。ご自分の気持をはっきりおっしゃいましたから。わたしは口ではとうてい言えないほど驚きました。この一か月、ミス・スミスに対してわたしが見てきたような態度をとりながら――ということは、日々にわたしの目に映ったような愛情を見せながら、という意味ですけれど――わたしに向かってこんな言い寄り方をする――これはもう不実な性格というほかはないわ。そんなことができるなんて想像もつかなかった！　いいですか、そんな告白の対象になって満足するなんて、とうてい、とうてい考えられないことです」

「何ということだ！」ミスター・エルトンは叫んだ。「これはいったいどういう意味なんだ？――ミス・スミス！――ミス・スミスなんて生まれてこの方考えたこともない――あなたの友達として以外に注意を払ったこともない。あなたの友達として以外に、生きようが死のうが関係ない。もし彼女があらぬ想像を巡らしたとすれば、自分の願いに惑わせられた結果です、僕はひじょうに気の毒――きわめて気の毒としか言いようがない――それにしてもミス・スミスがねえ！――おお、ミス・ウッドハウス！　あなたが側にいるのに、ミス・スミスを考えられる人がいますか？　いや、名誉にかけて言いますが、僕の性格は不実ではぜったいにない。これまであなたのことしか考えなかった。ほかの誰かにいささかなりと注意を向けたことは断じてありません。何週間もまえから、僕が言ったりやったりしてきたことはひとえにあなたを深く愛すればこそでした。あなたがそれを疑うことはほんとうに、真剣な意味でできないはずです。ぜったいにできませんよ！――(それから遠回しな口調で)――あなたも僕を見て理解しているに違いないと思いますが」

これを聞いてエマが感じたことを言うのは不可能だっただろう――彼女が感じた不快な感情のなかでも一番大きく、それに圧倒されたあまり、すぐには答えられなかった。しかし、しばらく黙っていたことが楽天的なミスター・エルトンの励みになって、彼はもう一度エマの手を取って嬉しそうに言った――

「魅力的なミス・ウッドハウス！　興味深いあなたの沈黙を僕なりに解釈させてください。それは僕を長い間理解してきたことを告白しています」

「違います！」エマは叫んだ。「そんなことを告白してはいません。あなたを長いこと理解してきたどころか、今の今まであなたの考え方について全く間違っていました。わたし自身については、どんな感情にもせよあなたが負けてしまったことをたいそう残念に思っています――これほどわたしの願いから遠いものはないわ――あなたがわたしの友達のハリエットを好きになって――彼女を求めた(だってそう見えましたから)ことはわたしにはとても嬉しくて、心から成功を願っていました。でも、あなたがハートフィールドに来るのは彼女に会いたいからではない、と推測がつけば、こんなに足繁くおいでになるのはおかしいと思ったに違いありません。わたしは、あなたが特にミス・スミスがお目当てではなかったと――つまりあなたは彼女のことを一度も真剣に考えたことはないと信じるべきなのでしょうか？」

「そうですよ」今度は彼がむっとしたように語気を強めた。「それはなかったとはっきり言ってもいい。そりゃミス・スミスについては真面目に考えています！――とても気立てのいい女性ですから、彼女がれっきとした相手と一緒になるのは僕としても嬉しいことです。心から幸せを願いますよ。彼女で異存のない人はいるに違いない――人にはそれぞれレベルというものがありますからね。しかし、僕自身について言えば、あまり困ることはないんですよ。ミス・スミスに求婚しなければならないほど対等の相手を見つけるのに絶望してはいない、という意味です！　言っておきますが、僕がハートフィールドを訪れる目的はあなただけでした。それに、僕が受けた励ましもあります」——

「励まし！——わたしがあなたを励ましたと言うんですか？　そう考えているんでしたら全く間違っています。お友達を好きになった人だと思えばこそあなたに会ってきたのです。そうでもなければあなたは普通の知り合いだわ。ほんとにごめんなさいね。でも、間違いがわかっただけでもよかった。同じ振る舞いがつづいていたら、ミス・スミスはあなたの考えを誤解することになったかもしれないもの。だって彼女はわたしみたいにあなたがたいそう意識しているとても大きな不平等に気がつかなかったでしょうから。でも、実際問題として失望は一人だけのもの、それにきっと長くはつづかないと思うわ。わたしには今のところ結婚する気はございませんの」

彼は腹立たしさのあまりひとことも言えなかった。きっぱりしたエマの言い方に嘆願のしようもない。しだいに募る腹立たしさと互いに深い無念の思いに駆られながら、二人はさらに数分、馬車に揺られなければならなかった。ミスター・ウッドハウスの用心深さが馬車の速さを並み足にとどめたからである。これだけの怒りがなければどうしようもない気まずさを感じていただろう。しかし、二人の率直な感情がジグザグした小さな当惑の余地を残さなかった。馬車がいつ折れて牧師館小路に入ったか、いつ止まったかも知らないうちに、ふと気がつくと玄関のまえに着いていた。彼はひとことも言わずに降りた――そのときエマはどうしてもお休みなさいを言わなければ、と感じた。別れの挨拶は誇り高く冷ややかに返ってきた。そしてエマは言うに言われぬ苛立たしい思いを抱えながらハートフィールドに運ばれていった。

エマが着くとミスター・ウッドハウスは嬉しくてたまらないという顔で迎えた。実を言うと彼は、見知らぬ者――ジェイムズではないそこらの馭者――の手にゆだねられ、牧師館小路の――思い出すさえ耐えられない――角を曲がって一人で乗ってくるエマの身に危険はないか、と案じて震える思いだったのだ。したがってエマの戻ることだけが全てがうまくゆくことに欠けていたのである。それというのもミスター・ジョン・ナイトリーが不機嫌を恥じて親切そのもの、至れり尽くせりの面倒見のよさでとりわけ彼女の父が満足するように気遣い――一杯お相伴するほどではないまでも――かゆが健康にきわめていいことは認識しているように見えたからだ。こうしてその夜は彼らの小さな一行にとって、彼女自身を除き、なにごともなく快適に過ぎようとしていた――しかし彼女の心がこれほど動揺したことはない。いつもの時間がきてほっとした気持で寝室に引き下がり、静かな物思いにふけることができるようになるまで、人の話に耳を傾け陽気に振る舞うのにエマにはたいそう強い意志の力が必要だった。

第十六章

髪のカールが終るとメイドを引き下がらせ、エマは腰を下ろして惨めな思いをかみしめた——わたしの望んだことがすべて覆るとは何という見込み違いだろう！　何もかもが世にも歓迎されない方向へ行ってしまった！——ハリエットには大きな打撃だ！——何が悪いといってこんな悪いことはない。どこをとっても何らかの苦痛と屈辱があるだけ、けれども、ハリエットの災難に比べればまだ軽い。間違いの影響を自分だけに留めることができれば、実際よりももっと間違っていた——もっと大きな誤りを犯していた——判断の誤りからもっと恥をかいた、と感じることにも甘んじていたかもしれない。『もしわたしがハリエットを説得して彼を好きにさせたのでなかったら、どんなことにも耐えられるし、たとえわたしに対する彼の図々しさが倍になってもかまわない——でも、こんなことになってハリエットの何とかわいそうなこと！』

それにしてもわたしはどうしてこんなに欺かれたのだろう！——ハリエットを真剣に考えたことはない、と彼は抗議した。——一度もない！　と彼は言った。エマはできるだけ振り返ってみた。しかし混乱するばかりだ。彼が好きだと思い込んで、全てをそっちへ曲げてしまったのかもしれない。けれども、彼の態度ははっきりせず、揺らぎ、あいまいだったのだろう。そうでなければこれほどまでに誤解するはずはない。

あの肖像！——あの肖像のことでどんなに彼は熱心だったことか！　それからあのシャレード！——そしてさまざまな事情——それがどんなにはっきりハリエットを指しているように見えたことか。確かに、シャレードに出てくる「当意即妙の機知」とか、「優しき瞳」はどちらにもぴったりこない。趣味も真実も伴わないごたまぜだ。そんな愚鈍で無意味な言葉がいったい誰に見抜けただろうか？

そういえばエマはしばしば、とりわけ近頃は彼の態度が不必要なまでに優しいと思うことがあった。しかしそれは彼の行き方であって判断や知識や趣味の単なる間違いに過ぎず、彼がかならずしも最上の社会に生きてこなかったことの数ある証拠の一つだと思い、物腰には品があるけれどほんとうの気品には欠けるところがある一つの例として大目に見てきた。けれども、まさかそれにハリエットの友達としてのわたしに対する感謝と敬意以外の意味が込められていたとは、今日という日までただの一度も、一瞬たりとも考えたことはなかった。

　今にして思えばこの問題に初めて気がついたというか、その可能性の出発点はミスター・ジョン・ナイトリーだった。あの兄弟に洞察力があることは否定のしようがない。エマはミスター・エルトンのことでミスター・ナイトリーが言った言葉を思い出した。あのとき彼は、ミスター・エルトンという人は無分別な結婚はけっしてしないという見方を示し、だから警戒したほうがいいと言った。エマは、彼の性格について自分が知りえたことよりもミスター・ナイトリーの示した知識のほうがはるかに正しかったことを思い、顔を赤らめた。ひどく悔しかったが、ミスター・エルトンはさまざまな面で彼女が想像し信じていた人柄とは全く逆で、誇り高く、傲慢で、自惚れ屋で、自己主張が強く、他人の感情などはほとんど無視してかかる人だった。

　ミスター・エルトンが言い寄ろうとしたことは、通常のなりゆきとは違ってエマの評価を下げ、愛の告白と結婚の申込みは何の役にも立たなかった。エマは告白を何とも思わず、彼が希望を抱いたことに屈辱を覚えた。条件のいい結婚を望んで身の程もわきまえずわたしに目をつけ、愛を装った。しかし、彼はわたしが気にしなければならないほど失望したわけではない。だからエマもいたって気が楽だった。彼の言葉や態度にほんとうの愛はなかったからだ。溜息や美しい言葉はふんだんに口を衝いて出たが、これほど本物の愛に結びつかない表現や語調はエマには思いつかず、想像もできなかった。エマは哀れむ気にさえならなかった。エルトンは財産を殖やし、金持ちになることしか念頭にない。三万ポンドの遺産を相続するハートフィールドのミス・ウッドハウスを思い通り簡単に手に入れることができなければ、彼はすぐにも二万ポンド、あるいは一万ポンドのミス誰それに目をつけるだろう。

それにしても、わたしが励ましを与えたなどと、まるで彼の想いに気づいて受け容れ、(要するに)結婚するとでも思っているのかしら！——親戚関係にしろ知性にしろ自分がわたしと対等だと考えるなんて！——わたしの友達を見くだし、自分より下の階級はことこまかにわかっているくせに、上は目に見えず、相手もあろうにわたしを口説きにかかって大それたことだと思わないんだから失礼ったらないわ！

才能や教養の上で自分のほうがはるかに劣っている、と実感することを彼に期待するのはおそらく無理というものだろう。劣っているからこそ気がつかないのかもしれない。けれども、彼は資産や社会的地位の面でわたしのほうがずっと上だということを知らねばならない。ウッドハウス家は数代まえからハートフィールドに住み、由緒ある一族の分家だけれど、エルトン家は名もない一族だということをわきまえる必要がある。ハートフィールドに所有する土地は、ハイベリーが所属するドンウェル僧院の所領の一部でたいしたことはないが、あちこちの財産を合わせれば、地位の高さからいってもドンウェル僧院そのものに殆どひけを取らない。それにウッドハウス家はこの界隈で昔から尊敬されてきた家柄だが、ミスター・エルトンがここに赴任して来たのはわずか二年前のことで、職業のほかは何の結びつきもなく、取り柄といっては牧師という立場と礼儀正しさぐらいのもの——しかし彼はあらぬ想像を巡らし、エマが自分を恋していると思った。彼がそれをあてにしたことは明らかだ。エマは、上品な態度と自惚れた頭では一見むすびつかないじゃないの、といささか腹を立てたあとで、世間並みの正直さに立ち返って考えてみれば、彼に対するわたしの行動に愛想がよすぎて親切すぎたところがあり、好意と気配りが度を過ごした結果、(わたしのほんとうの動機がわからなかったとすれば)ミスター・エルトンのように並みの観察力と感受性しか持ち合わせない男に、これはてっきり自分が好きなのに違いないと思い込ませたとしても仕方がない、と認めざるをえなかった。もしわたしがこれほどまでに彼の感情を誤解したとすれば、自分の利益に目が眩《くら》んだ彼がわたしの感情を誤解するのも無理はない。

最初の、そして最悪の誤りを犯したのはわたしだった。誰にしろ二人の人を結びつけるのにあんなに積極的になったのはばかげているし、間違ってもいた。冒険のしすぎで、あまりに多くのことを思い過ごし、深刻に考えるべきことを軽んじ、単純であるべきことに策を弄しすぎた。エマは心から悔やんで恥じ、こういうことは二度とすまいと固く心に決めた。

『かわいそうなハリエットを唆《そそのか》してこの男を心から好きにさせてしまった』と彼女は胸のうちにつぶやいた。『わたしがいなかったら彼のことなんか考えもしなかったろうに。もし彼があなたを愛しているとわたしが請け合わなかったら、彼に希望を託すようなことにならなかったのは確かだわ。なぜかって彼女はわたしが彼を間違って考えていたように控え目で謙虚な娘だからだ。ああ！　マーティン青年の求愛を受け入れないように説得するだけで満足すればよかった！　あの判断は正しかった。わたしとしてはよくやったと思うわ。でも、あれでやめて、あとは時の流れと偶然に任せるべきだった。わたしは彼女をれっきとした人たちに紹介して、ふさわしい相手に喜んでもらえる機会を与えたかった。それ以上のことは企てるべきではなかった。かわいそうに、彼女は心の平穏をしばらくかき乱されることになってしまった。わたしは半分しか友達ではなかった。もし彼女がこの失望をあまり気に掛けないとしても、ほかに望ましい人は思いつかない。――ウィリアム・コックス――だめ！　あんな生意気な弁護士の若造なんて我慢がならないわ』

エマはここでやめて顔を赤らめ、またぞろ相手探しをしている自分に苦笑し、それからこれまでにあったこと、あったかもしれないこと、どうあるべきかなどについて、気力をふりしぼって真剣に考えてみた。苦しいけれどもハリエットには説明をしなければならない。かわいそうにハリエットも苦しむだろう。この先会ったときの気まずさを思いやれば、つきあいをつづけるかやめるかという難しい問題もある。感情を抑えることは難しいだろう。怒りを隠し醜聞を避けるなどすることが、これからしばらくの間、しかつめらしい反省を通じてエマの心を占めるに違いない。思いは乱れ、ベッドに入ったときには恐ろしい過ちをしでかしたという意識があるだけで、なにひとつ決まっていなかった。

夜にはしばらく気持がふさいだものの、エマは若いし生来陽気な性格だから、鬱の状態を明くる朝までもちこすことはめったになかった。朝の若さと朗らかさはみごとに類似して力強い働きをする。そしてもし苦しみの辛さに目をあけていられないとしても、痛みが和らぎ明るい希望が湧いてくればかならずあくものだ。

明くる朝起きてみると寝たときよりは気持も落ち着き、目の前に横たわる災難もゆうべほどおどろおどろしくは見えない。この分ならなんとか乗り切れるという気がした。

ミスター・エルトンは実際にはエマを恋してはいないし、失望させたくないほどとくべつ親しいわけでもないということ——ハリエットの性質は感覚が鋭くて持続力のある優れたものではないということ——それにもう一つ、起こったことは三人の主要人物を除いて誰も知る必要がなく、とりわけそのことで父に片時の不安も与える恐れはない、などのことは大きな慰めだった。

こう考えてくるととても元気づけられた。それに地面に積もった雪を見るとさらに元気が出た。差し当たって三人が離れ離れになることを正当化するものなら何でもよかったのである。

エマにとってはもってこいの天候だった。クリスマスだったが、エマは教会に行けなかった。もし娘が出かければミスター・ウッドハウスは惨めな気持になっただろう。だから彼女は不快でこのうえなく不適切な考えをかきたてたり、受け入れたりはしないで済んだ。地面は雪に覆われているが、霜を結ぶとも雪が解けるともつかぬ不安定な空模様は、とりわけ運動には向かない。毎朝雨か雪が降って、夜には凍てつく。おかげでエマは世間体を気にすることなく何日も外へは出ないで済んだ。ハリエットとの交際は手紙のやりとりでするしかなかった。クリスマスばかりか日曜日にも教会へは行かなかったからである。また、ミスター・エルトンが来ないことに言い訳をみつける必要もなかった。

誰もが家に閉じ籠っておかしくない天候だった。ミスター・エルトンは誰かとのつきあいを楽しんでいるだろうとエマは思い、また信じていたが、父がこんなときには家にかぎるとばかり、閉じ籠って満足していたこともエマには嬉しかった。彼はときおり、どんな天候でもかならず顔を出すミスター・ナイトリーをつかまえて――

「ミスター・ナイトリー、たまにはミスター・エルトンのように家にいたらどうかね？」と言ったりした。

こんなふうに家から出ない日々は、ハリエットのことで苦境に立たされるということさえなければ、エマにはことのほか快適だっただろう。家族は義兄の感情にひじょうに気を遣っていたが、こうした蟄居《ちっきょ》生活が本人の気性に合っていたからだ。それにランドールズでの不機嫌はすっかり影をひそめ、彼はハートフィールドにいるあいだ笑顔をたやさず、いつも愛想よく周りを気遣い、みんなのことを好意的に話した。しかし、朗らかな生活がこの先もつづき、帰る日が一日延ばしになる楽しさはあったけれど、エマの頭上にはやがてやって来るハリエットに説明をする時が重くのしかかって、完全にくつろいだ気持になることはできなかった。

第十七章

ジョン・ナイトリー夫妻がハートフィールドに長く引き止められることはなかった。天候はまもなく回復して帰らねばならない人たちは帰った。ミスター・ウッドハウスは例によって娘と子供らに留まるよう説得したがみんなを見送らないわけにはいかず、かわいそうなイザベラの運命を嘆くことに立ち返った——当のかわいそうなイザベラは、子供を猫かわいがりにかわいがって欠点は見えず、いいところだらけだと思い込んでいていつもたわいのないことに忙殺される、女性の幸福の典型といった人だった。

ほかならぬ彼らが発った日の夜にミスター・エルトンからミスター・ウッドハウス宛に手紙が届いた。開いてみると儀式張った長い丁寧な手紙で、儀礼的な挨拶に始まって、「実はこのたび幾人かの友人のたっての懇請により明日ハイベリーを発って、バースへ行くことになりました。バースには二、三週間滞在の予定ですが、かねてより賜っておりますご厚情と一方ならぬご配慮に厚く御礼申し上げるとともに、直接拝眉の上お別れを申し上げるべきところ、天候および所用等、諸般の事情によりまことに残念ながら書中をもってご挨拶に代えさせていただきます。なお、小生にご用命等ございますれば歓んでお引き受けいたしたく、何なりとお申し付けくださいﾞ」とあった。

エマは驚きながらも内心しめたと思った。――この時期にミスター・エルトンがいなくなるのは願ってもないことだった。通知のしかたはあまり気に入らないけれど、旅行を思いついたのはありがたかった。怒りの感情は彼女が当てつけがましく排除された父宛の文面にむき出しである。出だしの挨拶にさえ触れられていない。――エマの名前が挙がっていないのだ――これはひじょうに目立った変化で、別れの挨拶に日頃の厚情への感謝の辞を添えるものものしさは思慮を欠いた文章というべきで、最初彼女はこれでは父の疑惑を逃れられないと感じた。

しかし逃れられたのである。――父は突然の旅行に驚き、はたして目的地に無事たどり着けるかという懸念に取り憑かれたあまり、彼の言葉づかいに異常な点はなにひとつ認めなかった。ひじょうに役に立つ手紙だった。その後の二人きりの孤独な時間に新しい話題と考える材料を提供したからだ。ミスター・ウッドハウスが驚いたねえと言えば、エマはさっそくはしゃぎながら、なにも驚くことはないわと打ち消した。

ハリエットにこれ以上知らせないではいられない、とエマは心に決めた。そろそろ風邪は治っている、と信じるだけの理由があったたし、あの紳士が帰るまでに彼女をもう一つの病気から立ち直らせるにはなるべく時間があったほうがいい。そこでエマは明くる日ミセス・ゴダード宅を訪れ、彼の気持を伝えるという必要な罪の償いをすることになったが、それはなんとも辛いことだった。――まずエマは彼女の心にせっせと築き上げてきた希望を全て壊し――彼に好かれた人という割に合わない人物として登場して――一つの主題に関する全ての考えは大間違いで判断が誤っていた、過去六週間のわたしの観察、確信、予言は全て間違いだった、と認めなければならない。

告白は最初の恥を完全に新たなものにし――ハリエットの涙を眼の当りにすると、こんな自分は二度と愛せないとつくづく思った。

ハリエットはその知らせにけなげに耐えて――誰も非難はしなかったが、そのとき見せた純真な性質と控え目な物腰は、エマの目には何につけても彼女のとりわけいいところに見えた。

エマには純真さと控え目なところが何よりも貴重に思え、ハリエットには優しくて人に愛されるところがあるが自分にはない、という気がした。不満はなにひとつなさそうだった。ミスター・エルトンのような人の愛はもったいなくて――自分がそれに価するとは夢にも思えず――ミス・ウッドハウスみたいにあたしを買い被ってくれる優しい友達でもなければ、そんなことが可能だとは考えない、と思っていた。

ハリエットの目から涙がとめどもなく流れた——けれども、彼女の悲しみにはいささかの偽りもなく、エマの目には、どんな権威をもってしてもこれ以上純粋にすることはできないように見え——彼女に耳を傾けつつ心から理解して慰めながら——そのときばかりはハリエットのほうがわたしより優れている——そして彼女に自分を似せることは、天才や優れた知性の持ち主に頼るよりもわたしの繁栄と幸福のためになる、と心底思った。

いまさら無邪気で無知な人間になろうとするには遅すぎたけれど、ハリエットと別れたときには、今後はあらぬ想像を抑え、謙虚で分別のある生き方をしようという以前の決意を新たにしていた。そうと決まったら次にやるべきはハリエットの娯しみをふやし、結婚の仲介よりましな方法でわたし自身の愛情を証明する努力に入れあげることだ。これに優先するのは父の要求を満たすことだけである。エマはハリエットをハートフィールドに招び、変わらぬ優しさを示しながら何かと構いつけ、本や会話でミスター・エルトンを頭から追い出しにかかった。

これを完全になしとげるには時間がかかる、ということはわかっていた。それにわたしは概してそういうことには疎《うと》いから、ミスター・エルトンへの愛着となればなおのこと、同情を覚える役柄にはふさわしくない。しかし、ハリエットの年では、一切の希望が完全に消えてしまえば、ミスター・エルトンが帰宅するまでには感情をむき出しにしたり増大させたりする危険はなくなって、みんなが共通の知り合いとしてまた会うことができるような、そうした進展が平静に向かってなされるかもしれない。

ハリエットは彼を完全無欠な人物で、容姿といい人柄といい右に出る人はいないと主張し――実を言うとエマが予測したより深く愛していた。けれども、そうした報われない愛には抗うのが自然で避けられないという気がエマにはするので、それが同じ強さで長く続くとは考えられなかった。

もしミスター・エルトンが帰ったさいにハリエットへの無関心が明らかになって、もはや疑いを容れないとわかり、彼が本気だと理解したあとも、ハリエットが自分の幸福を彼の姿や追憶に託しつづけるとはエマも想像ができなかった。

彼らが同じところに住んで身動きがとれないということは、三人のそれぞれにとって不都合だった。誰一人としてどこかへ移動するとか、実質的に交際範囲を変えることのできる者はいない。彼らは互いに顔を合わせ、我慢しあわなければならない。

ミセス・ゴダード宅の仲間の話しぶりでは、ハリエットはさらに不運だった。学校ではミスター・エルトンが教師仲間や年長の生徒の憧れの的とあって、彼が冷ややかな言葉や、いけ好かない真実を交えて取沙汰されるのを耳にする機会はハートフィールドに来たときだけだった。傷を癒される場所があるとすれば傷ついたところでなければならない。そしてエマは、ハリエットの傷が癒されるさまを見るまでわたしにはほんとうの安らぎはない、と感じていた。

第十八章

ミスター・フランク・チャーチルはけっきょく来なかった。予定された日が近づくと、言い訳の手紙が届いてミセス・ウェストンの危惧は正当化された。彼の訪問は許されず、手紙には、差し当たって都合がつかず「きわめて残念ながらお伺いすることができませんが、ランドールズへはなお遠からず行けるものと期待しております」と書かれていた。

ミセス・ウェストンはひどく失望した——実を言うとフランクに会うことを当てにする気持は夫よりも冷静だったが、楽天的な気質はいつも実際に起こる以上のことを期待しているとはいえ、かならずしもそれに見合った意気消沈で希望を償うものではない。それはまもなく現在の失望を飛び越え、ふたたび希望を抱きはじめる。ミスター・ウェストンは驚きかつ残念がったが、三十分もたつとフランクの来るのが二、三か月遅れたほうが計画としてはずっといいことに気がついた。時候もいいし天候もいい。それにいま来るよりはかなり長く滞在できることは間違いがない。

こう考えると気持も急速におさまった。夫に比べ心配性の夫人は、そのときが来ればまた言い訳を繰り返して延ばすに違いないと予測し、夫の落胆を思いやったあげく、自分がもっとがっかりすることになった。

この時期エマは、フランク・チャーチルの訪問が延期になってランドールズに失望を与えたと聞いても芯から気にするような精神状態にはなかった。彼と知りあうことに今のところ魅力は感じない。彼女はむしろそうした誘惑を離れ、ひとり静かにしていたかった。けれども、おおむね普段通りの自分に見えるほうが望ましいとあって、エマは事情にできるだけ関心を示すよう心掛け、彼らの友情にふさわしく夫妻の失望に温かい同情の言葉をかけた。

エマはまずミスター・ナイトリーにそのことを知らせ、息子をよこそうとしないチャーチル夫妻の仕打ちに見合うだけ(いや、芝居をしていたのだからそれ以上)の気持を込めて叫んだ。エマはさらに言葉を継いで、サリーの狭い社交界にそういう人が加われればさぞ賑やかになるだろうとか、新しい顔を見る喜びや、彼の姿を見てハイベリー全体がお祭り騒ぎになるだろう、といったことをかなり大袈裟にしゃべり、最後はまたチャーチル夫妻への非難で締め括ったが、気がついてみるとミスター・ナイトリーの考えとは真っ向から対立しており、面白いことに、心にもなくミセス・ウェストンの論法を利用して自分のほんとうの意見とは反対のことを言っているのだった。

「チャーチル夫妻が悪いのかもしれないが」ミスター・ナイトリーの言葉は冷静だった。「しかし、本人に来る気があれば来ると思うねえ」

「どうしてそんなことを言うのかわからないわ。彼はすごく来たいんだけれど、伯父さんと伯母さんが許してくれないのよ」

「どうしても行きたいと主張してもだめだとは信じられないんだがね。証拠なしに信じろと言っても無理だ」

「妙なことを言うわね！　彼をそんな不人情な人だと思うなんて、ミスター・フランク・チャーチルが何をしたというの？」

「私はなにも不人情だとは言っていない。ただ、つねにお手本を示す人々と一緒に住んだせいで身内への気遣いを忘れ、自分の快楽以外は殆ど意に介しない人間になったのか、と疑いたくなっただけだ。誇り高く贅沢で利己的な人々に育てられた若者が、誇り高く贅沢で利己的になることぐらい自然ななりゆきはないからね。もしフランク・チャーチルが父親に会いたいと思ったら、九月と一月の間に何とか来るように心掛けただろう。男も彼の年になれば——いくつだ？——二十三か四だろう？——それぐらいのことがやれないとは考えられない。ありえないことだよ」

「あなたはいつも思い通りにしてきたから簡単に言えるし、わけもないことと感じるのよ。人の世話になる身の難しさはあなたにはぜったいにわからない。気難しい人の扱い方がどういうものかわかるわけはないわ」

「二十三、四にもなる男がその程度の精神なり行動なりの自由がもてないなんて考えられない。金に不自由はないし——余暇にも不自由はない。不自由どころか、両方ともありあまるほどあって、国内きっての遊び人が出入りするところで気前よく使っていることもわかっている。あちこちの海水浴場で見かけたという話はしょっちゅう聞こえてくる。しばらく前にはウェイマウスにいたしね。これは彼がチャーチル家を離れられることを証明している」

「それはときにはできるでしょう」

「できるのは彼がその価値ありと認めたらいつでも、ということになる。要するに快楽への誘いがあるときはいつでも、ということだ」

「誰の行動にせよ置かれた立場を深く知りもしないで判断するのはずいぶん不公平なことだわ。家族の一員でなかった人は、家族のなかの個人の難しさがどういうものか言えないはずよ。エンスコムやミセス・チャーチルの気質を知ってはじめて、彼女の甥に何ができるかが曲りなりにも判断できるというものでしょう。事柄しだいでいろいろできることもあれば、できない場合もあるんだわ」

「そう言うけれどね、男がやろうと思えばかならずできることが一つあるよ、エマ。それは義務だ。策を弄したり人を騙したりするのではない、やる気と断固たる決意によってやる。父親を訪れるのはフランク・チャーチルの義務だ。手紙にもあるように、来ると約束した以上、来なければならないのは本人も知っている。しかし、もし彼に約束を果たす気があれば来るかもしれない。まともな考え方をする男ならミセス・チャーチルにむかってただちに、単純かつ断固として言うだろう――『ただの遊びごとならばどんな犠牲でも払って母上の便宜をはかりもしますが、私はただちに父に会いに行かねばなりません。今度ばかりは行かねば父の感情を損ねることになります。したがって私は明日出発します』――男らしく決然たる面持でただちにこう言えば、彼が行くことに反対するはずはないよ」

「それはそうでしょうね」エマは笑いながら言った。「でも、帰ってくることに反対が出るかもしれないけど。だいいち、何から何までお世話になっている青年がそんな言い草もないものだわ！――そんなことができると考えるのはあなたぐらいのものよ、ミスター・ナイトリー。でもねえ、あなたには自分と正反対の立場にある人間にできないことの見当がつかないんだから仕方がない。ミスター・フランク・チャーチルが育ててくれて生活の面倒を見てもらっている伯父さんや伯母さんにそんな言い方をするの――部屋の真ん中に突っ立って、さだめし大声をたてて？――よくもそんな行動がとれると想像できたものだわ」

「大丈夫、分別のある男ならそんなことは難しくないものだよ、エマ。自分が言っていることは正しいと感じるからね。それに、分別ある男として言うべきことをしかるべき言い方ではっきり言うことは、迎合する行き方をとる場合にくらべて世話になっている人に対して自分の地位を高め、自分への関心を強めるからかえっていい結果を生むことにもなる。愛情に尊敬の念が加わるからね。彼らは彼が信用できる男だと感じ、父親に対してやるべきことをやった甥は自分たちにも同じ行動をとるだろうと期待する。なぜかといって彼らは彼と同じように、また世間もそうに違いないように、彼が父親を訪れるべきだということを知っているからだ。それに彼らは、卑劣にも訪問を先延ばしにさせておきながら、心のなかでは自分たちの気まぐれに易々《いい》として従う甥を快からず思っている、ということもある。正しい行為を尊重したという意識がみんなの共有になる。もし彼が原則として、一貫して、決まってこんなふうに振る舞えば、彼らは卑小な心を曲げて彼の心に従うようになるだろう」

「さあどうかしら。あなたは卑小な心を曲げるのがとても好きらしいけれど、金持ちで権力をもつ人の心が卑小な場合には、その心が膨れあがって大きくなりすぎ、とかくどうにも手がつけられなくなるから困るのよ。もしあなたが、ということは今のままのあなたがという意味だけれど、一瞬にしてミスター・フランク・チャーチルと立場を換えることができれば、あなたが先ほど来彼に勧めているようなことを言って、とてもいい結果が生まれるかもしれない。チャーチル夫妻は一言も言い返せないかもしれないわ。でもねえ、あなたには彼のように言うことを聞いてきた習慣がないし、長い恭順の期間もない。これを打ち破るのは大変なことなのよ。そんな過去のある彼が、いますぐ完全に独立して彼の感謝と尊敬を当てにしている伯父や伯母を無視してかかれ、と言われてもおいそれとはいかないわよ。彼は、どうあるべきかについてあなたと同じように強い認識をもっているかもしれない。でも、特別な事情があって、その認識に従った行動はとれないでいるのよ」

「それじゃ大して強い認識ではない。それに見合った努力ができなければ同じ信念ではありえない」

「だから立場や習慣が違うと言っているんじゃない！　すなおな若者が性格が正反対

の人たちに幼いころから育てられてずっと尊敬してきたのよ、すこしは気持を理解してやる努力をしてもらいたいものだわ」

「あなたはすなおだと言うが、もしこれが初めて他人の意志に逆らって正しいと思うことをやり抜こうとしたのならば、ずいぶんひ弱な青年だよ。当座しのぎにかまけないで、いまごろはやるべきことをやるのが習慣になっていなくてはならない。子供心に恐れる気持はわからないでもないが、大人となれば斟酌するわけにはいかない。成長するにつれて合理主義に目覚め、伯父や伯母の権威のうち卑しむべきものは全て振り払うべきだった。そもそも彼の父親を軽んじさせる最初の試みに反対すべきだったのだ。最初にやるべきことをやっていれば、いまになって困ることはなかっただろうね」

「彼のことではわたしたちの意見は決して一致しないわ」とエマは叫ぶように言った。「でもそれは異常なことなんかではない。彼が弱い若者だとはこれっぽちも考えないわ。きっとそうではないという気がするのよ。ミスター・ウェストンはたとえ息子だろうとばかなことをすればわかる人でしょう。でもねえ、彼の息子はあなたの考える男の鑑《かがみ》にはそぐわない、人の気持を汲んで妥協するような温厚な人柄なのよ。きっとそうに違いないわ。それはあの人をいくつかの利点から切り離すかもしれないけれど、そのおかげで得をする面も多いはずだわ」

「その通り、行動すべきときに腕をこまぬいて動かず、遊んで快楽をむさぼるだけの生活を送って得をし、言い逃れを探すのがきわめて巧みだと思い込んでいる人間のあらゆる利点を享受しているわけだ。彼は坐り込んで美辞麗句を連ね、偽りの感情と嘘で固めた手紙を書きながら、俺は家庭の平和を保ち、父親が苦情を言う権利を妨げる世上最高の方法を思いついたと自分に言い聞かせている。彼の手紙にはへどが出るよ」

「あなたの気持は異常よ。ほかの人ならいざ知らず、わたしはぜったいに納得できないわ」

「ミセス・ウェストンも納得しないんじゃないかな。彼女のように良識があって敏感な女性はおそらく満足できないだろう。なにしろ彼女は母親の立場にありながら目を晦《くら》ませる母親としての愛情はもっていなかったからね。彼女のためにこそランドールズへの配慮は二重にもなされるべきだ。それだけに彼女も彼らの仕打ちを一層辛く感じているだろう。もし彼女がやんごとなき家柄の出であれば彼は来ただろうし、その場合には来る来ないは大して意味もないことだった、とあえて言いたい。あなたの友達がこうした配慮をなおざりにするなんて考えられるかい？　彼女は秘かに独り言を言っているとは思わないか？　いいえ、エマ、あなたの言う優しい青年はフランス語でいう優しさであって英語では違う。彼はとても『優しく』て、マナーがたいそうよく、人好きがするかもしれない。でも彼には人の感情に対するイギリス人らしい思いやりがない。彼にはほんとうの意味での優しさはない、とね」

「あなたは何が何でも彼を悪者にしなければ気が済まないようね」

「私が？——そんなことはない！」ミスター・ナイトリーはいささか不快そうに答えた。「悪者にしたいのではない。彼のいいところを認める点では誰にも負けないつもりだけれど、単なる個人的なこと、つまり、育ちがよくて男前もいいとか、人当りがよくて口がうまくマナーもいい、といったような評判しか聞こえてこないんだよ」

「ほかに推薦に価することがなくても、ハイベリーではちやほやされるわよ。育ちがよくて人好きのする若い人はあまり見かけませんからね。そのうえやかましいことを言って、あらゆる美徳を要求してはならないと思うわ。彼の訪問でどんな騒ぎになるか想像ができる、ミスター・ナイトリー？　ドンウェルとハイベリーの教区じゅうで話題はたった一つ、関心や好奇心の対象は一つだけ、ミスター・フランク・チャーチルでもちきりになって、ほかの人のことなんか考えもしゃべりもしなくなるわよ、きっと」

「あなたにはすっかりやられたねえ。話し相手になると思ったら喜んでつきあいもするけど、おしゃべりの伊達男《だておとこ》にすぎないとわかれば相手になっていられないよ」

「わたし考えるんだけれど、あの人はみんなの好みに話を合わせて誰にでも好かれたいと思い、またその能力もあるのよ。あらゆる話題について一般的な情報を持ち合わせているからあなたには農業の話、わたしには絵や音楽の話、といったぐあいに人によって話題を変えて、そのときどきによって話の糸口を与えたりそれに従ったりができるし、どんな話をしてもそつがない。これが彼という人のイメージだわ」

「私のイメージは」とミスター・ナイトリーは興奮ぎみに言った。「もし彼がそんな男だとわかればおよそ耐えられないということだ。何だって？　たった二十三歳で仲間内の大将というか——親分というか——百戦錬磨の政治家にでもなったつもりでみんなの性格を読み取り、全ての人の才能を利用して自分の優越性を示し、お世辞をふりまき、自分に比べれば誰も彼もがばかと見せかける！　親愛なるミス・エマ、ことここに至ればあなたの良識だってそんな仔犬には耐えられないと思うけど、どうかね？」

「彼のことはこれ以上なにも言わないわ！」とエマは言った。「あなたは何でも悪くしちゃうんだから。わたしたちは互いに偏見があるのよ、あなたは彼に反対だし、わたしは賛成するという。そしてわたしたちには彼が実際に来るまで合意する機会はないのだわ」

「偏見か！　私には偏見はない」

「でもわたしには大いにあるわ、しかもそれを恥とはぜんぜん思っていないのよ。ウェストン夫妻が好きだから、わたしはどうしても彼の肩を持ちたい気持になるんだわ」

「彼はひと月の終りから次の月の終りまで考えてなんかいられないような人間だよ」ミスター・ナイトリーはいくぶん苛立たしげに言った。エマには彼がなぜ怒っているのか理解できなかったが、何はともあれ話題は即座に変えた。

自分と気質が違うらしいというだけの理由で若い人を嫌う、ということはエマがいつも認めてきたほんとうに自由な精神の持ち主ならばありえないことだ。彼が自分を高く評価していることはエマも知っていたが、それが他人の長所に対して不当な態度をとらせることがある、とは一瞬たりとも考えたことはなかったのである。

第十九章

ある朝エマはハリエットと散策しながら、今日のところはミスター・エルトンの話はこのへんで切り上げようと思った。ハリエットを慰めるにしろ自分の罪を償うにしろ、これ以上話題にすることが必要だとは思われない。だから帰り道はせっせと別の話を持ち出しにかかった——しかしそれは成功したと思った矢先にひょいと顔を覗かせる。たとえば貧しい人々は冬を越すのが大変に違いないという話をしばらくしたあと、返ってきたのは、「ミスター・エルトンはそういう人たちにとても優しかったわ！」という悲しげな響きの答だった。エマはそのとき何か別の手を打たなくてはならないと思った。

折りしもミセス・ベイツとミス・ベイツが住む家の近くにさしかかった。エマは数に救いの場をもとめて訪れることにした。そうした思いつきにはいつだって十分な理由があるものだ。ベイツ親娘は人に訪ねてこられるのが好きだったが、エマは、彼女に欠点を見ようとするごく限られた人たちからはその点ではかなり怠慢なほうで、親娘の数少ない慰めにしかるべき貢献をしていないと思われていた。

礼を失していることについてはミスター・ナイトリーからもそれとなく何度か言われ、自分でも気がついていた――しかし、何度言われようが訪問がひじょうに不愉快で――時間の浪費であり――相手はうんざりするような女性たち――という想いは否定のしようもなく、それにしょっちゅう訪ねてくるハイベリーの二流三流の連中と鉢合せになることへの恐怖も手伝って、エマが彼女らに近づくことはめったになかった。それが今、入らないで彼女らの戸口を通りすぎることはすまい、と心に決めた――エマはそれをハリエットに提案しながら、今のところジェーン・フェアファックスの手紙を読んで聞かされる気遣いはないと思う、と言った。

その家は事業家の持ちもので、ベイツ親娘は客間の階に住んでいた。そこの手頃な広さのアパートが彼女らにはかけがえがなく、訪問客はここで丁重かつ有難く歓迎された。もの静かで身ぎれいな老夫人は編物を抱えていちばん暖かい隅に坐っていたが、ミス・ウッドハウスに自分の席を譲ろうとさえした。そして活発にしゃべりつづける娘は訪問に感謝して至れり尽くせりの配慮を示し、彼女らの靴を気遣い、ミスター・ウッドハウスの健康状態を心配そうに尋ね、母はご覧のとおりいたって健康ですの、と朗らかに言いながらサイドボードからケーキを取り出し――「ミセス・コールがお見えになって、ほんの十分ほどとおっしゃりながら一時間ほどいらして、たった今お帰りになりましたの。あの方はケーキを召し上がって、とてもおいしいとおっしゃってくださいましたわ。ですからミス・ウッドハウスもミス・スミスもおひとつ召し上がってくださいな」と言った。

ミセス・コールの名前が出ればミスター・エルトンの名前も出ると決まっている。コール夫妻とミスター・エルトンは親密な間柄で、ミスター・エルトンは出発後にミスター・コールに手紙を書いていた。このあと何が起こるかエマにはわかっていた。手紙の内容を繰り返し聞かされ、彼が出かけてどれぐらいになるかとか、彼がどれほど交際に忙しいか、どこへ行こうが引っ張りだこで、式部官の舞踏会が盛況だった話などを片づけなければならない。エマは必要な賞賛の言葉を添えながらみごとに耐え抜き、ハリエットが何か言わざるをえない立場に立たされないよう先に口を出した。

この家に足を踏み入れたときからこうした事態は覚悟していた。けれども、彼に関する話を手際よく切り抜けると、今度は煩わしい話題が待ち構えており、既婚未婚を問わずハイベリー中の女性と彼女らのトランプ・パーティの間を引きずり回された。ミスター・エルトンの話のあとにジェーン・フェアファックスが登場するとはエマにも予測がつかなかった。しかし、ミス・ベイツは彼の話をはしょってだしぬけにコール夫妻に飛び、姪から来た手紙を紹介した。

「そうそう、ミスター・エルトンは、わたしの理解するところでは――ダンスに関しては確かに――ミセス・コールがおっしゃってましたけど、バースのどこそこの客間で行なわれたダンス・パーティでは――ミセス・コールはしばらくうちにいらしてジェーンのことをお話しになってましたけど、と申しますのは、夫人は入っていらっしゃるなり彼女のことをお尋ねになってね、だって、あの娘はあそこではたいへんな人気者でしたでしょ、ミセス・コールはいらっしゃるたびにどうやって親切なお気持を表現したらいいかわからないといった面持でね、ですからわたし、ジェーンは誰にも劣らずそういう扱いを受けてもいいと思っていますの。あの方はすぐさまジェーンのことをお尋ねになって、『ジェーンはまだ手紙を書く頃じゃないからお便りはないでしょう』とおっしゃいましたのよ。そこでわたしがすかさず、『いいえ、そんなことはございません、今朝も手紙を受け取ったばかりですわ』と申しました。そのときのびっくりなさった顔ったらお見せしたいぐらいでした。『まあ、ほんとに！　思ってもみませんでしたわ。それで何と言っていらしたの？』ですって」

エマはすかさず微笑を浮かべながら丁寧な口調で――

「まあ、ミス・フェアファックスから最近お便りがあったんですか？　ようすを聞かせていただければとても嬉しいわ。お元気なんでしょう？」と訊いた。

「ありがとう。あなたってとてもお優しいのね！」伯母は口車に乗せられていかにも幸せそうに答え、そそくさと手紙を探しはじめた。――「あったわ！　そのへんにあるはずだと思ったもの。いつのまにか裁縫箱を置いたから隠れちゃったんですね。だって、ついさっき手にもっていたはずだからテーブルの上だとばかり思っていました。ミセス・コールに読んで聞かせましたの。あの方がお帰りになってから母にまた読んでいたでしょ、だって母はジェーンの手紙には目がなくて、何度聞いても飽きるということがないんですよ。ですから遠くへいったはずはないと思ったら、こんなところにありました。裁縫箱の下ですものね――あなたがご親切に彼女の手紙を聞きたいとおっしゃるから読みますけれど――そうだ、そのまえに、ジェーンのために言っておきますけど、あの娘の手紙はほんとに短いんですよ――たかだか二ページ――いいえ二ページ足らずなんです――それに大体一ページ全体に書いて残りの半ページは交差させて直角に書いてあるんです（この時代には手紙は一枚の紙に書くのが普通で、それを折って封をし宛名を書く。余白と重量を節約するため書簡は「交差状」、つまりすでに書かれた文面と直角に書き足された）。母はわたしがよくも判読できるものだと感心してね、開封するたびに言うんですよ、『ヘティ、また市松模様で苦労させられちゃうね』って。――そうよね、お母さま？　するとわたしは、読んでくれる人がいなければお母さまだって何とか読めるわよ、って言うんです――言葉がぜんぶわかるまで何度も繰り返し読むでしょうからね。母は昔ほど目がよくはないんですけれど、今でも眼鏡を掛けるとびっくりするほどよく見えるんですの、ありがたいことだわ。ジェーンが来るとよく言うんですよ、『お祖母《ばあ》さまがこんなによくお見えになるなんて、昔からずいぶん目がよかったのね――それでこんなにいっぱい手芸のお仕事をなさって――わたしもお祖母さまみたいにいつまでも目が衰えませんように』って」

　ミス・ベイツは立て板に水の勢いでまくしたてたので、ここで言葉を切って肩で息を継がねばならなかった。ミス・フェアファックスはとてもきれいな字をお書きになるのね、とエマが誉めると、

「あらそうでしょうか」と、ミス・ベイツは満足しきった顔で答えた。「たいそう目利きで、ご自身も字がおきれいなミス・ウッドハウスに誉めていただくなんて、こんな嬉しいことはございませんわ。母は耳が聞こえませんの。ねえ、お母さま」と彼女は母に話しかけた。「ミス・ウッドハウスがね、ジェーンの字がきれいだって誉めてくださったんだけれど聞こえた？」

ここでエマは自分のばかげた誉め言葉をお人好しの老夫人が理解できるまで二度繰り返して聞かされるはめになった。その間エマは、あまり無躾《ぶしつけ》には見えないようなやり方でジェーン・フェアファックスの手紙から何とか逃れる術《て》はないものかと考え、ちょっとした口実をもうけて逃げ出そうと決めかけたところへ、ミス・ベイツがエマのほうへ向きなおって彼女の注意を促した。

「母の耳が遠いといってもほんの少しで――たいしたことはないんですの。ちょっと声を大きくして、同じことを二度か三度繰り返せば聞こえるんですから。でも、母はわたしの声に慣れていますからね。それはそうなんですけど、ジェーンの声のほうがわたしのよりよく聞こえるんです。ジェーンははっきりした言い方をするんですね！　でも、あの娘に言わせれば二年前にくらべてお祖母さまの耳はちっとも聞こえが悪くならないんですって。母の年にしてはたいしたことですわね――そういえば先にあの娘が来てから早いものでまる二年になります。こんなに長い間来なかったことは一度もないんです。それでさっきも、今のあの娘の気持がよくわからないと、ミセス・コールに申し上げておりましたの」

「ミス・フェアファックスは近いうちにおいでになるのですか?」

「それが来週なんですの」

「あら、そうですか!——それはお楽しみですわね」

「ご親切にありがとうございます。そうなんです、来週に来るんですの。みなさんが驚いて喜んでくださいます。あの娘もハイベリーのみなさんにお会いできてさぞ嬉しいことでしょう。そう、金曜日か土曜日には来ますわ。キャンベル大佐が金曜だか土曜だかに馬車をお使いになるので、どっちになるかははっきりしないそうです。はるばる馬車で送ってくださるなんてとても有難いことですわ! でも、あの方はいつでも送ってくださるんですよ。そうなの、金曜か土曜日なんですの。とにかく手紙にはそう書いてありました。実を言うとそう書いて寄越したのは例外だわねって、わたしたちは申しております。普段でしたら来週の火曜か水曜にならなければ言ってきませんから」

「ええ、そうでしょう。わたしもよもや今日ミス・フェアファックスのことが聞けるとは思わなかったわ」

「急に来ることになったという事情でもなければ、知らせてはこなかったのでしょうけれど、とにかく母は小躍りして喜んでいますわ！——いま手紙を読んで差し上げますけれど、少なくとも三か月はいることになるのだそうです。なんでもキャンベルご夫妻がアイルランドにいらっしゃるのだそうです。お嬢さまのミセス・ディクソンがすぐに会いに来てほしいとご両親を説得したんだそうですわ。大佐ご夫妻は今度の夏までは行くつもりはなかったのですけど、なにせお嬢さまは去年の十月に結婚するまで一週間と離れて暮したことがなかった人ですから、嫁いだ先が別の王国とあれば何かにつけ心細くなったのでしょう。さっき言いかけたことですけれど、外国とはいえ、お嬢さまは早く来てほしいと矢の催促をお母さまにか——お父さまにかはわかりませんけれど、手紙でなさいました。どっちかはジェーンの手紙を見ればわかることです——とにかく一刻も早く来てほしいという手紙は自分の名前だけでなく、ミスター・ディクソンの名前でも書いたようですよ。それでご両親をダブリンまで出迎えて、田舎の邸宅にお連れするんですけれど、ここはバリークライグといって、とても美しいところだと思います。ジェーンはそこの美しさについていろいろ聞かされたそうです。話して聞かせたのはミスター・ディクソンでした——ほかの人から聞いたなんて考えられないことですもの。愛の告白をしながら生れ故郷の話をしたくなるのはきわめて自然な感情ですからね——それにジェーンは、彼らと一緒によく散歩をしました――キャンベル大佐ご夫妻はお嬢さまがミスター・ディクソンと二人だけで散歩をすることにとてもやかましかったそうですから。それでご両親をとがめる気持はわたしには全くございませんけれど。もちろんジェーンは彼がアイルランドについてミス・キャンベルに言っていることはみんな聞きました。それであの娘は彼が描いた絵のこと、風景画ですけれどね、それを見せてもらったと手紙に書いてきたんだと思います。彼はとても人当りのいい魅力的な方だと思いますわ。彼のお話を聞いてジェーンはアイルランドにぜひ行ってみたいと申しておりますす」

エマの頭にふと、ジェーン・フェアファックスとこの魅力的なミスター・ディクソンと、アイルランドには行かないことについて思わず膝を乗り出したくなるような、奇妙な疑問が湧いた。そこで彼女は詳しく知りたい思いに駆られて言った。

「そんな時期にミス・フェアファックスが来られるのはずいぶん運がよかったとお感じになるでしょう。彼女とミセス・ディクソンは特別の仲良しでしょ、キャンベル大佐ご夫妻に同行しないですむなんて殆ど考えられないことですもの」

「ほんとにおっしゃるとおりですわ。でも、それはわたしどもがいつも恐れていたことなんですの。アイルランドといえばずいぶん遠いでしょう、それに何か月もではねえ

——何か起こってもおいそれと帰ってこられる距離ではありませんもの。だけど、けっきょく全てがうまくいくものですわ。あの人たち(ディクソン夫妻のことですけれど)はジェーンにキャンベル夫妻と一緒に来てほしかったらしいのです。それはそれは心の籠った熱心な招待状で、夫婦そろって署名がしてあったとジェーンも書いていますわ、いまお聞かせしますけれど。ミスター・ディクソンという人は何ごとによらず気がつく方のようです。彼はとても魅力のある方ですわ。いつぞやウェイマウスで水上パーティを催したおりに、帆の間のなんだかが急に回りだしてジェーンがすんでに海へほうり出されそうになったとかで、あの方が間一髪のところで助けて下さる、ということがありました。もしミスター・ディクソンが落ち着きはらってあの娘の服をつかまなかったら——(と思うといまでも震えが止まりません)——どうなったでしょうね。わたしはその日の話を聞いてミスター・ディクソンがたいそう好きになりましたの!」

「お友達にぜひいらっしゃいと言われ、自分もアイルランドへ行きたかったのに、ミス・フェアファックスはあなたやミセス・ベイツに会いにくることにしたのですね?」

「ええ——あの娘の一存で、自分だけでそう決めましたの。キャンベル大佐ご夫妻も、それはいいことだとおっしゃったそうで、お二人が勧めたくなるようなことだと考えていらっしゃるんですって。あの娘はこのところ体の具合が思わしくないものですから、実を言うとご夫妻はたまには故郷の空気を吸ったほうがいいと、特に望んでいらっしゃるようですわ」

「そううかがうと心配になります。賢明な判断だと思いますけど、ミセス・ディクソンはとてもがっかりするのではないかしら。それはそうと、ミセス・ディクソンはあまり美しくはなくて、ミス・フェアファックスとはとうてい比べようもないとか、うかがっていますけど」

「ええ、そうなんです！　そうおっしゃっていただくのはたいそうありがたいことですわ。確かに二人は比べようもありません。ミス・キャンベルは昔から器量がよくはないけれど――でも、とてもおしとやかで優しい方です」

「ええ、それはもちろん」

「ジェーンはひどい風邪を引きましたのよ、かわいそうに！　引いたのは十一月の七日ですから、（手紙を読んでさしあげます）もうかなりになりますけど、まだ治っていません。風邪にしてはずいぶん長いとお思いになりません？　心配させまいとして先の手紙には書いていなかったのです。いかにもあの娘らしいわ！　とても思いやりがある娘なものですからね！――でもねえ、あの娘は体具合がひどく思わしくないものですから、親切なお友達のキャンベルご夫妻がね、家に帰っていつも体に合っていた空気を吸ったほうがいいとお考えになって、ハイベリーに三、四か月もいればすっかり治るだろう、ということになって、それでまあ帰ってくるんですけれど、具合が悪いということでしたら確かにアイルランドへ行くよりはこちらへ帰ったほうがよろしゅうございますわね、同じ看病をするにしても家族のようなわけにはいきませんから」

「それが何よりだという気がしますわ」

「そんなわけで来週の金曜日か土曜日には帰ってきます。キャンベルご夫妻は翌週の月曜日にロンドンを発って、ホリーヘッドに向かうとあの娘の手紙にはあります。ほんとに急なことと！　それでねえ、ミス・ウッドハウス、わたしはばたばたさせられちゃって、忙しいったらないわ！　あの娘が病気に罹るということがなかったら――痩《や》せてげっそりして帰ってくるんじゃないかと思っていますわ。その点でわたしは生憎なことが身に降りかかったものだと思っています。わたしはね、ジェーンの手紙は母に読んで聞かせるまえに目を通すように心掛けているんです。だって、母が心配するようなことが書いてあると困りますもの。ジェーンもそうしてほしいと言っていますから、いつもそうしているわ。ですから今日もいつもどおり用心しながら読みはじめたんですけど、具合が悪いというところへ差し掛かった途端、びっくりして思わず、『あら！　かわいそうにジェーンが病気だって！』と言ってしまいました。――待ち構えていた母の耳にはっきり聞こえたでしょ、悲しいことに心配させちゃいました。でも、読み進むうち最初に想像したほどひどくはないことがわかったものですからね、たいしたことはないらしいわ、と言って安心させましたので、今ではあまり心配していません。だけど、どうしてあんなにうかつだったのか想像もつかないわ！　もしジェーンの風邪が長引くようだとミスター・ペリーに来ていただかなければなりませんけど、このさい費用など気にしてはいられません。ミスター・ペリーは大まかな方で、ジェーンがとてもお気に入りですから診ていただいてもお金を取ることはなさらないでしょうが、かといって先方の好意に甘えるわけにはいきません。奥さまや子供もいて養わなければなりませんからね。それに時間も取られることですから。ジェーンの手紙の内容を少しばかりお教えしましたけど、詳しいことはわたしがくどくど言うよりも本人の言葉を聞くにかぎりますわ」

「せっかくですけど急いで帰らなければなりません」エマはハリエットにちらと目を遣り、腰を浮かせながら言った。表通りに出ると、意に反して無理にいろいろ聞かされ、ジェーン・フェアファックスの手紙の内容はあらかたわかったけれど、手紙そのものから逃れられたことはせめてもの幸いだった、とエマは思った。

第二十章

ジェーン・フェアファックスは孤児で、ミセス・ベイツの末の娘の一人っ子だった。××歩兵連隊のフェアファックス中尉とミス・ジェーン・ベイツの結婚生活にも名誉と歓びと希望と感興の日々はあった。しかし、彼が国外の戦場で命を落とした記憶と、寡婦になった妻が結核に罹ってまもなく世を去り、忘れ形見の女の子がひとり残されたことを除いて、彼らの結婚生活を思い出すよすがとなるものはなにひとつ残っていない。

生れからいって彼女はハイベリーの人だった。三歳で母を失って祖母と伯母の財産というか、預かり物というか、慰めというか、愛《いと》し子というかになったときには、どう見ても、そこにいつまでも落ち着き、かぎりある資力でまかなえるだけの教育を受け、自然に与えられた美しい容姿と、優れた理解力と、心の温かい善意の親戚以外に有力な縁故もなければ、境遇を改善する当てもない状況で育つしかなかった。

しかし、父の友人の同情心が彼女の運命を変えた。友人とはキャンベル大佐だったが、彼はフェアファックスを優れた将校で、尊敬に価する青年としてきわめて高く買っていた。それだけではない、野営中にひどい熱病に罹ったときには献身的な看護を受け、それで一命をとりとめたと信じていた。そうした恩義を彼が忘れることはなかった。イギリスへ戻ったのはフェアファックスの戦死から何年かたってからだが、帰って何かできるようになると、彼はフェアファックスの忘れ形見を捜し当てて面倒をみようと思い立った。当時彼は結婚しており、子供はジェーンと同じ年頃の女の子が一人いるきりだった。こうしてジェーンは彼らの客になって長期にわたる訪問をし、家族に気に入られるようになった。そして九歳の誕生日を迎えるまえに、娘が彼女をとても好きになったことと、真の友情を示したいという彼の希望もあって、彼女の教育を一切引き受けるというキャンベル大佐の提案がなされることになった。提案は受け入れられ、以来ジェーンはキャンベル大佐の家族の一員として迎えられて一緒に住み、祖母はときおり訪れるだけになった。

よその子供を教えることができるように育てる、というのが計画だった。ジェーンが父から遺贈されたわずか数百ポンドの金では一人立ちはできない。かといってそれ以外の生き方をさせるだけの資力はキャンベル大佐にはなかった。給料と勤務手当を合わせた彼の収入はかなりのものとはいえ、財産はほどほどで、これはぜんぶ娘に継がせなければならない。しかし、教育さえ与えておけば、その後の生活に困るようなことはなく、何とか体面も保てるだろうと彼は思った。

以上がジェーン・フェアファックスの生い立ちである。彼女はいい人に巡り合った。キャンベル夫妻の優しさしか知らず、立派な教育を受けた。いつも心の正しい博識な人たちと暮したせいで、心と頭が訓練と教養のあらゆる利点を受け入れた。それにキャンベル大佐の住いはロンドンにあったから、一流の教師について軽い才芸も十分に伸ばすことができた。彼女の気質と能力もまた友情から出た全ての期待に応えた。そして子供の面倒が見られる資格に関するかぎり、十八か十九の若さで教育の仕事に十分な能力を身につけた。けれどもジェーンはみんなに愛されていたから家族は手放そうとしない。父や母も彼女が家を出ることを勧めようとはせず、娘は別れるに忍びなかった。したがってその日は先へのばされた。まだ若すぎると決めつけるのはやさしいことだ。こうしてジェーンはもう一人の娘としてキャンベル家に留まり、上品な社会の合理的な歓びを分かち合いながら、家庭と娯楽の思慮分別ある混淆の中で暮しつづけていたが、理解力に優れた彼女の頭をときおり、こんな状態はじきに終るという将来への不安がかすめるのだった。

家族の愛情、とりわけミス・キャンベルの温かい愛は、どう見てもジェーンのほうが容姿やたしなみにまさっている、という事情を考えれば互いにとって立派なことだった。

自然がジェーンに美しい容貌を与えたことは若い女性に気づかれないわけはなく、彼女の精神的能力が高いことを両親が感じないはずはない。しかし、変わらぬ愛で結ばれた彼らの暮しはミス・キャンベルが結婚するまでつづいた。彼女は、結婚問題ではしばしば期待を裏切って優れたものより程々のものに魅力を与えるあの偶然または幸運によって、殆ど知りあうと同時に若くて金持ちで人当りのいいミスター・ディクソンの心を射止めた。そして二人はジェーン・フェアファックスがまだ生活の糧を稼がないうちに、ふさわしく幸せな家庭をもった。

このできごとが起こったのはごく最近のことで、不運な友達がそろそろ仕事の道に入る準備にとりかかろうかと思いはじめた矢先だった。二十一歳が潮時だとかねがね決めてはいた。熱心な見習い修道女のような不屈の精神で、二十一歳になれば献身を完全なものにして人生のあらゆる快楽、合理的な交際、平等な社会、平和や希望、などから身を引き、罪の償いと苦行の生活に永遠に入っていこうと心に決めた。

キャンベル大佐夫妻としては、感情的にはそうした決意に反対だったけれど、良識からいってむげに反対するわけにもいかない。自分たちが生きている間は苦労をしなくてもすむし、家は永久に彼女のものでもある。それに、ジェーンを引き止めたほうが安心ということもあった。しかし、それでは自分たちの都合しか考えていないことになる。

――どのみちやって来ることならば早いほうがいい。彼らは恐らく、先へ延ばしたくなる誘惑に抵抗し、やがて放棄しなければならない安楽や余暇ならば味わう娯しみは取り上げるほうが思いやりというものであり、賢明かもしれないと感じはじめたのである。それでもなお、惨めな別れのときを先延ばしにするためとあれば、愛情というものは藁《わら》をもつかむ思いで筋が通ってさえいればどんな口実でも歓喜してつかもうとする。彼女はミス・キャンベルが結婚して以来、体具合が思わしくなかった。もとの体力を完全に回復するまでは仕事につくことを禁じなければならない。その仕事というのが、弱った体や不安定な精神状態でやれるどころか、もっともいい条件の下でも相応の成績を上げるには心身ともに完璧な状態でなければならないらしい。

彼らと一緒にアイルランドへは行かない、ということについて伯母に対する説明はすべて事実だけれど、触れなかった事実も多少はあった。彼らがいなくなる時期をハイベリーに知らせたのは彼女自身の選択だったが、これは恐らく最後の完全な自由の何か月かを身近な親戚と過ごしたい、という希望によるものだろう。そしてキャンベル夫妻は、動機が何であるにせよ、またその動機が一つか二つか、あるいは三つかもしれないけれど、何よりも彼女が二、三か月のあいだ生れ故郷の空気を吸いに行くことに賛成した。彼女が来ることは確かだった。そしてハイベリーは、長いあいだ約束されていたミスター・フランク・チャーチルという申し分のない珍客を迎えるかわりに、今のところ二年ぶりのジェーン・フェアファックスで我慢しなければならない。

エマは悔しかった――好きでもない相手に三か月ものあいだ礼節を尽くさなければならないなんて！――したくもないことをいつもして、するべきことはしたいだけできないんだから！　どうしてジェーン・フェアファックスが嫌いかは答えるのが難しい問いかもしれない。ミスター・ナイトリーはあるとき、彼女がジェーンのなかに本物の教養が備わった若い女性を見ており、実を言うと自分がそう思われたいからだ、と言ったことがあった。あのときはそうした非難に必死に反駁したが、良心がそんな自分を完全には許せない、自省の瞬間がなかったわけではない。しかし、『わたしが彼女と親しくなることは決してできない。どうしてそうなのかはわからないけれど、彼女はとても冷たくて内気に見えるし――気に入ろうが入るまいがわたしの知ったことではない、という顔をしている――一見無関心そうに見えるし――それに伯母さんときたら、一旦しゃべり出したら最後、止めようがない！――おまけに彼女はみんなにちやほやされて！――わたしたちは同い年なばかりに親しい仲だとみんなに思われている』これが好きになれない理由だった――それよりもうなずける理由は彼女にはなかった。

正当性がきわめて乏しい嫌悪の情だった――欠点として非難されることは全て想像に

よって拡大されるので、久しぶりにジェーン・フェアファックスに会うと、彼女を傷つけてしまったような気がしないではいられなかった。そして今、二年ぶりに戻ったジェーンを訪れたエマは、いない間ずっとけなしつづけた彼女の容姿やマナーにとりわけ驚かされた。ジェーン・フェアファックスはひじょうに優雅だった、目を瞠《みは》るほどの優雅さを身につけていたのである。しかも彼女自身、優雅さにもっとも高い価値を認めていた。ジェーンの背丈はころあいで、殆どの人が高いと感じるけれど高すぎることはない。とりわけ姿が優美で太からず細からず、ちょっと健康を損ねた感じが漂うのは細身の姿からくるものだろう。エマはこうしたことを感じないではいられなかった。それから彼女の顔や目鼻立ちには、こんなにきれいだったかしらと思わせる美しさがあった。格別整っているのではないが、とても人好きのする美しさだった。睫《まつげ》と眉が黒く、濃い灰色をした彼女の目が誉められなかったためしはない。しかし、血色に欠けているとしていつもけなされていた肌は繊細で明るく、これにまさる薔薇色を必要とはしない。それは美しさの一つの典型で、優美さがその支配的特徴とあれば、エマは原則として、名誉にかけても賞賛しなければならない。——人の姿にせよ精神にせよ、優雅さにはこのところハイベリーではめったにお目にかかったことがない。ここでは野卑でなければ上品であり、取り柄があることになる。

手短に言えば、最初の訪問でエマは二重の満足感を味わいながらジェーン・フェアファックスを見つめた。それは美しさに喜びを感じる気持と、正当な評価を下してこの先は彼女をもう嫌わない、と心に決めたことからやってきた。生い立ちに耳を傾け、彼女の美しさばかりか置かれた立場に思いを馳せて、この優雅な美しさをどんな運命が待ち受け、何から身を落さなければならないか、どんな生活を送ることになるか、などと思いやればエマの心はひたすら同情と尊敬に満たされた。とりわけ興味を引いた周知のアイルランドの風物に、ミスター・ディクソンへの思いが自然に芽生えたきわめてありそうな事情が加われば、そうした感情はいやがうえにも募った。そうだとすれば、彼女がくだした身を退《ひ》く決意ほど憐れであっぱれなものはない。エマは、ミスター・ディクソンを誘惑して妻から奪った彼女を許し、はじめ想像のなかでふくらませたふしだらな女のイメージを捨てよう、と心から思った。もしそれが愛だったとすれば、彼女だけのはかない片思いだったのかもしれない。すると彼女は、彼と友達の会話に耳を傾けながら、悲しい毒を無意識のうちにすすっていたことになる。そして彼女は最上の、もっとも純粋な動機からこのアイルランド訪問を自分に禁じ、ひとの子を教えるという骨の折れる仕事に早々と取り掛ることで、彼や彼の血縁との関わりを効果的に断とうと決意したのだ。

エマが彼女に別れを告げたときにはおおむねそうした優しい、思いやりのある心境になっていた。エマは家路をたどりながらあたりを見回し、ハイベリーには彼女に独立が与えられるような青年はいない、彼女のために策を弄したくなる男は誰もいないことを嘆かわしいと思った。

　これはすてきな感情だった——しかし長くは続かなかった。エマがジェーン・フェアファックスに対する永遠の友情をみんなに告白したり、ミスター・ナイトリーをつかまえて、「彼女ってとても立派だわ。立派どころじゃないわ」と言うなど、過去の偏見や間違いを取り消す努力をもっとするまえに、ジェーンは祖母や伯母とハートフィールドを一夜訪れ、何もかもが普段の状態に戻った。以前いらいらさせられたことがまたぶり返した。伯母は相変わらずうんざりさせた。いや、健康への懸念が彼女の力の賞賛に加えられたせいで一層うんざりものになった。そして彼女らは、伯母と祖母の新しい帽子や刺繍の道具袋を見せられたばかりか、彼女が朝食にバターつきパンをどんなに少ししか食べないか、夕食にはマトンをほんの小さな一切れしか食べなかった、といった話をことこまかに聞かされた。しかもジェーンの侮辱がまた高じた。音楽会を催すことになって、エマも一曲弾かざるをえなかったが、弾き終ったあとで必然的にかけられる感謝と賞賛の言葉には、上手《うわて》意識から来るいかにも虚心めかした見せかけがあるように思いなされ、ジェーンの演奏のほうが優れていることを誇示しようとする意図がはっきりしていた。しかも彼女は、これがいちばんいけないのだが、冷ややかで用心深いときていた！　彼女が内心考えていることは推し測りようもない。慇懃さというマントにすっぽり身を包んでなに一つ危険を冒そうとしない。嫌気がさすほどに、疑わしいまでに控え目なのだった。

何もかも包み隠していたが、とりわけウェイマウスとディクソン夫妻についてはひた隠しだった。彼女は、ミスター・ディクソンのほんとうの性格を知られまいと躍起になっているらしい。あるいは彼との交際にどれほどの価値を置いているかが知られたくない。そんなふうに見えた。ないしは彼らの結婚がふさわしかったかどうかについて意見を訊かれたくなかったのかもしれない。ともあれ彼女の態度は一般的な是認であり、当たり障りのないもので、はっきりした考えや目立ったことはなに一つ言わなかった。けれどもそれは彼女にとって何の役にも立たなかった。彼女の用心深さは無益だった。エマはその策略を見抜き、最初の推測に戻った。恐らく隠すべきものがほかにあって、彼女はそれが勘ぐられることを好まなかった。ひょっとするとディクソンは一人の友人からもう一人の友人に乗り換える寸前までいったのではないか。それとも将来手に入る一万二千ポンドのためにミス・キャンベル一人に執着したのだろうか。

ほかの話題についても似たような寡黙な態度をとりつづけた。彼女とミスター・フランク・チャーチルは同じ時期にウェイマウスに行っている。彼らがちょっとした知り合いだったことはわかっていた。けれども彼がどんな人物かについて、エマは一言も聞き出せなかった。「彼っていい男?」――「そうねえ、とても美男子だと思われていたみたい」「感じのいい人?」――「みんなにそう思われていたんじゃないかしら」「分別のある青年に見えた、知識のいろいろありそうな?」――「温泉場やロンドンでちょっと知りあったぐらいではそういうことは判断しにくいわ。マナーがいいか悪いかならわかるんだけれど、それもミスター・チャーチルよりはずっと長くつきあってからだわ。だけど、誰もがあの人のマナーは洗練されていると思っていたようね」エマは彼女が許せなかった。

第二十一章

エマは彼女が許せなかった。――しかし、一緒だったミスター・ナイトリーには挑発も怒りも感じられなかったし、どちらも適切な注意を払っていて振る舞いにも異常はなかった。明くる日ミスター・ウッドハウスと仕事の打ち合わせでもう一度ハートフィールドを訪れた彼は、昨日の感想を訊かれて、おおむねあれでよかったという答え方をした。もっとも、ミスター・ウッドハウスが部屋にいなければもっとあけすけなしゃべり方になったかもしれないが、ともかくエマにはよくわかるようにはっきり言った。彼はつね日頃ジェーンに対する彼女の態度を不当だと考えていたので、それが改善されたのを見てひじょうによかったと思ったのである。

「たいそう楽しい夜でした」ミスター・ウッドハウスが必要なことを説明されてわかったと答え、書類が片付けられると、彼は待ち構えていたように言い出した。――「格別に楽しかった。なにしろあなたとミス・フェアファックスにひじょうにいい演奏を聞かせてもらったからね、音楽や会話をこころゆくまで楽しめた。ミス・フェアファックスもさぞ楽しかったと思うな、エマ。あなたは至れり尽くせりだった。彼女にあれだけ演奏させたのはよかったと思うよ。お祖母さんの家にピアノがないから彼女としても堪能したんじゃないかね」

「そう言っていただくと嬉しいわ」エマは微笑みながら言った。「ハートフィールドのお客さんに当然すべきことができていないんじゃないかって、わたし、よく気になるのよ」

「いや、そんなことはないよ」父がすかさず言った。「それは私が請け合ってもいい。お前の半分も気が利かなかったり、礼儀をわきまえない者ばかりだよ。むしろお前は気がつきすぎるぐらいだ。例えばゆうべのマフィンなんか——私に言わせれば一度配るだけで十分だった」

「そうだよ」ミスター・ナイトリーは殆ど同時に口をきいた。「あなたには欠けたところなんてない。マナーにしろ理解力にしろ申し分ない。だからあなたは私の言うことが理解できると思う」

エマの顔にいたずらっぽい表情がちらと浮かんで——『あなたのことはよく理解してるわ』と言っていたが、彼女の口を衝いて出たのは、「ミス・フェアファックスは気を許さないのよ」という言葉だった。

「彼女にちょっとそういうところがあるのは私がいつも言っていたとおりだ。しかし、気を許さないところのうち克服すべき部分、つまり内気に根ざしたものは克服されるだろう。慎重さから来るのは尊重しなくちゃならない」

「あなたは彼女を内気だと思っているのね。わたしは内気だとは思わないけど」

「おいおいエマ」と言いながら彼は彼女のそばの椅子に移った。「さてはあなたにとって楽しい夜ではなかったんだな」

「そうよ。わたしはいろいろ質問しながら自分の忍耐力が気に入ったわ。それに殆ど答らしい答が返ってこないところが面白かったけど」

「がっかりしたな」彼はぽつんとそう言っただけだった。

「みんなが楽しかったと思うがね」ミスター・ウッドハウスはもちまえのもの静かな言い方をした。「私は楽しかった。あるとき暖炉の火が熱すぎることがあった。しかし、椅子をほんの少し後ろへずらしたら気にならなくなった。ミス・ベイツは例によって大変なおしゃべりで、愛嬌をふりまいたねえ。もっとも早口すぎるのが玉に瑕《きず》だが。しかし、彼女はたいそう愉快な女だ。愉快といえばミセス・ベイツも愉快だ、おもむきは違っているがね。私は昔からの友達が好きでねえ。ミス・ジェーン・フェアファックスは若くてえらく美しい女性だ。実に美しくて行儀のいい若いご婦人だよ。エマと一緒だったからゆうべは楽しかったに違いないね、ミスター・ナイトリー」

「全くおっしゃるとおりで。ミス・フェアファックスと一緒でしたからエマも楽しかったでしょう」

エマは彼の気遣いを見て取り、少なくとも差し当たってそれを鎮めたいと思い、誰も疑問をさしはさめないような誠意を込めて言った――

「彼女は思わず見つめないではいられないほど優雅な女性だわ。わたしはいつも感心して見とれるの。だから心からお気の毒に思うわ」

ミスター・ナイトリーは言葉では言い表わせないほど満足した面持になった。彼がまだ何とも答えないうちに、ベイツ母娘が頭から離れないミスター・ウッドハウスはやおら口を開いた――「あの人たちの暮し向きが思わしくないのはえらく気の毒なことだ！ほんとに気の毒なことだねえ！　私はよく何とかしてやりたいと思って――何かしてやるといっても大したことはできないんだが、せめて何かささやかな、珍しい贈物か何かをな、してあげられたらどうかなと――たまたま子豚を一頭つぶしたのでな、エマが腰肉か脚の一本も持たせてやろうかと考えているんだよ。とても小さくて、美味しいんだね、これが――ハートフィールドの豚はよその豚と違うんだね――それでもまあ豚には変りないんだが――エマや、あの人たちがうちのみたいに、脂を全部とって、ほどよくロースじゃなくてフライにして、ステーキで食べるとはっきりわかっていなかったら――なぜかと言って、ロースト・ポークというやつは胃にもたれていけません――そうだ、脚をもたせてやりなさい、脚を――そのほうがいいとは思わないかね、エマ？」

「あら、パパ。わたし、お尻のところを全部さしあげちゃったわ。きっとパパがそれをお望みだろうと思って。脚は塩漬けにすればとても美味しいし、腰肉は好きなように調理すればいいわ」

「そうそう、お前の言うとおりだ。そこまでは思いつかなかったが、言われてみればそれが一番だ。塩をきかせすぎないよう気をつけねばならんが、塩加減がよくて、サールがうちのを煮るときのようによく煮込んで、蕪の煮たのにニンジンをちょっと付け合わせて、食べる量さえ加減すれば体に障るとは思わないねえ」

「エマ」とミスター・ナイトリーが言葉のとぎれるのを待っていたように言い出した。「ちょっと耳に入れたいことがあるんだ。ニュースと言えば聞きたいだろうが――実はここへ来る途中あなたの興味を引きそうなのを小耳に挟んだ」

「まあ、ニュース？　ぜひ聞きたいわ。どんなこと？――どうしてにこにこしているの？――ねえ、教えて、どこで聞いたの？――ランドールズ？」

「いや、ランドールズじゃない。このところランドールズの近くへは行っていないからね」彼がここまで言ったとき、ドアがさっと開け放たれたと思うとミス・ベイツとミス・フェアファックスが部屋に入ってきた。感謝の言葉にニュースが混ざって、ミス・ベイツはどっちを先にしたらいいかわからないといった面持。ミスター・ナイトリーはとっさに話す機会を失ったことに気がつき、こうなったからには自分の口からは一言も言えないと悟った。

「あら、おはようございます。ご機嫌いかが、ミス・ウッドハウス？――わたし、たまげてしまいました、あんな素晴らしい豚の後ろ肉をいただいちゃって。あんまり気前がおよろしすぎます。ところであなた、ニュースをお聞きになって？　ミスター・エルトンが結婚なさるそうですよ」

エマにはミスター・エルトンを思い出す暇もなかった。聞いた途端に驚いてびくっとなり、顔がちょっと紅潮するのを避けられなかった。

「いま私が言おうとしていたところだよ。――関心があるだろうと思ってね」ミスター・ナイトリーは、二人の間に何かがあったことは知っている、とでも言うように微笑を浮かべた。

「まあ、あなたもお聞きになったんですか？」とミス・ベイツは叫んだ。「いったいどこでお聞きになったのでしょう、ミスター・ナイトリー？　だって、わたしがミセス・コールの手紙を受け取ってから五分とたっていないんですよ――ええ、五分以上たっているはずはないわ――待って、少なくとも十分はたったかしら――あれはわたしがスペンサー（短い外套）を着て、ボンネットをかぶって出かけようとした矢先のことで――豚肉のことでパティに用事を言いつけに降りたばかりでジェーンは廊下に立っていました――そうだったわね、ジェーン？――母がうちには塩漬け用の大きな鍋がないんじゃないかって言うものですからね、それでわたしは下へ見に行ってくると言ったんですよ。そしたらジェーンが、『あたしが行ってあげるわ、伯母さまは風邪ぎみだし、パティはキッチンを洗っているから』と言うものですからね、『じゃお願いするわ』と言ったところへ手紙が届いたんですよ。ホーキンズという名前のお嬢さんだそうです。わたしが知っているのはそれだけですわ。バースのミス・ホーキンズ、でも、ミスター・ナイトリー、あなたはどんないきさつでお聞きになったんですか？　それというのも、ミセス・コールはご主人からお聞きになるとすぐにペンをとってわたしに知らせたんだそうです。ミス・ホーキンズとおっしゃるのね」――

「私は一時間半前に用事でミスター・コールに会っていました。部屋へ通されたときにはミスター・エルトンの手紙を読み終えたばかりで、直接渡されましたがね」

「まあ、そうでしたの――こんなにみんなの興味を引くニュースは聞いたこともありませんせん。ミスター・ウッドハウス、このたびはほんとにご馳走さまでした。母もたいそう感激して、くれぐれもお礼を申し上げるようにと言いつかってまいりました」

「ハートフィールドの豚肉はほんとうによそのとは比べものになりませんのでな」とミスター・ウッドハウスは答えた。「喜んでいただければ、エマも私もこんな嬉しいことはありません」

「わたしどものお友達はほんとによくしてくださると母も申しておりました。大金持ちでもないのになにひとつ不自由のない人がいたら、きっとわたしたちでございますよ。ほんとにまあ、わたしどもは『豊かなゆずりの地に生まれついた』ものですわ(旧約聖書詩篇十六章六節)。ところでミスター・ナイトリー、するとあなたは実際にあの方のお手紙をごらんになったんですね？　まあ、そうですか」――

「結婚することになったと知らせるだけの短い手紙でした――しかし、いかにも嬉しげで、有頂天な顔が見えるような内容だったのは言うまでもありません」――と言って彼はエマのほうへずるそうな一瞥を投げかけた。「このたび幸運にも――えーと、正確な表現はなんていったかな――しかし、いちいち覚えている筋合いはありませんからね。要するに、あなたも言われたようにミス・ホーキンズという女性と結婚することになった、という通知ですが、あの書きぶりでは決まったばかりだと思いますね」

「ミスター・エルトンが結婚するんですか！」エマは口がきけるようになるなり言った。「さぞかしみんなの祝福を受けるでしょう」

「まだ身を固める年じゃないねえ」開口一番ミスター・ウッドハウスは言った。「急がないほうがいい。今のままでけっこう幸せそうじゃないか。ハートフィールドにいてもらって別に不満もなかったよ」

「みんなに新しい隣人ができるというわけよね、ミス・ウッドハウス！」ミス・ベイツはいかにも嬉しそうに言った。「母なんかとても喜んじゃって、牧師館に奥さまがいないなんて耐えられないって言うんですよ。これはほんとに耳寄りなニュースだわ。ジェーン、あなたはミスター・エルトンにお会いしたことがないでしょう！――ぜひ会いたいという好奇心が湧くのも無理はないわ」

しかしジェーンの好奇心は何が何でも会いたいというほどのものでもなさそうだった。

「ええ、お会いしたことはないわ」彼女は伯母の言葉に驚いて答えた。「彼って――背の高い人？」

「それは答える人によりけりだわ！」とエマは言った。「父ならば『イエス』でしょうし、ミスター・ナイトリーなら『ノー』、ミス・ベイツとわたしだったらちょうどいい『中ぐらい』だと言うでしょうね。ねえ、ミス・フェアファックス、もう少し長くここにいたらミスター・エルトンという人はハイベリーでは姿も知性も完全無欠の典型だということがわかるわ」

「おっしゃるとおり、ジェーンにもわかると思いますわ、ミス・ウッドハウス。あの方は申し分のない青年ですものね――でもねえ、ジェーン、昨日わたしが言ったのを覚えているでしょ、彼はミスター・ペリーと全く同じ背格好なのよ。ミス・ホーキンズはきっとすぐれた女性なんでしょうね。ミスター・エルトンは母にとても気を遣って下さいますの。ほら、母は大したことはないんですけれどちょっと耳が遠いでしょ、だから会衆席ではよく聞こえるように前のほうへ坐らせるとかね。ジェーンの話ではキャンベル大佐は耳の聞こえがちょっといけないんだそうです。あの方は水浴が効くとお考えになったようですけれど――温水浴ですけどね――あの娘の言うには効き目も長続きしなかったそうですわ。キャンベル大佐はうちにとってはありがたい恩人です。それからミスター・ディクソンはあの方に劣らぬとても魅力的な青年のようですわね。いい人たちが結婚すれば幸福は請け合いですわ――いつだってそうですもの。こちらにはミスター・エルトンとミス・ホーキンズ、あちらにはコール夫妻とペリー夫妻、といったぐあいにいい人ばかり、それにペリー夫妻ほど幸せでいいご夫婦はいないと、わたしはいつもそう思っていますのよ。ねえ、ウッドハウスさま」と彼女はミスター・ウッドハウスに顔を向けた。「わたし思うんですよ、ハイベリーみたいないい人たちぞろいのところはめったにないんじゃないかしらって。わたしたちは隣人にとても恵まれているって、わたしはいつも言っています――ミスター・ウッドハウス、母に何よりも好きなものがあるとしたら豚肉ですわ――腰肉のローストしたのに目がないんですの」

「ミス・ホーキンズがどんな方でどういう身分の出か、彼と知りあってどれぐらいたつか、などについてはなにも知らされてはいないのでしょうね」とエマが言った。「彼が発ったのが四週間前だから知りあってそう長いとも思えないけれど」

誰にも情報の持ち合わせはなかった。それから二つ三つ疑問を述べたあとでエマは言った。

「黙っているのね、ミス・フェアファックス――でも、あなたはこのニュースに興味があるはずだと思うけど。こういう問題については最近いろいろと見聞きしてきたあなたたただし、ミス・キャンベルが結婚したときは深く関わったでしょう、だからミスター・エルトンとミス・ホーキンズのことは知らないと言っても言い訳にはならないわよ」

「ミスター・エルトンに会っていれば興味が湧くのかもしれないけれど」とジェーンは答えた。「とにかくわたしの場合はそれが先決だわ。ミス・キャンベルが結婚してから何か月かたつから、印象はいくらか薄れてきたわ」

「そうよ、あなたも言ったように彼は発ってからまだ四週間にしかならないわ、ミス・ウッドハウス」とミス・ベイツは言った。「昨日でちょうど四週間だわね――ミス・ホーキンズといいましたっけ。わたしはまたお相手はこのへんの若いお嬢さんだとばかり思っていました。こんなことになるとは夢にも――そういえばミセス・コールが一度わたしに小声でそっと――でもわたしはすぐに言いました、『いいえ、ミスター・エルトンはとても立派なお方です――でも』――手短に言うと、わたしはそういうことには疎いほうで、目ざとく見つけられないんですの。そんなことができるなんてとても言えないわ。そりゃ目の前に置かれていれば見えもするでしょうけれど。それはそうと、もしミスター・エルトンがどなたかに大きな憧れをおもちになったとしても、誰も不思議には——ミス・ウッドハウスが気さくにおしゃべりをさせてくださるからわたしはまたいい気になってぺらぺら言っていますけれど、彼女はわたしが決して人の気持を損ねることは言わないのをご存じなのですわ。そうだ、ミス・スミスのお加減はどう？　そろそろ治るころでしょう。ミスター・ジョン・ナイトリーの奥さまから何かお便りがありまして？　あのかわいいお子さまたち、どうしていらっしゃるかしら。ミスター・ディクソンはミスター・ジョン・ナイトリーに似ているんじゃないかって、わたしいつも思うんだけれど、どう、ジェーン？　外見を言っているのよ、背が高いところとか、顔とか——それからあまり口をきかないところなんかも」

「ぜんぜん違うわよ、伯母さま。似てなんかいないわ」

「おかしなこと！　でも、会いもしないうちに想像したって当たるわけはないわね。勝手に想像して思い込んでしまうんだからしょうがないわね。ミスター・ディクソンは厳密に言うと美男子じゃないというわけね」

「美男子だなんてとんでもない！——醜男《ぶおとこ》のほうだわ。男前は並みだって言ったじゃない」

「あら、確かあなたはミス・キャンベルは彼の男前が並みだとは認めたがらないと言ったわ。それにあなた自身も――」

「わたし？　わたしの判断は当てにならないわ。関心をもった相手はいつも男前がいいと思っちゃうんだから。彼を並みだと言ったけど、あれは一般的な見方がそうだと思ったから言ったのよ」

「あら、ジェーン、急いで帰らなくちゃ。お天気が崩れそうだし、お祖母《ばあ》ちゃまが心配するといけないわ。ほんとにありがとうございました、ミス・ウッドハウス。そろそろお暇《いとま》しなければなりませんわ。とても耳寄りなニュースでございました。ミセス・コールのお宅に寄りますけれど、三分とお邪魔しないつもりです。それからジェーンはまっすぐ帰ったほうがいいわ、雨に濡れると体に毒だから。この娘はハイベリーの効果が早々とあらわれて具合がよくなったみたいだって、わたしどもは言っていますのよ。ほんとにありがとうございました。ミセス・ゴダードのお宅は訪ねないようにしましょう。あの方は豚肉の煮たのしかお好きでないようですから。脚の肉をお料理すると話はまた別なのでしょうけれど。それでは失礼いたします、ミスター・ウッドハウス。あら、ミスター・ナイトリーもお帰りになるんだわ。それはどうもご親切に！――もしジェーンが疲れたら腕をお貸しになってくださいますわね。ミスター・エルトンとミス・ホーキンズのことは――それではご機嫌よう」

父と二人きりになったエマは、若い人たちはどうして結婚を急ぐのかね、しかも相手は知らない女性とくる、という父の嘆きに半ば耳を傾け、残る注意の半ばをこの問題に関する自分の考えに向けていた。それはミスター・エルトンの苦しみが長くはつづかなかったことを証拠立てる面白いニュースで、エマにしてみればひじょうに歓迎すべきことだった。けれども彼女はハリエットがかわいそうだった。ハリエットはそれを感じるに違いない――そして彼女に望めることは、他人の口からだしぬけに聞かされることのないよう自分が言ってやることだ。そろそろエマが訪れてもいいころだった。でも、もし途中でミス・ベイツに会ったらどうしよう！――けれども、雨がぽつぽつ降りはじめたとあって、彼女はミセス・ゴダード宅に引き止められて、このニュースは何の用意もないハリエットにぶちまけられるに違いない、と考えないではいられなかった。

どしゃぶりの雨だったが短かった。やんでから五分とたたないうちにハリエットが、思い余って走ってきたとでも言うように興奮の面持で入ってきた。エマを見るなりほとばしり出た「ああ、ミス・ウッドハウス、どんなことが起こったとお思いになる？」という言葉は、心の動揺のはっきりした証拠だった。衝撃を見て取ったエマは、聞いてやるのが何よりの親切だと感じた。するとハリエットは、胸のつかえがおりでもしたように一気呵成にしゃべり出した。「あたしはミセス・ゴダードの家を三十分前に出たんです——雨になりそうな天気で、いまにも降りそうだったけれど——まずハートフィールドへ行こうと思って——できるだけ道を急いでいたんだけれど、若い女性にガウンの仕立てを頼んだ家に差し掛かったでしょ、出来ぐあいを見ようと思って寄ることにしたんです。ほんのしばらくいただけで、そこから出たら雨になって、どうしたらいいかわからなかったからできるだけ速く走って、フォードの店で雨宿りすることにしました」——フォードは毛織物と生地と紳士用服飾品を手広く商い、規模と流行《はやり》ものの扱いではこの土地きっての店だった。「それで店に入って、何をしようという考えもなくぼんやり、そうね、十分も坐っていたかしら。すると変なことってあるものですね！　だしぬけに入ってきたのが誰かと思ったら——でも、あの人たちはいつもフォードで買い物をするから会って不思議はないんですけど、なんと、エリザベスと彼女のお兄さんでした。考えてもみて、ミス・ウッドハウス、あたし、気を失いそうになりました。入り口のところに坐っていたんだけれど、どうしたらいいかわからなくなって——エリザベスはすぐにあたしのほうへ視線を向けましたけど、彼は傘をすぼめるのに忙しくてこっちは見ませんでした。彼女はきっとあたしを見たと思います。だけど、顔をそらしたから気がつかなかったんですね。それから二人は店の奥のほうへ歩いていきました。あたしは戸口のそばに坐りつづけて――あのときほど惨めな気持になったことはなかったわ！　きっとガウンみたいな血の気のない顔をしていたでしょうね。雨が降っているから出るに出られず、こんなところにはいたくない、どこかよそへ行きたいとつくづく思いました――そしたら彼がとうとう振り返りましたから、あたしを見たんじゃないかと思います。だって、あの人たちは買い物の手を休めて小声で何か言いはじめましたもの。きっとあたしのことを話し合っているんだわ、と思いました。彼はあたしに声をかけるようエリザベスを説得しているのに違いない、と思わないではいられなかったけれど、そうじゃないでしょうか、ミス・ウッドハウス？――まもなくエリザベスはあたしのところへやって来て――それがすぐ側まで歩み寄ってね、どうしている？って言って、あたしにその気があれば手を握りたそうにしました。いつもとは様子がまったく違っていましたわ。あたしはそのとき変わったなって思いました。でも、彼女はとても親しそうに振る舞うよう心掛けているらしかったんですもの。それであたしたちは手を握りあって、しばらく立ち話をしましたけど、何を言ったのかちっとも思い出せないんです。だってあたしは体がふるえてしょうがなかったんです！　覚えているのは、このごろ会わなくなったのは残念だわ、って彼女が言ったことぐらいですけど、これ、優しすぎるような言葉だと思うわ！　ねえ、ミス・ウッドハウス、あたしほんとに惨めな気持になりました！　そうこうするうち雨も小降りになってきたでしょ、何が何でもこの場を逃げ出さなくてはと決心してね、ふと見やったら、考えてもみて、彼があたしのほうへ、まるでどうしたらいいかよくわからないみたいなゆっくりした足取りでやって来るではありませんか。それで彼はあたしのまえで足を止めて口をきき、あたしが答えて――あたしはどうしようもない惨めな気持でしばらく立っていました。どうやって立っていたのか思い出せないぐらい。それから、あたしは勇気を出して、雨がやんだから行かなくてはと言って店を出たんです。そしたらドアから三ヤードと離れないうちに彼が追いかけてきてね、ハートフィールドへ行くんだったらミスター・コールの厩舎の横を通ったほうがずっといい、この雨で近道は水浸しになっているから、って言ってくれました。追いかけてきたのはただそれだけを言うためだったんです。ああ、あたし、死んでしまうかと思いました！　あたしは、ご親切にありがとうございましたと言いましたけど、そう言わないではいられなかったわ。そしたら彼はエリザベスのところへ帰っていきました。あたしは厩舎のところを通ってきました――そうじゃないかと思うけれど――どこを通ったんだか、何も覚えていないわ。ねえ、ミス・ウッドハウス、あたし、あんな目に遭うぐらいなら何でもするわ。でも、あんなに悪びれず親切に振る舞う彼を見ていて、あたしは満足みたいなものを感じました。彼だけじゃない、エリザベスもだわ。ねえ、ミス・ウッドハウス、何か言ってあたしの気持を落ち着かせて」

エマは心からそうしてやりたかったが、おいそれとは言葉が出てこなかった。その前に考えてみなければならない。彼女自身落ち着き払っていたわけではなかったからだ。あの青年と妹の行動は真実の感情から出たものらしい、と思えば同情しないではいられなかった。ハリエットの言葉からは、彼らの行動に興味深く混じりあう傷ついた愛情と本物の繊細さが感じられた。けれども、彼女は彼らを善意にみちた立派な人たちだと信じていた。だから、このことで二人の縁組の不都合なところがいささかでも変わるのか、と考えてみれば、それで心を乱されるのは愚かということになる。彼女を失うのは彼にとって残念なことに違いない——彼ばかりか家族にとっても残念だろう。愛ばかりでなく、おそらく野心も打ち砕かれた。彼らはみんなハリエットとつきあうことで社会的地位を上げようとしたのかもしれない。それに、考えてみればハリエットの言うことにどんな価値があるのだろう。あんなに簡単に喜び、洞察力も殆どない彼女の賞賛に何の意味があるというのだろうか？　エマはいろいろ考えたあげく、起こったことは全て瑣末でとらわれる必要はない、と考えることで気持を鎮めようとした。

「今のところは苦しいかもしれないけれど」と彼女は言った。「あなたはとても立派に振る舞ったと思うわ。もう終ったことだし、最初の出会いみたいにもう一度起こることはおそらく——いいえ、決して——ないんだから、考える必要はないのよ」

「ほんとだわ」とハリエットは言い、だから「もう考えないことにします」とつけくわえたが、それでも彼女はそのことについてしゃべるばかりか、口を衝いて出るのはそればかりなので、エマは、マーティン兄妹を彼女の頭から追い出すために、優しく気づかいながら知らせるつもりだったニュースを急いで持ち出さざるをえなくなった。エマはハリエットのそうした心理——というか、彼女にとってのミスター・エルトンの重要性が迎えたそうした結末というか——に喜ぶべきか腹を立てるべきか、恥ずかしいと思うべきなものやら、ただ面白がっていればいいものやら殆ど見当がつかなかった。

けれども、ミスター・エルトンの権利がしだいに復活してきた。聞かされたときには前日、いや一時間前に感じたであろうほどには感じなかったけれど、まもなくそれに対する関心は高まり、最初の会話が終るまでには、この幸運なミス・ホーキンズについて話しているうちに彼女自身、好奇心と、驚きと、悔恨と、苦痛と、喜び、などのあらゆる感情を味わうはめになって、ミス・ホーキンズが彼女の心のなかでマーティン兄妹にとってかわった。

エマはそうした邂逅があったことをむしろ喜ばしいと思った。それは驚きへの影響力をいささかも残すことなく、最初の衝撃を鈍らせるのに役立った。ハリエットの今の生活では、マーティン兄妹から求めなければハリエットには近づきようがない。これまでは彼らのほうに彼女を求めるだけの勇気がないか、許す気持になれないかしてできなかったことだ。ハリエットが兄を拒否して以来、姉妹たちはミセス・ゴダードの学校を訪れていなかった。だから、何らかの必要があるか、口がきけるようになるかするまでは、彼らが再び会うのは一年ぐらい先になるかもしれなかった。

第二十二章

若い人が結婚するか、死ぬという興味深い状況が起きると、かならず好意的に取沙汰するのが人の性《さが》というものである。

ミス・ホーキンズの名前がハイベリーで初めて人の口にのぼってから一週間とたたないうちに、どういうわけか彼女が容姿といい教養といい申し分のない女性であることがわかった。美しくて、優雅で、洗練されて、非の打ちどころなく気立てがいい、というわけである。そしてミスター・エルトンが幸福な未来を祝福するために戻って、彼女の美点について噂を広め終ると、彼には彼女の洗礼名や、誰の曲を主として弾いているかといったこと以外に言うことが殆どなくなった。

ミスター・エルトンはたいそう幸せな男になって戻った。出かけたときは、彼にしてみれば一連の強い励ましのあとに世にも明るい希望が粉砕され、拒絶されたとあって尾《お》羽《は》打ち枯らしていた。しかも目当ての女性を失ったばかりか、気づいてみればおよそ見当違いの女性のレベルまで身を落していた。彼は忿懣やるかたない気持で旅立って行ったが、帰ったときには別の女性と婚約していた――しかも相手は言うまでもないことながら、そうした状況下では手に入れたものはつねに失ったものに勝るから最初の女性よりもすぐれていた。彼は己に満足して意気揚々、帰ってきたときは熱意に満ちてやる気満々、ミス・ウッドハウスなんか気にもかけず、ミス・スミスに至っては目にさえ入らなかった。

魅力的なオーガスタ・ホーキンズは、完全無欠な美しさにたしなみという、よくある利点に加え、遊んで暮せるだけの資産をもっていた。それが通常大まかに一万と称される額だから数千ポンドはあり、これは便利なばかりか地位を高める所以でもあった。話には尾ひれがついて、彼は自分を安売りするどころか一万ポンドかそこらの財産のある女を手に入れた。しかもそれが、紹介されて一時間後にははっきり印象づけられていたというから電光石火の早業で、情事の発端と進展の経緯について彼がミセス・コールに打ち明けた話はひじょうに目覚ましいもので、偶然の出会いからミスター・グリーン邸での晩餐会、それからミセス・ブラウン宅でのパーティと、とんとん拍子に進んで微笑やはにかみはいやがうえにも重要性を増し――自意識と興奮が濃密にばらまかれ――ミス・ホーキンズはいとも簡単に相手に惚れ込んで――ご機嫌すこぶる麗しく――要するに、ひじょうにわかりやすい表現を使えば、彼と一緒になる気にすぐさまなった結果、虚栄と分別が二つながら満たされたのである。

彼は実質と影の両方を手に入れた――つまり財産と愛情の二つを手に入れ、当然ながら幸福な人間になった。話の内容はもっぱら自分自身と自分の関心事――祝いの言葉を期待し――自分の冗談に他人の笑いを当て込み――わずか数週間前にはもっと用心深く慇懃な口のきき方をしていた教区内の全ての女性に向かって、彼は心の籠った恐れを知らぬ微笑を浮かべながら話しかけた。

結婚式はちかぢか行なわれる見通しだった。パーティは自分たちが気に入ればそれでいいし、必要な準備を待つだけですむ。彼がふたたびバースにむけて旅立ったとき、ハイベリーに戻るときには花嫁を連れてくるだろうと誰もが期待したが、ミセス・コールの意味ありげな目配せはそれを否定しているとも見えなかった。

今度の彼の短い帰郷中には、エマは殆ど顔を合わせなかったが、それでもちょっと会ったときの印象では、最初に会ったあのときはすでに過去で、そこここに仄見える腹立たしさと虚勢の入り混じった態度から、あれからすこしも進歩していないという印象を受けた。事実彼女は、こんな彼を仮にも人好きがすると思ったのが不思議でならなかった。それに彼の姿は何やらたいそう不愉快な感情と分かち難く結びついている。道徳的見地からはいざ知らず、罪の償いとして、教訓として、自分自身の心への有益な屈辱として、二度と彼の姿を見ないことが保証されればありがたいと思った。彼の幸せを願うことでは人後に落ちないつもりだけれど、彼は苦痛を与える。二十マイルも離れたところで幸せであってくれればこんな満足なことはない、とエマはつくづく思った。

けれども、彼がハイベリーに住みつづけることにエマが覚える苦痛が結婚によって減じる、ということに間違いはない。それによって多くの無益な気づかいがなくなり――多くの厄介なことが円滑に運ぶだろう。ミセス・エルトンの存在はつきあい方を変えるまたとない口実になるかもしれない。もとの親密さは断わりなしに沈んで、礼儀をわきまえた交際の新たな出発ということになるかもしれない。

ミセス・エルトンについては、エマは個人的には殆ど考えもしなかった。彼女はミスター・エルトンには立派な妻に違いない。ハイベリーにとっては十分に洗練されているし——美しくもある——けれどもハリエットと比べれば十人並みでしかない。親類縁者については、エマは気が楽だった。彼は自分の地位を鼻にかけ、ハリエットを軽蔑したけれど、結局なにかをしたわけではない、とエマは理解している。その点に関しては、真実はやがてわかるに違いない。どんな家柄の出であるかははっきりしないかもしれないけれど、どこの誰であるかはわかるだろう。一万ポンドの遺産を別にすれば、彼女がいささかなりとハリエットよりも優れているとは見えなかった。家名も血統も縁故もたいしたことはない。ミス・ホーキンズはブリストルに住む人の二人の娘の下のほうで、父はもちろん商人と呼ばれる身分だが、商売の利益は中くらいで、規模もそこそこの商人だと想像して差し支えない。毎年冬にはバースでしばらく過ごすのが慣わしだったが、家はブリストル、それも町のど真ん中にあった。父母は数年前に死んでいるが叔父が生きていて——法律の仕事に携わっており——彼については、法律家ということ以外はっきりと名誉となるようなことは出てこなかった。娘は彼と暮していた。エマは彼をあくせく仕事に明け暮れる弁護士、それも馬鹿で出世のできない弁護士だろうと踏んだ。身内で豪壮なのは姉で、彼女はいわば玉の輿に乗ってブリストル近郊で二台の馬車をもつ羽振りのいい紳士に嫁いでいる。ミス・ホーキンズの来歴を締め括るのはこれで、誉れでもあった。

これについてわたしが感じていることをハリエットに伝えることができさえすれば、と思わないではいられなかった。あの娘にあらぬことを言って恋を芽生えさせてしまった。悲しいことに、いったん芽生えた恋は口で何と言おうが簡単には冷めない。ハリエットの心の多くの空隙に取り憑いた魔力はどうしても追い払えなかった。別の人で置き換えるしかないのかもしれない。きっとそうだ。これほどはっきりしていることはない、とエマは思った。するとロバート・マーティンでもいいかもしれない。しかし、ロバート・マーティンでなければ駄目なのではないか、とエマは恐れた。ハリエットは、いったん恋すればいつまでもというタイプだ。それに彼女は今、かわいそうにミスター・エルトンがふたたびあらわれたせいで恋の病がぶり返している。彼女はどこかしらで彼を見かけている。エマは一度会ったきりだが、ハリエットには毎日二度か三度、エルトンと道で会ったり、通りすがるのを見たり、声を聞いたり、肩先を見かけたり、記憶に留めたくなるようなこと、不意に熱い思いを掻き立てられ、憶測や想像を巡らしたくなるようなことが起こっている。さらに彼女は彼の話をしょっちゅう聞かされていた。それというのも、ハートフィールドにいないときにはミスター・エルトンのあらさがしなどは決してせず、彼の関心事ほど面白い話題はないという人々といつも一緒だったからだ。したがって全ての報告や推測——収入、召使い、家具類を含め彼に関わることのなかですでに起こったことや、起こるかもしれないこと――は彼女の周りでたえず波立っていたからだ。彼女の関心は相も変わらず彼を誉める言葉に強められ、悔恨は生き続け、ミス・ホーキンズの幸福を繰り返す言葉と、彼がミス・ホーキンズを愛しているという事実のたゆみない観察――家のそばを歩く彼の足の運びや帽子のかぶり具合など――が彼が愛していることののっぴきならぬ証拠に思いなされ、苛立たせられた。

もしハリエットの心の動揺が許せる娯楽で、彼女の友達に苦痛を伴わなければ、あるいは彼女自身への非難を伴わなければ、エマはその変化に興味をそそられたことだろう。ミスター・エルトンがハリエットの心を占めるかと思えば、マーティン兄妹がとってかわることもある。それぞれが他方を抑える手段としてときおりは役立った。ミスター・エルトンの婚約はミスター・マーティンに会って覚えた動揺を癒した。あの婚約を知ったことで生み出された不幸は、数日後にエリザベスがミセス・ゴダードを訪れたことでちょっとの間わきへやられた。そのときハリエットはいなかったが、置き手紙があって、開いてみると心にじーんとくる文章で綴られ、いとも優しい心づかいに非難がちょっぴり混じっていた。ミスター・エルトン自身があらわれるまで、彼女はそのことで気持がいっぱいになり、お返しに何をしたらいいだろうか、あれもしたいこれもしたいと、口にはできないけれどさまざまに思い悩んだ。そこへミスター・エルトンがじきじきあらわれてそうした悩みを追い払った。彼が戻っている間、マーティン兄妹は忘れられた。そして、彼が再びバースにむけて発つ朝、エマは、それが起こした苦しみを払う意味でエリザベス・マーティンの訪問のお返しをするまたとない機会だと判断した。

その訪問をどう認め――何が必要なことで――どうするのがもっとも安全か、は疑問のあるところだろう。招待されながら、母や姉妹を頭から無視してかかれば恩知らずといわれても仕方がない。そんなことは許されない。けれども、交際がまた始まる危険がないわけではない!

いろいろ考えた挙句、ハリエットが訪問のお返しをするのが一番、と決めないわけにはいかなかった。けれども、そのさい彼らに理解してもらえればの話だが、それが形式的な訪問にすぎないことを納得させる必要がある。エマは彼女を馬車で僧院水車場まで送って、降ろしてからすこし先まで乗っていき、油断のならない口説きや過去への回帰が起こる暇を与えないよう、じきに引き返して迎えに戻り、この先どの程度の親密さを選ぶかについて断固とした証拠を示さなければならない、と思った。

それよりもいい術《て》は思いつかなかった。それには――恩知らずのうわべを取り繕っただけではないかという――何やら賛成できないものをそこはかとなく感じはしたが、どうしてもやる必要があった。そうでもしなければハリエットはどうなるかわからないじゃないの、とエマは胸のうちにつぶやいた。

第二十三章

ハリエットは訪問に気乗りがしなかった。友達がミセス・ゴダードの家に迎えに来たわずか三十分前に、彼女は凶運の星に導かれてバース市、ホワイトハート、フィリップ・エルトン尊師殿、と宛名のついたトランクが肉屋の荷車に積み込まれる現場に出くわした。荷車はそれを駅伝馬車の通るところまで運ぶはずだった。こうしてトランクとその行き先をのぞいて全てが空白になった。

しかしハリエットは出かけた。農園に着いて、両側を垣根仕立てのリンゴの木が玄関までつづく広い小綺麗な砂利道の突き当たりで馬車から降ろされると、去年の秋にあれほど大きな喜びを与えてくれた懐かしい光景の一つ一つに、心のどこかで動揺がよみがえりはじめた。二人が別れたとき、エマはハリエットが一種恐怖まじりの好奇の目で辺りを見回しているのに気がつき、訪問時間は予定した十五分を越えないようにしなければならない、と心に決めた。彼女自身は、その時間を結婚してドンウェルで所帯をもった昔の召使いを訪れることに充てた。

エマはきっかり十五分後に白い門のところに戻った。ミス・スミスは呼び出しに応じて急いで姿をあらわしたが、若い男がついてきて不安を掻き立てるでもなく、一人で砂利道を歩いてきた——ふと見やれば妹がひとり、戸口に佇んで礼儀正しく別れの挨拶を送っているらしかった。

ハリエットはすぐには要領を得た口のきき方ができなかった。彼女は万感こもごもの状態だったが、やがてエマは、それがどんな感じの出会いで、引き起こした苦痛がどんなものだったか、理解できるだけの言葉を彼女の口から聞き出した。会ったのはミセス・マーティンと二人の妹だけだったが、彼女らの態度は、冷ややかとまでは言えないにせよいぶかしげで、話題は殆ど最後までありきたりだった——ただ、別れ際になってミセス・マーティンがだしぬけに、あなたは大きくなったわね、話題も興味深くなったし、マナーにも温かみが出てきたわ、と言った。ほかならぬその部屋で去年の九月に二人の友達と一緒に背をはかってもらったのだった。窓辺の羽目板には鉛筆の印とメモが残っていた。印とメモは彼がつけたものだ。みんながその日と、時間と、印をつけたときのことを思い出し——同じことを意識し、同じ悔いを味わい——あのときと同じ心の通いあう仲に戻って、一緒に成長していこうとしている（ハリエットは姉妹に劣らず心から幸福感に浸ろうとしている、とエマは思わないではいられなかった)、そんな気がした。折りしも馬車がふたたびあらわれ、全てが終った。訪問の仕方とその短さは決定的に思われた。半年たらずまえに感謝の気持を抱きながら六週間も過ごした家族との再会である。それにわずか十四分ではいかにも短い!——エマは訪問の様子を思い描き、彼らが怒るのも無理はない、ハリエットはきっと苦しい思いをするだろうがその気持もわかる、と思った。困った問題だった。マーティン一家の身分がもう少し高ければいいのに、と心から思わないではいられなかった。彼らは立派な人たちだから、ほんの少し高いだけでいい。だけど今の状態ではこうするしかない。これ以外にはありえないことだった!——悔いたりはできなかった。彼らは別れさせなければならない。けれどもその過程には大きな苦しみが伴うだろう——この場合にはエマの苦しみも大きかった。彼女は少しばかり気晴らしをしなくてはと思い、ランドールズに立ち寄ってから帰ることにした。ミスター・エルトンやマーティン一家のことでくさくさしていた。だからランドールズで気晴らしすることがどうしても必要だった。

名案ではあったが、馬車を玄関に乗りつけたところ、「旦那さまも奥さまもおいでにならない」ということだった。二人ともしばらく前から出かけているが、行き先は確かハートフィールドだったと思う、と出てきた男は答えた。

「あいにくだわ」馬車が回ったときエマはつぶやいた。「こんなときに会えないなんて、腹立たしいわねえ！——こんなにがっかりしたことってないわ」そう言って彼女は隅に体をもたせかけてぶつくさ不平を言い、はっとわれに立ち返って口をつぐんだが、正確に言えば不平は言いはじめるなりやめた——悪意でも抱かないかぎりそれがあたりまえだからだ。まもなく馬車が止まった。エマが顔を上げると、止めたのはウェストン夫妻で、彼らはエマに話しかけるつもりで立っていた。二人を見てエマはたちまち嬉しくなったが、ミスター・ウェストンの言葉で嬉しさはさらに募った。彼がすかさず話しかけて、つぎのように言ったからである。

「やあ、元気かな？　ついさっきまでお父さんと話していたんだよ。お元気で何よりだ。実はフランクが明日くるんだよ——今朝手紙が届いたんだがね——明日の夕食までには間違いなく来ると言ってきた——今日はオクスフォードにいるんだが、たっぷり二週間は滞在するということだ。そんなことだろうと思っていたよ。これがクリスマスだったら三日といられなかっただろうがね。実はクリスマスに来なくてよかったといつも思っていたんだ。今だと晴れつづきで雨は降らないし、天気が落ち着いていて打ってつけだからね。私たちも彼のことがこころおきなく楽しめるし、何もかもが望みどおりにいった」

そうした吉報は信じないわけにはいかず、喜色満面のミスター・ウェストンの顔に影響されないわけにもいかなかった。口数は少ないしもの静かだが、妻の言葉と顔が彼の言ったことを裏付けていたからだ。フランクが間違いなく来ると、彼女が信じているからエマもそれでは来ると思い、彼らの喜びを共有することになって、沈んだ気分がまた楽しく浮き立ってきた。磨り減った過去は沈み、これからやって来るもののみずみずしさに取って代わられる。この先ミスター・エルトンは話題にならないでほしい、という思いがエマの脳裏をすばやく駆け抜けた。

ミスター・ウェストンが彼女に、息子がこのたびの旅行のルートと手段に加え、まるまる二週間が自由になったエンスコムでの取り決めの話をした。エマは耳を傾け、微笑を浮かべ、よかったわねと言った。

「じきに彼をハートフィールドに連れていくよ」と彼は締め括った。この言葉で彼の妻が腕にそっと触れるさまがエマの脳裏をよぎった。

「あなた、そろそろ行きましょう」と彼女は促した。「この人たちを引き止めてはいけないわ」

ミスター・ウェストンは、

「そうか、そうか、それは悪かった」と言ってからもう一度エマのほうを向き、「あまり立派な青年を期待してはいけないよ。私の話しか聞いていないんだから、会ってみると、なんだそこらへんの若者と変わらないじゃないか、ということになりかねないからね」――そう言いながらも目を輝かせたのは、言葉とは裏腹な確信を抱いていたためである。

エマはそんなことにはなにひとつ気がつかないような顔で当たり障りのない返事をした。

「明日の四時ごろわたしを思い出してね、エマ」別れぎわにミセス・ウェストンはいささか不安げに、エマにだけ聞こえるように言った。

「なに、四時だと！――三時には着くさ」ミスター・ウェストンが聞きつけて即座に正し、この出会いはたいそう満ち足りた思いのうちに終った。エマは気持が高揚して幸せな気分になり、何もかもが違う雰囲気を帯びてきた。ジェイムズや馬でさえこれまでと違って動きがきびきびして見えた。垣根に目をやれば、すくなくともニワトコの木はまもなく花を咲かせるに違いない。首を巡らしてハリエットを見やれば、彼女の顔にさえ春の気配に似た優しい微笑があった。

「ミスター・フランク・チャーチルはオクスフォードばかりでなくバースも通るかしら？」と彼女は訊いたが、この質問にたいした前兆らしいものはなかった。

しかし、地理の知識と心の平穏はいきなり得られるものではない。そのうち身につけなくてはならない、とエマは思った。

興味深い日の朝がやって来たが、ミセス・ウェストンの忠実な生徒は四時に彼女を思い出すという云いつけを十時にも、十一時にも、十二時にも忘れなかった。『あなたは心配性ねえ』――エマは自分の部屋を出て階段を降りながら胸のうちにつぶやいた。『いつも他人《ひと》のことを気にして自分は後回しなんだから。準備万端ととのったかどうか見るため、そわそわして部屋を出たり入ったりするさまが目に見えるようだわ』ホールを通り抜けたとき時計が十二時を打った。『十二時だわ。この先四時間のあいだ、忘れないであなたを思い出すことにするわ。明日のこの時間か、ちょっと過ぎたころにはみんながここを訪れるということを思い出しているかもしれない。きっと彼を早く連れてくるわ』

客間のドアを開けると、二人の紳士が父と向き合って坐っていた――ミスター・ウェストンと彼の息子だった。彼らは二、三分まえに着いたばかりで、エマが入って驚き、自己紹介をし、ようこそおいで下さいましたと言ったとき、ミスター・ウェストンは息子が予定より一日早く着いた理由の説明をまだ終えておらず、ミスター・ウッドハウスはたいそう丁寧な歓迎と祝いの言葉を述べているところだった。

長いこと噂され、大きな関心を寄せられてきたフランク・チャーチルが現実に目の前にいた——こうして紹介されてみると、誉められすぎという気はしなかった。ひじょうにハンサムな青年で、背丈も、態度も、物腰も非の打ちどころがない。おまけに彼の顔には父親譲りの精気と活気がみなぎっている。頭の回転がはやく賢そうに見えた。この人なら好きになれる、とエマはたちどころに感じた。それに挙措《きょそ》には育ちのよさからくるゆとりがあって、積極的に口をきく。それがエマに、この人ははじめからわたしと知り合いになるつもりで来た、だからきっとそうなれるに違いない、と確信させた。

彼がランドールズに着いたのは昨夜だった。エマは、フランクがなるべく早く行きたくて計画を変えて出発を早め、半日早く着いたことに好意をもった。

「昨日言ったでしょう」ミスター・ウェストンはいかにも嬉しそうに言った。「予定よりも早く着くだろうとね。むかし自分がやったことを思い出しましたよ。旅に出ればもたもたしてなんかいられないものです。気が急《せ》いて足取りがだんだん速くなって、そろそろ着くかと友人が見張りはじめるまえに不意打ちをかける。すこしぐらい息切れがしたって、この喜びには替えられませんよ」

「そういう気持になれるのは嬉しいものです」と青年は言った。「そういう家はこれまであまりありませんでしたが。しかし、我が家へはどんなことをしても早く帰りたいと思いました」

我が家という言葉に父親はあらためて満足そうに息子を見やった。エマは彼が気に入られ方を心得た青年だとたちどころに見抜いたが、つづいて起こったことにその確信を強めた。彼はランドールズがとても瀟洒な家で、建っている場所もいいからひじょうに気に入ったと言い、ごく小さいことは認めようとさえしなかった。ハイベリーへの道やハイベリーそのものを称賛し、ハートフィールドはなおのことすばらしいと誉めそやし、僕の故郷のような風景にいつもあこがれ、ぜひ訪れたいと最大の好奇心を抱いていたと言った。そんなに気に入っていながら訪れなかったのはなぜか、という疑問が一瞬エマの脳裏をよぎった。しかし、たとえ嘘にせよ聞いて気持のいい嘘で、扱い方も気持がよかった。彼の言い方にわざとらしさや誇張は感じられない。表情といいしゃべり方といいまるで一緒に楽しんでいるような趣があった。

話題はおおむね初対面のそれだった。彼はエマに馬には乗るか――遠出や散歩を楽しむか――近所づきあいは多いほうか――ハイベリーは社交が盛んなところか――村のなかや周りには美しい家を見かけるが舞踏会は行なわれるか――音楽会は開かれるか、などといったことを訊いた。

こうした問いの答に満足し、互いにうちとけたところで、彼は二人の父親の話が佳境に入った機会をとらえて義母の紹介にとりかかった。ひじょうに温かい称賛の言葉で彼女が父に保証している幸福と、彼自身を優しく受け入れてくれたことに感謝してみせたが、これは彼が人を喜ばせる術を心得ており――エマは喜ばせるだけの価値があると間違いなく踏んでいることの更なる証拠だった。ミセス・ウェストンは誉められてしかるべきだ、とエマは考えていたが、彼は通り一遍の賛辞を呈するにとどまった。しかし、この問題については事情を殆ど知らないのは間違いないからしかたがない。何を言えば歓迎されそうかは理解できるが、それ以外のことでは自信がなかったのである。「父が結婚したのはたいそう賢明でした」と彼は言った。「友達はみな喜んだに違いありません。それに、大きな幸せを与えた家族は父に最高の恩義を与えたと考えるべきです」

彼はミス・テイラーの美点を挙げてエマのおかげだと言わんばかりだったが、それでいて常識からいってミス・テイラーがミス・ウッドハウスの性格を育てたと考えるのが普通でその逆ではない、ということはまんざら忘れたわけでもなさそうだった。そして最後は、まるではるばる旅をしてきた目的について考えを変えることに決めたといわんばかりに、彼女の若さと美しさに驚いたという言葉で締め括ったのである。

「マナーが優雅で感じがいいというだけなら驚きませんが」と彼は言った。「さまざまな事情を考慮に入れれば、正直いってせいぜい一定の年齢のかなり器量のいい女性を期待していました。まさかミセス・ウェストンが若くて美しい女性だとは知りませんでしたね」

「あなたがミセス・ウェストンにどんな完璧な美しさをごらんになってもわたしの気持としてはかまいませんし」とエマは言った。「彼女を十八歳だと想像なさっても喜んでお聞きしますけれど、そんな言葉をお使いになることには本人は異議を申し立てるでしょう。あなたが若くて美しいと言ったなんて彼女に想像させないでください」

「これは迂闊でした」と彼は答えた。「しかしご安心ください（ここで慇懃におじぎをして）、ミセス・ウェストンとお話をするさいには、誉めるにしても言葉が過ぎないように心がけます」

二人が知りあうことから起こりうるさまざまな可能性がエマの心を強くとらえていたが、はたして同じ想いが彼の頭をよぎっただろうか、と考えてみた。彼のお世辞は黙認の印ととるべきか、それとも公然たる無視の証拠ととるべきだろうか。フランクの行き方を知るにはもっと見る必要がある、とエマは思った。今のところは好感がもてると感じていたにすぎなかった。

ミスター・ウェストンの脳裏をしばしばよぎる想いに疑念はなかった。こっちのほうへ再三再四、すばやく投げかける眼差しにエマは幸せそうな表情を見てとり、見まいとしているときにはそれとなく聞き耳を立てていると確信した。

　父はこうした考えなどどこ吹く風で完全にかけはなれていたが、その種の洞察や直観を全く持ち合わせないのはたいそう気楽な状況だった。幸い彼は結婚を予見することも、賛成することもできない人だった――結婚話がまとまるといつも反対しているけれども、まとまりそうな話にまえもってやきもきすることはけっしてない。それはまるで、こんなはずではなかったと悔いることになるまで、そもそも二人が結婚する気になるほど理性に欠けているとは考えられないかのようだった。エマにはこうした都合のいい父の盲目性がありがたかった。彼は、不愉快な推測に煩わされることなく、ひょっとすると客が欺きはしないかと警戒の一瞥を向けることもせず、もって生まれた心やさしい慇懃さを見せながら、旅の途中ミスター・フランク・チャーチルは二晩をまんじりともせず宿で過ごしたそうだが設備はどうだったか、風邪を引かなかったかと芯から案じ顔で訊いた――そして彼は、引いたか引かなかったかはもう一晩たってみなければはっきりしない、とつけくわえた。

　ミスター・ウェストンは訪問もほどほどに腰を上げた。――「そろそろお暇《いとま》します。干し草のことでクラウン館に用があります。それに家内にフォードで買ってきてほしいといろいろ頼まれましてね。しかし、ほかの人を急がせる必要はありません」育ちがよ

すぎて言葉の意味を取りかねた息子は即座に腰を上げて、

「お父さんが用事で先まで行くんだったら、僕はこの機会にいずれ訪れなければいけないところがあるから訪ねることにするよ。あなたの隣人と知り合いなものですから（と言って彼はエマのほうを向いた）、ハイベリーの近くに住む女の人ですがね、フェアファックスという名前の家族です。家は簡単にわかると思っています。フェアファックスというのは正しい名前ではなくて――バーンズまたはベイツというんじゃないかと思います。そういう名前の家族をご存じですか？」

「知っているよ」と彼の父が言った。「ミセス・ベイツというんだが――来るとき彼女の家を通りすぎたら――ミス・ベイツは窓ごしに見えていた。そうか、そうか、お前はミス・フェアファックスと知り合いだったな。そういえばウェイマウスで知り合ったという話を思い出した。いいお嬢さんだよ。ぜひ訪ねるといい」

「今朝訪ねる必要はないよ」と青年は答えた。「別の日だってかまわない。しかし、ウェイマウスで知り合ったということは……」

「いや、今日にしなさい、今日に。先へ延ばすものではない。正しいことをやるのに早すぎるということはないんだよ。それに、いいかねフランク、ヒントをひとつ与えてやるが、ここで彼女に冷たくすることは避けたほうがいい。ウェイマウスで会ったときはキャンベル一家と一緒で、彼女はあのとき誰とでも対等につきあうことができた。ところがここでは、かつかつの生活をしている貧しいお祖母さんと暮している。早く訪れなければ軽んじたと取られかねない」

息子はなるほどという顔つきになった。

「彼女が知り合いのことを言っていたことがあります」とエマは言った。「とても気品のある若い女性ですわ」

フランクはうなずいて「そうですか」と答えたが、いかにももの静かな声だったからエマは本心から同意したのか疑いたくなった。けれども、ジェーン・フェアファックスほどの洗練された女性が十人並みとしか考えられないとすれば、社交界というところはよほど優雅な女性ぞろいに違いない。

「もし彼女の立ち居振る舞いに強く心を打たれたことがないとすれば」とエマは言った。「今日こそ打たれると思いますわ。お会いになればなるほどとお感じになるでしょう。お会いになって彼女の言葉をお聞きになればね——そうだわ、お会いになっても言葉は聞けないかもしれません、何しろ伯母さまが大変なおしゃべりで、口の休まる暇がない方ですから」

「ジェーン・フェアファックスはお知り合いなんですね?」と、いつも最後に口を挟むミスター・ウッドハウスが言った。「それじゃお許しをねがって一言申しあげますが、会えば間違いなくたいそう感じのいいお嬢さんだと思いますよ。お祖母さんと伯母さんに会いに来ているんですが、この人たちはとても立派な親娘で、私はずっと存じ上げています。訪ねてあげればこのうえなく喜ぶでしょう。なんだったら召使いに案内させますよ」

「それでは申しわけありません。道でしたら父に教わりますので」

「しかし、あなたのお父さんはあそこまでは行きませんよ。クラウン館までだから通りの向う側です。そのうえ家が立て込んで、迷ってしまいかねない。おまけに歩道を踏み外したらぬかるんでしょうがない。うちの馭者ならどこを横切ったらいいか教えてくれます」

ミスター・フランク・チャーチルは真剣な表情でなおも断わりつづけた。彼の父は息子に加勢して大声で、

「それにはおよびませんよ、ミスター・ウッドハウス。水溜りは見ればわかりますし、ミセス・ベイツのお宅はクラウン館からホップ・ステップ・ジャンプの距離ですから」

と言った。

とうとう二人で行くことになった。一人がていねいにお辞儀をし、もう一人が奥ゆか

しく頭を下げると、二人の紳士は帰っていった。エマはこうした交際のはじまり方がたいそう気に入って、この分だと彼らはいつでもランドールズで団欒を楽しむことができると思った。

第二十四章

明くる朝ミスター・フランク・チャーチルはまたやって来た。彼はミセス・ウェストンを連れてきたが、ハイベリーと彼女が心から好きになったらしい。どうやら彼は家で夫人と気さくに話をしていたが、そのうち彼女の運動の時間になって、散策するところを決めてほしいといわれ、すぐさまハイベリーを選んだらしい。――「どっちの方角にもいい散歩道はあるでしょうが、もし選べといわれればいつも同じ場所、つまりハイベリーということになります。いつだって空気が澄んで、朗らかで、幸福そうに見えるあのハイベリーにかぎりますよ」――ハイベリーはミセス・ウェストンにとってハートフィールドと同義語で、エマは彼の場合にも同じ意味をもつものと思った。彼らはまっすぐそっちへ歩いていった。

エマはよもや彼らが来るとは思っていなかった。ミスター・ウェストンは、息子がたいそうハンサムだという誉め言葉が聞きたさにほんのちょっと立ち寄ったが、そのさい二人が来るとはひとことも言わなかった。だから彼女は腕を組みながら近づいてくる彼らに気がついて驚いた。しかしそれは気持のいい驚きだった。エマはとりわけ彼にもう一度会いたいと思っていたが、同じ会うならミセス・ウェストンと一緒のときにしたかった。フランクに関する彼女の意見はミセス・ウェストンに対して彼がとる行動しだいで決まるからだ。もしもそれに欠けるところがあれば、どんなことをしても償うことはできない。しかし、二人が一緒のところを見るやいなや、エマは満足をおぼえた。彼が義母への義務を立派に果たしている、というのは美辞麗句でもなければ大袈裟な世辞でもない。彼女に対する彼の態度ほど適切で気持のいいものはなかった――また、彼女を友人とみなして愛情をわがものとしたい、という望みを、これほどはっきり好感のもてるやり方で示すことはできなかっただろう。彼らの訪問は昼までつづいた。だからエマには筋の通った判断をくだす時間がたっぷりあった。彼らは三人して一、二時間――はじめはハートフィールドの低い植え込みの間を、それからハイベリーを歩き回った。彼は目にするもの全てに歓びを覚えてハートフィールドをほめちぎったが、彼の言葉はミスター・ウッドハウスの耳には心地よく響くに違いない。もっと遠くまで行ってみようということになったとき、彼は村人みんなと知り合いになりたいと言いだし、エマには想像できなかったほどしばしば、賞賛と関心の対象を見いだすのだった。

　彼が寄せた関心の対象にはひじょうに愛すべき感情を物語るものもあった。例えば彼は父が長年住み、祖父の住いでもあった家をぜひ見たいと言い、彼の子守りだった老婆がまだ生きていることを思い出したときには、村はずれから反対のはずれまで歩いて彼女の住む小屋を探したりもした。そうして探したり観察したりしたもののなかには大して取り柄のないものもありはしたが、それはおおむねハイベリーへの好意、言いかえれば周りの人々への好意の表われだった。

　エマはそうしたフランクの姿に、彼の見せた感情からして自分の意志で帰郷を避けていたと見るのは正しくない、彼は芝居を打っていたのでもなければ、不実な告白を見せびらかしたのでもないと思った。ミスター・ナイトリーの見方にしても、間違いなく正当な評価ではない、と思わないではいられなかった。

　最初に足を止めたのはクラウン館の前だった。この種の施設としては主だったものだが、たいした建物ではない。二頭立ての早馬が二組繋《つな》いであったが、これは街道を走らせるよりも、近隣の人の便宜のために置かれているものだった。連れはここで彼が見せた意外な興味に引き留められるとは思わなかった。しかし、彼らは通りすがりに、明らかに増築されたとわかる広い部屋の歴史を教えた。それはもう大分まえのことだが舞踏場としてつくられたもので、当時は近隣の人口も多く、ダンスが流行《はや》って、ときどきここでダンス・パーティが催されていた。――しかし、そんな派手な時代は過去の話で、今ではせいぜい村の紳士や紳士気取りの手合いで組織されるホイスト・クラブの会場として使われるのが落ちだ。彼はたちどころに興味を示した。舞踏場だったという話が彼をとらえたのである。彼は通りすぎようとはせず、開かれた上げ下げ窓のまえに足を止めて数分間、覗き込んでは往時を偲んで本来の用途に使われなくなったことを嘆いた。彼はその部屋になんの欠陥も見ず、欠陥を指摘されても認めようとしなかった。いや、長さといい幅といい十分だ、造りも立派で申し分がない。適切な人数は十分に収容できる。冬場を通して少なくとも二週間に一度は舞踏会を催すべきだ。ミス・ウッドハウスはどうしてこの部屋の古きよき時代を復活させることができなかったのです？――ハイベリーではできないことのないあなたなのに！　この村ではダンスのできる家族がたりないとか、村以外の土地や近隣の部落の人を誘ってもうまくいかない、などの理由を挙げたけれども、彼は頑として聞き入れようとしない。見たとおり周りには立派な家がたくさんある。これで舞踏会を開くだけの人数が出せないはずはない。事情を詳しく説明し、家族構成をあれこれ言ったあとも、さまざまな階層が混じっていることの不便さがどんなものかわからず、明くる朝それぞれの立場へ帰るのに何の不都合もないだろう、と言って聞き入れない。彼は、ダンスに入れあげる若い者よろしく言い募った。エマは、こうした態度にチャーチル家の習慣よりも、父親の体質が前面に強く押し出ていることに驚いた。彼は父の生活と精神、陽性な感情や社交的傾向を示し、エンスコムの誇りやよそよそしさはなにひとつ持っていなさそうに見えた。実際、誇りについてはけっして十分ではない。平気で階級差を無視する態度にいたっては気品を欠くといわれても仕方がない。しかし、彼は自分が見くびっている害悪の判断ができないのだろう。しかしそれは潑溂とした意気の発露にすぎなかった。

やがて彼は促されてクラウン館の前から立ち去った。ベイツ一家の借りている家がほぼ真ん前だったので、エマは昨日彼が訪れると言っていたことを思い出し、訪問は済ませたかと訊いてみた。

「ええ、済ませましたよ」と彼は答えた。「いま言おうと思っていたところです。うまくいきました。三人の婦人たちみんなと会いましたが、まえもってあなたにヒントを与えてもらったことがたいそう役に立ちました。おしゃべりな伯母さんという人に全く備えがなかったら、ひどい目にあったと思いますよ。ただし思ってもみない長居になりました。十分もお邪魔すればいいというか、適当なところだと思ったものですから、帰りは父より早いだろうと言っておいたんですが――ところが相手はのべつまくしたてて止《とど》まるところを知らない、こっちは逃れようがないとくるでしょう、結局、(僕がどこにもいないものですから)父に迎えに来られて、驚いたことに気がついてみると四十五分近くもお邪魔することになったわけですよ。あの方はそれまで逃げ出す隙《すき》を与えてくれなかったですね」

「ミス・フェアファックスの様子はどうでした?」

「とても具合が悪そうでした――若い女性がこれほど具合が悪そうに見えるものかという感じでしたね。しかし、この表現はどうもふさわしくないですよ、ミセス・ウェストン、そうじゃないですか? 女性というものは具合が悪そうに見えるものじゃない。ほんとの話、ミス・フェアファックスはもともと顔色がよくないほうで、いつも不健康な印象を与えます――なんといっても顔色が冴えないのがいけません」

エマはこの言葉に同意せず、ミス・フェアファックスの顔色を温かく弁護しはじめた。「健康そのものの顔色でないことは確かですけど、一般的に言っていかにも病人らしい色合いには見えないよう気を遣っていると思いますわ。それに彼女の肌にはしっとりとした繊細さがあって、それが顔の性格に独特の優雅さを与えていると思うんですの」彼はこの意見に然るべき敬意を示しながら耳を傾け、多くの人が同じことを言うのを聞いているると認めた——けれども、いかにも健康そうな色つやを欠いているのは何物をもってしても償い難いと思う、と彼は言った。目鼻立ちが並みな顔に美しさを添えるのはなんといっても顔色です——目鼻立ちがいい場合には、その効果は——幸い僕は効果まで言う必要はありませんがね」

「そうですね」とエマは言った。「好みは議論してもはじまりませんから。——少なくともあなたが顔色を除いて彼女を美しいと思っていらっしゃることはわかりました」

彼は首を横に振りながら笑った。——「僕はミス・フェアファックスと顔色を分けて考えることができないんですよ」

「ウェイマウスではよくお会いになっていたんですか？　同じ社交の場でよく顔を合わせていらっしゃいましたの？」

折りしもフォードの店にさしかかった。すると彼は慌てたように言った。「なるほど！　これがみんなが毎日来るという店か。父がそう言ってましたよ。彼自身ハイベリーには一週間のうち六日来て、必ずフォードで買い物をするそうですからね。差し支えなければ土地の人間であることの証《あかし》というか、正真正銘のハイベリーの住民であることを示すためにぜひ中へ入ってみたいものです。フォードで何か買わねばなりません。それで僕は晴れて市民権を獲得したことになります——手袋は売っているでしょうね」

「ええ、手袋だろうと何だろうと売っていますわ。あなたって、愛郷心をお持ちなんですね。ハイベリーでは好かれますよ。ミスター・ウェストンの息子さんだからいらっしゃるまえから人気がありましたけれど、フォードで半ギニーもお使いになればあなたの人気はご自身の美徳の上に立つことになりますから」

彼らは中へ入った。そして「紳士もののビーバー皮帽」や、「ヨーク産なめし革手袋」のすべすべした、きちんと結ばれた包みが降ろされてカウンターに広げられるあいだ、彼は、「ミス・ウッドハウス、僕が愛郷心《アモール・パトリス》を発揮していたときあなたは何かおっしゃっていましたね、それをもう一度お聞かせ願えませんか。忘れたくないんです。どんなに人気者になろうと個人生活の幸福を失ったのでは元も子もありません」

「わたしはただ、ウェイマウスではミス・フェアファックスやあの方のお仲間とよくお会いになりましたかと訊いただけですわ」

「なんだ、わかってみるとあなたの質問はきわめて不公平としか言いようがありませんね。交際の程度を決めるのはいつだってご婦人のほうですよ。ミス・フェアファックスからすでに説明はあったと思いますが、僕としては彼女以上に詳しいことを言って自分を縛りたくはないですね」

「まあ！　あなたも彼女に劣らず慎重でいらっしゃるのね。でも、あの人は控え目すぎて何を説明してもはっきり言わず、誰についても最小限の情報しか与えようとはしないんです。ですからわたしは、あの人とのつきあいについては好きなことをおっしゃってもかまわない、という気がしますの」

「そうかな――それじゃ本当のことを言いましょう、それが僕の性にいちばん合っていますから。彼女にはウェイマウスでしばしば会っていました、キャンベル一家はロンドンでちょっと知っていたものですから。それでウェイマウスではよく一緒になったわけです。キャンベル大佐はとても気さくな人だし、夫人は優しくて心の温かい方でしたから僕はみんなが好きでした」

「要するにあなたはミス・フェアファックスの立場もご存じだったわけですね、彼女がどういう運命の方かも」

「ええ――(いささかためらいながら)――知っていたつもりです」

「微妙な問題に踏み込んだようね、エマ」ミセス・ウェストンが微笑を浮かべながら言った。「わたしがいることも忘れないでね。――ミス・フェアファックスの人生の立場を言われても、ミスター・フランク・チャーチルは何と言えばいいかわからないわ。なんだったらちょっとあちらへ行っていましょうか」

「わたしすっかり忘れていたわ」とエマが言い出した。「彼女がわたしのお友達、それも親友ではないということを」

そのとき彼は、まるでそうした感情は十分に理解し尊重していると言いたげな顔をした。

手袋を買って、店の外へ出ると、「僕らが話していた若い婦人がピアノを弾くのはお聞きになりましたか?」とフランク・チャーチルが訊いた。

「お聞きになりましたかですって?」エマは鸚鵡《おうむ》返しに言った。「あなたは彼女がハイベリーの人だということを忘れていらっしゃるわ。わたしたちがピアノの練習をはじめて以来、毎年のように聞いています。とてもお上手ですわ」

「あなたはそうお考えなんですね?――僕は本当によくわかる人の意見が聞きたい。彼女は上手に弾いているように僕には見えます。ということは、かなりいいセンスで弾いていると思うんですが、なにせ僕は音楽のことはなにも知らないんです――ひじょうに好きだけれど、他人《ひと》の演奏が判断できるようないささかの技術もなければ判断力もないんですよ――彼女の演奏が誉められるのはよく聞きました。演奏がうまいと思われていたひとつの証拠といいますかね、それは覚えています。――ひじょうに音楽の好きなある男性が、ある女性と恋仲で――婚約をし――結婚するばかりだったんですがね――この男性がですよ、もし問題の女性がピアノを弾ける状態にあれば恋人に弾いてくれとはぜったいに頼まない、と言ったことがあったんですよ。楽才を認められた男性が示したこの態度はある程度の証拠だろうと僕は思うんですがね」

「証拠ですわね、ほんとに！」エマはひじょうに面白そうに言った。「ミスター・ディクソンはとても音楽がお好きでしょ？　あの人たちのことは、あなたとものの三十分も話していれば、彼女から半年がかりで聞き出せるよりももっとわかるわ」

「ええ、ミスター・ディクソンとミス・キャンベルがその人たちです。僕はそれをとても強い証拠だと思いました」

「確かに――とても強い証拠ですわ。ほんとのことを言うと、もしわたしがミス・キャンベルならば不愉快になるほどの強さですね。愛よりも音楽を愛するというか――目よりも耳が発達しているというか――わたしの感情よりも美しい音のほうに鋭敏な感受性をもっている男は許せないわ。ミス・キャンベルはどうでしたの？」

「なにしろ特別親しい友でしたから」

「なんて惨めな慰めだこと！」エマは笑いながら言った。「特別な友よりも赤の他人のほうがましだわ――赤の他人ならば二度と起こることはないでしょうし――でも、特別な友がいつも側にいて、何をやっても自分より上手だなんて惨めもいいところだわ！

――かわいそうなミセス・ディクソン！　アイルランドに落ち着いたのはせめてもの幸

せだわ」

「おっしゃるとおりですよ。ミス・キャンベルにとってはあまりいいことではありませんでした。しかし彼女はそうは感じていなかったようでしたがね」

「それだけによかったんですよ――あるいは悪かったと言うべきかもしれませんけれど――どっちだかわからないわ。でも、たとえ彼女がお人好しだったにせよ馬鹿だったにせよ、友情からくる素早さにせよ感情の鈍さにせよ――それを感じたに違いない人が一人います。それはミス・フェアファックスその人だわ。彼女は優れていることが不適切で危険なことだと感じたに違いありません」

「その件については――僕は、その――」

「あら、ミス・フェアファックスの感情をあなたや誰かに説明してもらいたがっている、と想像なさらないでください。それは彼女以外の誰にもわからないと思います。でも、ミスター・ディクソンに頼まれれば二つ返事で演奏する、という状態がつづけば人になんと想像されても仕方がないでしょうね」

「みんなの間にはそうした完全な理解があるようですがね――」彼はいささか慌てぎみに言いはじめた。「しかし、あの人たちがどんな関係なのか僕にはよくわかりません――裏ではどうなのかを含めてね。ただ言えるのは表向きはうまくいっているということとだけです。しかし、あなたはミス・フェアファックスを子供の時分から知っていますからね、彼女の性格や、いざというときに彼女がどう振る舞うかを僕よりは判断できるでしょう」

「そりゃわたしは彼女を子供の頃から知っていますわ。一緒に育って一緒に大人になりましたから、たぶん仲良しだろうとか、彼女がお友達を訪れるときには一緒だったろうとか思われがちですけれど、そうではなかったんです。どうしてそんなことになったのか知りませんけれど、あの人は伯母さんやお祖母さんやお仲間に溺愛され、ほめそやされているでしょ、それでわたしがちょっと意地悪な気持で嫌いになったんだと思います。それにあの人は気持を明かさないということがあって——わたしはあんなに気持を閉ざす人は好きになれないんです」

「それは確かに唾棄すべきことですからね」と彼は言った。「しばしばひじょうに便利なことがあるのは間違いありませんが、けっして気持のいいものではない。黙して語らないことは安全とはいえ魅力的ではないですからね、あまりものを言わない人は愛せないわけです」

「そうした控え目な態度を自分自身に対してやめるまでは愛せないわ。やめれば魅力もそれだけ増します。でも、お友達になりたいばかりに誰かの控え目な態度を打ち破る努力をすれば、わたしはもっと深くおつきあいしたくなるに違いありません。ミス・フェアファックスとわたしは親密と言えるほどの間柄ではありません。わたしには彼女を悪く思う理由など少しもありませんが、ああした言葉や態度の極端な用心深さ、誰についてもはっきりした考えを述べることを恐れる気持は、何か隠し立てしているという疑惑を起こさないではおかないものです」

彼はエマの意見と全く同じ考え方だった。長い時間一緒に歩き、考えもたいそう似ているのでエマは彼がよくわかったような気がし、会ったのがまだ二度目だとは殆ど信じられなかった。彼は期待通りの人物ではなかった。考え方には世間知らずなところもあり、財産家の甘やかされた子供らしからぬところもあった。したがってエマが期待したよりはましな青年だった。彼の思想は穏健で――感情には温かみが感じられる。とりわけ教会と同様に見たがったミスター・エルトンの家についての考え方に感心させられた。あら探しに同調しなかったのである。いや、僕は悪い家だとは思わない。所有して同情されるような家ではない。愛する女性と一緒に住むことができれば、あの家を所有して哀れまれるいわれはない。ほんとうの快適な暮しには広さも十分だ。これ以上の広さが要るという奴は馬鹿だ。

ミセス・ウェストンは笑って、「あなたはご自分が言っていることの意味がわかっていないのよ」と言った。広い家に住み慣れているし、広さにはどれだけの利点や設備がともなっているかを考えたことがないから、狭い家につきものの不自由さは判断ができない。けれどもエマは、彼が自分の言っていることの意味を知らず、早く身を固めるというひじょうに好ましい傾向を示して、立派な動機から結婚しようと思っているのがわかった。彼は家政婦の部屋がないことや、食器室がお粗末なことから惹き起こされる家庭の平和の侵害には気がつかないかもしれない。しかし、エンスコムは彼を幸福にすることはできないということを知っており、愛する人が見つかりしだい、富の大半をなげうってでも早目に身を固めるつもりであるらしかった。

第二十五章

フランク・チャーチルに関するエマの高い評価は、明くる日彼がロンドンにむけて発った、それも髪を刈る目的だけのために発った、と聞いていくぶん揺らいだ。だしぬけの気まぐれは朝食のときに彼をとらえたらしく、彼は駅伝馬車を呼びにやって、夕食には帰るつもりで発ったが、髪を刈る以外にこれといった重要な目的もなさそうだった。

そうした用向きで十六マイルを往復することには何の害もなさそうだったが、それにはあさはかさと馬鹿ばかしさが感じられ、エマは賛成できなかった。そんな計画には合理性が認められず、経費だってばかにならないし、昨日彼に認めた非利己的な心の温かみとも相容れないものがあった。虚栄心、浪費癖、変化を好む気持、よかれあしかれ何かをしないではいられない落ち着きのない性格、父やミセス・ウェストンの喜びを無視する態度、自分の行為がおおむねどう見えるかについての無関心、などといった非難を全て向けられるはめになった。父は彼をめかし屋だと言っただけで、いい笑い話だぐらいにしか考えなかったけれども、ミセス・ウェストンが快く思わなかったことは、「若い人にはみんなそれぞれにちょっとした気まぐれなところがあるものなのよ」と言っただけでなるべく取り合うまいとしたことにも明らかだった。

こうした小さな汚点という例外がありはするが、エマはこれまでのところ彼の訪問がミセス・ウェストンにいい印象しか与えていないのを知っていた。彼女は彼がどんなに気を遣い、気持よく振る舞ったか、彼の性質をどれほど好ましく思ったかについて、誉めたい気持でいっぱいだった。彼はたいそうあけっぴろげな性格の持ち主で――陽気で活発なところがあり、考え方にも間違ったところはなにひとつないし、言うことなすことはおおむね正しい。伯父についてしゃべる言葉には温かい配慮が感じられ、おまけに好んで彼を話題にのぼして――好きなようにさせておけばあんないい人は世の中にいない、とまで言った。伯母に愛情を覚える者はいなかったけれど、彼は彼女の優しさを感謝の気持とともに認め、彼女のことを口にするときにはいつも敬意がこもっている。これはひじょうに末頼もしいことで、髪を刈りにロンドンまで出かけるという嘆かわしい気まぐれさえなければ、エマの想像力が彼に与えた高い名誉にそぐわないことを示すものは何もなかった。このさい名誉とは、彼がたとえ実際に彼女を愛してはいないにせよきわめてそれに近い状態であって、彼女の無関心――なぜなら彼女のけっして結婚しないという固い決意はいまだに変わらなかったので――によってかろうじて救われている、要するに、共通の知人によって彼女のために選ばれた状態を指している。

ミスター・ウェストンとしても、そうした評価に美徳をつけくわえて重みを増すように心掛けた。彼はエマにむかって、実はフランクがあなたを心から賞賛し――とても美しくて魅力的だと思っている、フランクにはいいところが多々あるから早まった判断は避けてほしい、ミセス・ウェストンも言うように、「若い人にはみんなそれぞれにちょっとした気まぐれなところがあるもの」だから、と言い、フランクの気持を理解させようとした。

サリーで新たにできた知り合いのなかにただひとり、きびしい見方をする人物がいた。

フランクはドンウェルとハイベリーの教区中でおおむねひじょうに率直な評価を受け、微笑を絶やさぬ頭の低い美男子だとしてきわめて評判がいい。多少の行き過ぎは美男に免じて大目に見ようという雰囲気だったが、そのなかにあってひとり、おじぎや微笑に非難の力を鈍らされない人物とは――ほかならぬミスター・ナイトリーだった。事情を聞かされたところはハートフィールドだったが、彼は一瞬黙っていた。しかしエマは殆ど時をうつさず、手にした新聞ごしに「ふん、たかが取るにたらぬ小童子《こわっぱ》めが！」と吐き捨てるように言った彼の言葉を聞いた。エマは思わずかっとなりかけたが、とっさに目をやると、それは相手への挑発ではなく、自分の感情を吐き出したにすぎないことがわかった。だからエマはやり過ごすしかなかった。

感心しない知らせをもたらしはしたが、今朝のウェストン夫妻の訪問は別の面ではことのほかタイミングがよかった。彼らがハートフィールドにいる間にエマが助言を必要とするようなことが起こり、さらに運のいいことには、必要とした助言がまさに彼らの与えたものだったからである。

起こったのは次のようなことだ。――コール家がハイベリーに移り住んでから何年にもなるが、彼らは親しみがもてて、気さくで、気取りのない、たいそういい人たちだった。その反面彼らは低い身分の出で商売に携わっており、洗練の度合いもほどほどといったところだった。ここに移り住んだ頃には収入に応じたひっそりした暮しぶりで、人ともあまりつきあわず、つきあい方もつましかったが、運命の女神が微笑んでロンドンの会社が大いに儲かった結果、ここ一、二年で収入もかなり増えた。豊かになるにつれて目的も大きくなって、もっと大きな家に住んで交際も広げたくなってゆく。彼らは家を建て増し、召使いの数を増やし、あらゆる支出を増やした。そしてこの頃までには、財産といい暮しぶりといいハートフィールドの一族に次ぐ勢いになった。社交好きな上にダイニング・ルームも新築したとあって、晩餐会には誰でも招ぶことができる。主として独身者の集いはすでに何度か開いていた。ドンウェルやハートフィールド、それにランドールズなど、格式の高い名門を彼らがあえて招くとはエマも想像ができなかった。たとえ招かれたにせよ、受ける気にはとうていなれなかった。彼女は、よく知られた父の習慣が自分の拒否に望むほどの意味を与えないのではないか、と恐れた。コール一家は彼らなりにれっきとしてはいるが、階級が上の家族に訪れてもらう条件をととのえるのは彼らにできることではない。教えてやる必要があるけれど、この教訓はわたし自身から受け取るしかないのではあるまいか。ミスター・ナイトリーには殆ど望めないし、ミスター・ウェストンではからっきし駄目、という気がエマにはした。

しかし、彼女はこの思い上がりが実際に起きる何週間もまえから対処の仕方を決めていた。その結果侮辱が遂に起こったときにはきわめて違った影響を与えたのである。ドンウェルとランドールズは彼らの招待状を受け取ったが、父にも彼女にも来なかった。ミセス・ウェストンの「あなたたちには失礼だと思って出せなかったのよ。外では食事をしない人だと知っているしね」という説明も十分とはいえなかった。にべもなく断わってやりたかった。後になって、懐かしい人たちの顔触れを何度となく思い起こすたびに、もし招待されたら受け容れる気持にならなかったかどうか、わからなくなるのだった。ハリエットは夜に行くことになっており、ベイツ母娘も招待されていた。彼らは前の日ハイベリーを歩き回りながらそのことについてしゃべっていたが、フランク・チャーチルはエマが出席しないことをしきりに残念がった。その夜は最後がダンスで締め括られるのではないだろうか、というのが彼の質問だった。その可能性が皆無ではなかったが、それが彼女をいっそう滅入らせた。そして彼女がひとり除《の》け者にされたことは、たとえ敬意を込めたうえでのことにせよ、あまりいい気持のものではなかった。

　二人の存在がひじょうに好ましいことがわかったのは、ウェストン夫妻がハートフィールドにいる間にほかならぬこの招待状が届いたという事実によってだった。読むなり彼女の口を衝いて出たのは「もちろん断わらなくちゃ」という言葉だったが、つづいて彼女は二人に、彼らならどうすべきだと考えるかと訊き、即座に行くべきだという助言が返ってきて成功をおさめた。

さまざまなことを思い合わせてみると、パーティに出たい気が全くしないわけでもなかった。コール夫妻は、エマの父にはたいそう適切な言葉を使って気づかいを示していた。「ご来臨の栄を賜りたく、もっと早い時期にお願いすべきところでしたが、実はミスター・ウッドハウスを隙間風よりお守りし、ご来駕の栄をより賜りやすくと思いまして、ロンドンに注文いたしました折り畳み式衝立の到着を待っておりましたために、遅くなり失礼申し上げました」総じて彼女は心を強く動かされた。父の慰安を尊重しながらどうことを運ぶか——ミセス・ベイツでなければミセス・ゴダードを父のお相手に頼んで——など、三人で手短に話し合い、当日はエマがパーティに出席することを納得させた。彼が行くことについては、そんなことができるとは思わないようエマは望んだ。時間が遅すぎるし、人数も多すぎる。彼はほどなく諦めた。

「晩餐に招ばれるのは好きじゃないんだよ」と彼は言った——「昔からそうだった。エマにしてもそうだ。遅い時間は私たちの性に合わないんだね。コール夫妻はどうしてパーティなんか開くのかね、残念なことだ。今度の夏の午後にでもうちへ来て、お茶を飲んだり午後の散歩に私たちを誘ってくれたりしたほうがよっぽどいい。それだと時間も遅くならないし、夕方の露に濡れないうちに帰ることができるしね。夏の夕方の露は禁物だ、誰だって当てたくないねえ。しかし、彼らがたってエマの出席を望み、あなたたちやミスター・ナイトリーも出てエマの面倒を見てくれるのならば、じめじめするとか、寒いとか、風が強いということがないかぎり、私は差し止めたいとは思わないね」それから彼はミセス・ウェストンに顔を向け、穏やかな非難の面持で――「ああ、ミス・テイラー！　結婚していなければ一緒にうちにいられたのになあ」と言った。

「ほんとだ」とミスター・ウェストンは言った。「ミス・テイラーを奪ったのは私ですから、できれば彼女の身代りを探す義務がありますね。お望みならばひとっ走りミセス・ゴダードのところへ行ってきますが」

しかし、今すぐ何かをすることはミスター・ウッドハウスの動揺を増しこそすれ、減じることにはならなかった。それを静める手立ては夫人たちのほうが心得ていた。ミスター・ウェストンは黙っているにかぎる。そしてミスター・ウッドハウスの機嫌が慎重にとりむすばれた。こうした扱いでミスター・ウッドハウスはまもなく落ち着きを取り戻し、普段通りのしゃべり方になった。彼は、ミセス・ゴダードならばいい、彼女にはつね日頃大いに敬意を払っているのでなと言い、エマが一筆したためて来てもらうことになった。手紙はジェイムズに持たせてやればいいが、そのまえにミセス・コール宛に返事を書かねばなるまい、と言った。「言い訳はできるだけていねいに書いておくれ。

私は病人だからどこへも行かれない。したがって有難い招待だがお断わりせざるをえない。もちろん時候の挨拶から書き出してな。しかし、おまえのことだから手抜かりはあるまい。火曜日に馬車が要ることを忘れずにジェイムズに言っておかねばならん。彼には安心しておまえが預けられるよ。新しい道ができてからはあそこへは一度しか行ったことがないが、ジェイムズのことだから無事つれて行くに違いない。着いたら何時に迎えに来ればいいか、言わなければならないよ。早目の時間を言ってやるのがいい。遅くまで待たされるのは嫌だからねえ。お茶の時間が終るころにはぐったり疲れてしまうよ、きっと」

「でも、疲れるまえに帰ってほしくはないんでしょ、パパ?」

「それはそうだよ! しかし、じきに疲れるさ。大勢の人が同時にしゃべっているんだからね。うるさいのは好きではあるまい」

「そうおっしゃいますがね」とミスター・ウェストンは異議を唱えた。「エマが早く帰れば、せっかくのパーティがぶち壊しになります」

「ぶち壊しになったところでたいした害にはなるまい」とミスター・ウッドハウスが言った。「パーティなんて終るのが早ければ早いほどいいようなもんだ」

「しかし、コール夫妻にどう見えるかも考えねばなりません。エマがお茶のあとすぐ席を立てば感情を害するかもしれません。あの夫婦は温厚な人柄で、自分の権利はあまり主張しないほうです。でも、彼らとて帰りを急ぐ人がいればあまりいい気持はしないでしょう。ましてその方がミス・ウッドハウスとなれば、ほかの誰よりも気になるはずです。まさか十年来の隣人として親しくしてきたコール夫妻を失望させたり苦しめたりはしたくないと思いますがね」

「それはそうだよ。それを言ってくれたミスター・ウェストンには感謝する。彼らに苦痛を与えるとすれば申し訳ないとしか言いようがない。彼らが立派な夫婦であることはよく知っているよ。ペリーの話ではミスター・コールはウィスキーには口をつけないそうだからね。見ただけではそうは思わないかもしれんが、彼は気難しい――ミスター・コールはひじょうに気難しい人なんだよ。いや、私はどんな苦痛であれ彼らに苦痛を与えるのはごめんだ。いいかね、エマ、私たちはこれを考えなければいけない。それはね、コール夫妻の気持を傷つける危険を冒すぐらいなら意志に反しても少しばかり長居したほうがいい、ということだ。疲れるぐらいどうということもない。友達が大勢いるんだから何の心配も要らないわけだよ」

「それはそうよ、パパ。わたしのことだったら何の恐れも抱いていないわ。パパさえ心配でなければ、ミセス・ウェストンと同じぐらい遅くまでいても平気。ただパパがわたしのために寝ないでいるのが心配だわ。ミセス・ゴダードがついているんだもの、ひどく退屈することもないでしょう。あの方はピケット（トランプの一種）がお好きだわ。でも、あの方がお帰りになったあと、パパは普段の時間に休まないで起きているんじゃないかと心配になるのよ。そう思った途端に気が気でなくなっちゃう。起きていないと約束して」

彼はエマにいくつか約束をさせ、それと引き換えに、ああいいとも、寝ることにするよと言った。約束のなかには、戻ったとき寒かったら体をすみずみまで暖めること、おなかがすいていたらなにか食べ、お付きの女中が起きて待っているようにするとか、サールと執事にいつもどおり戸締まりを頼む、などのことがあった。

第二十六章

フランク・チャーチルが戻ってきた。たとえ彼が父の夕食を待たせたとしても、ハートフィールドには知れずにすんだ。ミセス・ウェストンが、彼がミスター・ウッドハウスのお気に入りであることを気にするあまり、隠しおおせる欠点は暴露しなかったからである。

彼は髪を刈って戻り、悪びれることもなく自分を笑った。しかし、その実やったことを恥じているようには全く見えなかった。彼には、混乱した表情を隠すために髪が長ければいいと思うわけはなかったし、気分を爽快にするのに金を使わない法もなかった。彼は相変わらず剛胆で活発だった。彼に会ったあとでエマは胸のうちにつぶやいた——『こうあるべきかどうかはわからないけれど、ばかげたことも分別のある人が恥知らずなやり方をすれば、ばかげたことではなくなるものらしいわ。不道徳なことはいつだって不道徳だけれど、愚行はつねに愚行だとはかぎらない。——それを行なう人の性格しだいなんだわ。ミスター・ナイトリー、彼は取るにたらぬばかな若者ではないわよ。もしそうだとしたら、同じこれをやるにも違ったやり方をしたでしょう。出来栄えを得意がるか、恥じるかのどちらかだわ。伊達男よろしく見せびらかそうとするか、虚栄を擁護するだけの強さが知性になくて逃げ出そうとするかだと思うのよ。——いいえ、彼は取るにたらぬ男でもばかでもありません。これだけははっきり言えると思うわ』

火曜日とともにもう一度彼に会える見込みが娯しみをともなってやってきた。しかもこれまでと違って時間が長い。一般的な彼の態度を判断し、それから類推してわたし自身に対する接し方の意味を探り、わたしの態度に冷ややかさを加味するころあいを推し測って、こうした観察結果が何を意味するかを、誰がいま二人きりになったわたしたちを初めて見ているかを、見極める時間がたっぷりあった。

舞台はミスター・コールの家に設定されているけれど、エマはこころゆくまで楽しもうと思っていた。ミスター・エルトンにまだ好意を抱いていた頃でさえ、彼の見せたミスター・コールと食事をしたがる傾向ほど嫌な欠点はなかった。エマはその事実を忘れてはいなかった。ミセス・ゴダードばかりでなく、ミセス・ベイツも来られることになったため、父の慰安は十分に確保された。そこでエマは、出かけるまえにご機嫌を取り結ぶという最後の義務を果たすつもりで、夕食後のひとときをともに過ごしている二人に、父をよろしくとにこやかに挨拶をした。衣裳の美しさに見とれている父をよそに、エマは、食事中に父が彼女らの体質を気遣ったせいでいやいや自制しなければならなかった償いにケーキを大きく切ってすすめ、グラスにワインをなみなみと注いだ。——エマは彼女らに十分な量の食事を用意したが、はたしてそれを食べることを許されたかについては、彼女も知りたいところだった。

もう一台の馬車のあとからミスター・コールの玄関につけると、それがミスター・ナイトリーの乗ってきた馬車とわかって嬉しくなった。ミスター・ナイトリーは健康そのもので活動的、独立心が旺盛な人だが馬は飼わず、余分な金は殆ど持ち歩かない。ドンウェル僧院農園の持ち主にふさわしく馬車を使うことはあまりせず、エマに言わせれば、どこへ行くにも自分の足を使いすぎる。折りしも足を止めて手を差し伸べ、馬車から降ろしてくれたミスター・ナイトリーにむかって、エマはふと思いついた賛成の気持を冷めないうちに口にした。

「やはりこんなふうに馬車でいらっしゃるべきだわ、紳士らしく。お会いできてとても嬉しいわ」

彼は感謝の言葉についで言った。「同時に着いて運がよかったよ！　客間で顔を合わせたのでは私が普段より紳士的かどうかわからなかっただろう。——顔や態度を見ただけじゃどんな来かたをしたか見分けがつかないだろうからね」

「そんなことないわよ。品位にかかわるような来かたをすれば、いつだって意識的になるか、落ち着きを失うかするもの。なにくわぬ顔をしているつもりでも、端からは虚勢を張ったり無関心を装っていることが透けて見えるものなのよ。そんなときのあなたって、いつもそれが見えているわ。今のあなたにはそうした努力は要らない。何かを恥じていると思われる気づかいはないし、ほかの人より背が高いとみせかける必要もないでしょ、だからわたしは心から幸せな気分で同じ部屋に入っていけるわ」

「馬鹿なことを言う娘だ！」というのが彼の答だったが、それに怒った響きは全くなかった。

エマはミスター・ナイトリーと同様、パーティに集まった人々には満足を覚えた。彼女は思わず嬉しくなるような温かい敬意をもって迎えられ、望めるかぎりの丁重な扱いを受けた。ウェストン夫妻が到着すると、二人はエマにとても優しい愛と賞賛の眼差しを送った。息子は朗らかな表情でいそいそとエマに歩み寄ったが、彼の足取りはエマが特別のお目当てであることを示しており、食事がはじまってふと気がつくと、彼がかたわらに坐っていた——これはある程度心掛けた結果に違いない、とエマは固く信じた。

パーティにはもうひと家族、由緒ある、難のつけようのないこの地方の人たちが加わったためにかなり大きなものになった。これはコール一家が知り合いにぜひ紹介したいとかねがね思っていた家族だったが、ほかにミスター・コックスの一族で夫側の親類に当たるハイベリーの弁護士も来ていた。ミス・ベイツやミス・フェアファックスやミス・スミスといった、あまり偉くない女性たちは夜に来ることになっていたが、食事が始まったときには人数がすでに多すぎて、話題を共有することはできなくなっていた。政治やミスター・エルトンのことが話題にのぼっているあいだ、エマは隣に陣取るフランクの面白い話にもっぱら注意を傾けた。彼女が注意を向けざるをえなかった最初の遠い声はジェーン・フェアファックスの名前だった。ミセス・コールが彼女について何やらとても面白そうなことを言っているらしい。耳を澄ますと、聞くだけのことは十分にありそうだ。とっておきのエマの想像力が面白い情報をとらえた。ミセス・コールはミス・ベイツを訪れたときのことを話していたが、部屋に入るやいなやピアノがあったので驚いた、と言っている。――それもたいそうエレガントな感じのピアノでね――グランドピアノではないけれど、大型の四角なピアノだったわ。要するにそれから話の内容は、つづいて驚きと質問の声があがり、ミセス・コールがよかったわねといい、ミス・ベイツが、ピアノはブロードウッド社から一昨日届けられて、全く思いがけないことだったから伯母も姪もたいそう驚いたと説明をした。ミス・ベイツの説明では、最初ジェーンその人は誰が注文したものやら見当がつかなかったけれど、今では二人とも贈り手はただ一人、キャンベル大佐しか考えられない、ということで完全に満足している、ということだった。

「ほかに考えようがありませんもの」とミセス・コールが言い足した。「疑いが起こるなんて驚きましたわ。でも、ジェーンはあの人たちからごく最近手紙を貰ったけれど、ピアノについては一言も触れていなかったそうです。あの人たちの行き方はジェーンがいちばんよく知っているんだそうですけど、あの人たちが黙っているからといって、贈物をしなかったということにはなりませんものね。いきなり送りつけて驚かそうとしたのかもしれないし」

ミセス・コールの考え方には賛成者も多かった。この問題について何か言った人はみな、贈り主はキャンベル大佐に違いないと確信し、そうした贈物がなされたことをひとしなみに喜んだ。そして、それぞれに意見を言いたがるので、エマは自分なりに考え、ミセス・コールの話に耳を傾けた。

「こんなに満足のいく話は聞いたこともありませんわ！――あれほどピアノのお上手なジェーン・フェアファックスが楽器をもっていないなんて、わたしはいつもお気の毒なことだと思っていました。立派な楽器がそれこそ宝の持ち腐れになっている家が多いことを思い合わせると、ほんとにひどい話ですわ。そんな話を聞くと、頬を打たれでもしたような思いになります。実は昨日も主人に言ったばかりですけど、客間においてある新しいグランドピアノを見ると、楽譜ひとつ読めやしないんですから、ほんとに恥ずかしくなってしまいます。うちの小さな女の子たちも練習をはじめたばかりで、どうせたいしたことにはならないでしょうしね。ジェーン・フェアファックスが音楽の名人でありながらかわいそうに楽器らしいものはなにひとつもたず、弾こうにも古いスピネット（小型縦形ピアノ）さえない、と聞かされるとお気の毒でねえ――この話、昨日主人に言ったばかりですけど、主人も心から同情していました。主人は音楽がことのほか好きで、どうしてもほしくなってしまって、とうとう買ったんですの、ご近所に好きな方でもいらしてたまに弾いて下さればいい、なんて言いましてね。実を申しますとそんなわけで買ったのです——そうででもなければ、恥ずかしいぐらいのものですわ——今夜はぜひともミス・ウッドハウスになにか弾いていただきたいものです」

ミス・ウッドハウスは黙ったままほどよくうなずき、ミセス・コールから他に取り入れるべき情報はないと悟ると、フランク・チャーチルのほうへ顔を向け、

「どうしてにこにこしているんですの?」と訊いた。

「いや、別に。あなたこそどうして?」

「わたしが?——キャンベル大佐がたいそうお金持ちで、気前のいい方だとわかって嬉しいんだと思います。——立派な贈物ですもの」

「たいしたものです」

「どうしてもっとまえに贈られなかったのかしらという気がしますわ」

「恐らくミス・フェアファックスが以前はここにいなかったからでしょう」

「さもなければ、彼ら自身のピアノを使わせなかったためかもしれません——それは現在ロンドンにあって、誰にも触れられないよう鍵がかかっているとか」

「それはグランドピアノです。あれでは大きすぎてミセス・ベイツの家では使えない

と考えたのかもしれません」

「何とでも言えるでしょうけど——この問題に関してはわたしと同じ考え方をしている、とあなたの顔に書いてありますよ」

「さあ、どうでしょう。あなたは僕の敏感さを過大評価しているようですが、僕はあなたが微笑を浮かべているからにこにこしたまでです。だから、あなたが怪しいと思ったことは何でも怪しいと思うでしょう。もしキャンベル大佐でないとすれば一体誰です？」

「ミセス・ディクソンはどうでしょうか？」

「ミセス・ディクソンか！ さもありなんだ。ミセス・ディクソンとは思いつかなかった。彼女ならば楽器がどれほどぴったりした贈物かを父親に劣らず知っているわけだ。それに恐らくああした贈り方の謎めかしたところといい、不意のやり方といい、これは年長の男というより若い女性のやり口ですよ。そうです、ミセス・ディクソンに間違いない。あなたの疑惑が僕の疑惑を導く、といいましたよね」

「もしそうだとすれば、あなたはその疑惑を延ばしてミスター・ディクソンを含めなければなりません」

「ミスター・ディクソンをねえ——わかりました。とっさに閃きましたよ、ディクソン夫妻が二人で贈ったのに違いありません。彼がミス・フェアファックスの演奏の熱烈なファンだという話をしたのはついこの間です」

「ええ、その件であなたがおっしゃったことは、わたしが以前思っていたことを確認してくれました——わたしはなにもミスター・ディクソンやミス・フェアファックスの純粋な気持を非難するつもりはないけれど、彼が彼女の友達にプロポーズした後で不幸にも彼女を好きになったか、彼女が自分をちょっと好きになったことに気がついたか、のどちらかだと疑わないわけにはいきません。二十もの推量をしてどれも当たらない、ということがあるかもしれないけれど、彼女がキャンベル夫妻と一緒にアイルランドに行かず、ハイベリーにやって来たことには特別の理由があったのだと思っています。ここに来れば困窮と悔恨の日々を送ることになります。アイルランドへ行けば楽しい日々が待っています。生れ故郷の空気を吸うというのはごまかしで、わたしはそれをただの口実だと見ていますわ。——夏ならばそれで通るでしょうけれど、いくら故郷の空気でも一月や二月や三月にどんな効果があるというのでしょう？　体が弱い人なら、たいていの場合暖かい暖炉の火や乗り物のほうがはるかに目的に適っているのですから、彼女の場合だってそうだと思いますわ。取り入れてくださると気高くおっしゃいましたけれど、わたしの疑惑の全てを取り入れてほしいとは言いません。でも、正直に言うとこのとおりなのですわ」

「確かにさもありなんという気がしますよ。ミスター・ディクソンが彼女のお友達の演奏よりも彼女の演奏を好んだのは間違いないことです」

「それから彼がジェーンの命を救った、ということがあります。お聞きになりましたか？――水上パーティの折りに、何かのはずみで船から落ちそうになった彼女をあの人が捕まえたという事件です」

「それは事実です。僕もパーティに加わっていましたから知っています」

「まあ、ほんとですか？――でも、あなたは現場をご覧になったわけではない、だって初めてお聞きになったみたいですもの。――もしわたしが居合わせたら、きっと何かを発見できたでしょうね」

「そうかもしれません。しかし、僕は単純だから見たとおりの事実しか知りません。ミス・フェアファックスが船から落ちそうになって、ミスター・ディクソンがぱっと捕まえた。――一瞬の出来事でしたから、そのあとの衝撃や驚きは大変なものでかなり続きましたが――みんなが落ち着きを取り戻すまで三十分もかかりましたかね――そんな具合だからとくに気にかかるようなことが起こったとも思えませんでした。いや、僕はなにも、あなたがいたとしても何も発見できなかっただろうと言っているのではありません」

会話はここでとぎれた。二人は次の料理が運ばれるまでかなり長い時間待たされ、ぎごちない気分につきあわされて、かしこまったり、しゃちこばったりしなければならなかった。しかし、テーブルに料理が並べられ、隅に置かれる皿もとどこおりなく据えられて再び食事がはじまり、くつろいだ雰囲気がもとへ戻ると、エマは、

「ピアノが送られてきたことはわたしにしてみれば決定的なことです。もうすこし立ち入ったことが知りたかったのですけど、これで十分にわかりましたわ。きっとそのうち、ディクソン夫妻の贈物だったと聞かされることでしょう」と言った。

「そしてもしディクソン夫妻が知らないで通せばキャンベル夫妻の贈物だったと結論づけざるをえません」

「いいえ、キャンベル夫妻でないことは確かですわ。彼らでないことはミス・フェアファックスが知っています。もしそうなら、いの一番に想像がつきますもの。もし彼らだと目星がつけば彼女も当惑はしなかった、と思います。あなたには納得がいかないかもしれませんが、この問題の主犯はミスター・ディクソンだったとわたしは確信しています」

「納得がいかないとお考えならば僕は傷つきますねえ。あなたの推理には全面的に賛

成しますよ。最初はキャンベル大佐の贈物ということであなたが納得していると思ったものですから、父性愛から発したものだぐらいに考えて、それもごく自然な感情だと思ったんですが、ミセス・ディクソンの話をあなたから聞かされると、温かい女性の友情の表われとしてこっちのほうがはるかにありうることだという気がしてきました。それが今では愛の贈物に違いないという気がするんですよ」

この問題をこれ以上突っ込んでも仕方がなかった。フランクの言葉に嘘はなく、実際にそう感じているらしい。エマは話を打ち切り、ほかの話題がとってかわって、晩餐のときは過ぎ、デザートの時間になった。子供たちが入ってきて、大人の会話が普段通りにすすめられるなか、ひとしきり話しかけられたり誉められたりした。賢い言葉が子供の口を衝いて出、馬鹿な言葉も出たが、おおむねどちらでもなく、日常聞かれるような言葉ばかり、退屈な繰り返しと、聞き古したニュース、それにおもしろくもない冗談が交わされた。

婦人たちが応接間に入ってまもなく、別の組の婦人たちが到着した。エマは入ってくる若い友達に視線を向けた。もしエマが彼女の威厳と優雅さに有頂天になることができなかったとしても、エマは咲きこぼれる優しさと、ありのままの物腰を愛したばかりでなく、失恋の苦しみのさなかにあっても、さまざまな快楽という緩和剤を彼女に許すあの軽い、朗らかな、感傷的でない性質を心から嬉しく思った。坐っている彼女の姿に目をやれば――これが最近いくどとなく涙を流した女性だといったい誰に想像がついただろうか？　美しく着飾って椅子に坐り、着飾った女性たちとなにも言わずに微笑み交わす。それだけで幸せな気持になれた。ジェーン・フェアファックスはひときわ美しく、振る舞いも目立っていたが、エマは心中ひそかに、彼女はハリエットとならば喜んで気持を取り替えたいのではないだろうか、と思った。たとえミスター・エルトンだろうと愛して報われなかった苦しいハリエットの胸の内を、友達の夫に愛されたことを知った危険な歓びで購《あがな》いたいのではなかろうか、と思ったのである。

これほど大きなパーティでは、エマが彼女に近づく必要はなかった。ピアノの件には触れたくはない。秘密に立ち入りすぎたようで、好奇心を抱いたり、関心をもっているように見えるのは公平でないという気がする。だからわざと遠ざかっていたかった。けれどもこの問題はほかの人たちが殆ど時を移さず持ち出し、エマはお祝いの言葉にジェーンが何を意識したか頰を染める姿を眼の当りにした。そして彼女は、「わたしのすてきなお友達のキャンベル大佐」と言ったとき罪の意識からぽっと頰を染めた。

心やさしく音楽の好きなミセス・ウェストンは、ピアノが贈られた経緯にとりわけ興味を示したが、エマはこの問題にこだわる彼女の忍耐力に興味を感じないではいられなかった。彼女は音調やタッチやペダルについていろいろ訊いたり言ったりしたが、エマが美しい女主人公の顔にはっきり読み取った、できれば言いたくないという気持には全く気がついていなかった。

やがて何人かの紳士が合流したが、真っ先にやって来たのはフランク・チャーチルだった。つかつかと入ってきた眉目秀麗な紳士はミス・ベイツと彼女の姪に通りすがりに挨拶を送り、集まった人々の向かい側にまっすぐ歩いていった。そこにはミス・ウッドハウスが腰を下ろしていた。彼は彼女の隣に空席ができるまで坐ろうとしなかった。エマには並みいる人々の感じていることがわかった。彼のお目当てはわたしだ。誰もがそれに気がついたに違いない。エマは彼を友達のミス・スミスに紹介したが、そのあと折りをみて二人がそれぞれ相手をどう感じたかについて聞いてみた。フランクはこんな美しい顔は見たこともないといい、あどけなさが気に入った、と答えた。ハリエットの感想は――「こう言うとお世辞めいて聞こえるかもしれないけれど、ミスター・エルトンにちょっと似ているみたい」というのだった。エマは怒りを抑え、黙って顔をそむけた。

初めてミス・フェアファックスのほうへ視線を投げかけたとき、エマとこの紳士の間に探りを入れるような微笑が交わされた。しかし、言葉は思慮深く避けあった。彼はエマに向かって、食堂から逃げ出したくてうずうずしました、と言った――あそこに長いこと坐っているのはやりきれません――できるときにはいつも真っ先に席を立つんですよ――父やミスター・ナイトリーや、ミスター・コックスや、ミスター・コールは教区の用事でたいそう忙しそうでしたから――しかし、みんなおおむね紳士的で分別のある人たちですから、一緒にいる間は楽しかったですよ、と言って彼はハイベリーを誉めそやし――感じのいいご家族が多いですね、などと言うので、エマは彼の言葉に耳を傾けるうちに、わたしはこの土地を軽蔑しすぎたかもしれない、という気がしはじめた。彼女はヨークシャの社交界について訊いてみた――エンスコムの近所づきあいの広さといったことだが、彼の答から、エンスコムに関するかぎり交際らしいことは殆ど行なわれず、訪問しあうのも旧家の間だけで、近所にはそうした家は一軒もない。たとえ訪問日が決められ、招待状が受け取られても、ミセス・チャーチルの健康が思わしくなかったり、行く気になれなかったりで断わることが半分はある。彼らはなるべく新しい人は訪れないようにしており、たとえ彼が個人的な約束をしても、出かけたり、知り合いを一晩招ぶなどのことは難しく、ときにはかなり懇願しなければ実現しない、ということなどがわかった。

エマには、エンスコムの生活に彼が満たされるはずはない、そしてハイベリーのいちばんいいところを見れば、意に反して家に閉じ込められるような生活を強いられている青年が気に入るのは当然だという気がした。彼がエンスコムで大事にされていることは火を見るより明らかだった。自慢はしなかったけれど、伯父では首を縦に振らない伯母も彼の説得を笑って聞き入れる、という言葉にそれが表われていた。フランクは、時間さえかければ(一、二点をのぞいて)なんでも説得することができる、とも言った。どうしても色よい返事がもらえないのは、外国へ行きたいというかねてからの希望に対する答だった。外国旅行を強く望んだけれど、伯母はどうしても聞き入れてくれない。一年前に起こったことだが、今ではあまり行きたいとも思わなくなった、と彼は言った。

彼は言わなかったが、いくら説得してもわかってもらえないのは、父に対して物分かりのいい態度をとってほしいということだろう。

「僕はとても惨めな発見をしました」ちょっと間を置いてから彼は言った。——「ここへ来て明日で一週間になりますが——一週間といえば滞在期間の半分です。時間がたつのは実に速いですねえ！　明日で一週間か！——それなのにまだ滞在を楽しみはじめてさえいない。お義母《かあ》さんやその他の人々と知りあったばかりじゃないですか！——そう思うといやになります」

「たぶんあなたはこんなに少ない日々のうちまる一日を散髪に使ったことを後悔しはじめるかもしれませんね」

「いや」と言って彼はにっこり笑った。「それは悔いの対象には全くなりませんよ。身だしなみをきちんと整えないと友達に会っても楽しくないですからね」

ほかの紳士たちも応接間に集まったので、エマは数分間彼から注意をそらし、ミスター・コールの話を聞かなければならなかった。ミスター・コールがいなくなって、彼女が注意をもとへ戻すと、フランク・チャーチルが真向いに坐るミス・フェアファックスをじっと見つめているのがわかった。

「どうなさったんですか?」とエマは訊いた。

その声でフランクはびくっとなり、「えっ? 声をかけてくれてありがとう」と言った。「たいへん失礼なことをしていたようです。ミス・フェアファックスが髪を妙な結い方にしているもんで——ずいぶん奇妙だなと思うと——つい目が離せなくなりました。こんな突飛な結い方は初めてだな! あのカール! ——これは彼女独自の工夫に違いありません。僕は彼女みたいな髪型は見たこともない! アイルランドの流行かどうかひとつ訊いてみたいですね。いいですか? ——訊きますよ——ぜったいに訊きます——彼女がどう受け止めるか見ていて下さい——赤くなるかどうか」

言うなり彼は席を立った。やがて彼がミス・フェアファックスの前で足を止め、話しかけるのが見えた。しかし、後先も考えず二人のまんなか、ミス・フェアファックスのまんまえに立って、何か言っている言葉の効果については、エマにはなにひとつ識別できなかった。

そうして彼が離れている間に、彼の席にミセス・ウェストンが坐って、

「大きなパーティって贅沢なものね」と言った。「みんなのそばに寄っていって何でも言えるんだから。ねえエマ、あなたと話したくてたまらないのよ。いろいろ気がついたことがあって、あなたみたいに計画を立てているところなんだけれど、ほやほやのうちに打ち明けたいと思ってね。あなた、ミス・ベイツと姪御さんがどうやってここへ来たか知っている？」

「どうやってって？——招待されたからじゃないの？」

「そりゃそうよ！——でも、ここまでどうやって来たか知っているかと訊いてるのよ——つまりあの人たちの来かたを訊いているの」

「歩いて来たんでしょ。ほかに来ようがあるというの？」

「そうよね。——ちょっとまえのことだけれど、あの体でジェーン・フェアファックスはこんな寒い夜に、しかも遅い時間になってから歩いて帰らなきゃならないけれど、ひどく悲しいことだわと、ふと思いながら彼女を見やったら、ぽーっと上気していて、普段とはくらべものにならないほど美しく見えたけれど、あれじゃ外へ出たらてきめん

に風邪を引いてしまう。かわいそうに！　と思ったら矢も盾もたまらなくなって、うちの主人が部屋へ入ってくるとすぐつかまえてね、馬車のことを言ってみたのよ。主人が二つ返事でわたしに賛成したのは想像がつくでしょう。彼に賛成してもらったから、わたしはまっすぐミス・ベイツのところへ行って、わたしたちのまえにうちの馬車を用立てましょうと言ったのよ。そうすれば帰り道は心配いりませんからって。そしたらあの人は、とてもていねいに感謝の言葉をのべて、『まあ、何と運のいいことでございましょう！』なんて、例の調子で言うのよ。――ところが、くどくどとお礼を言ったあとで、『お宅さまにご面倒をお掛けするまでもありませんの、実はミスター・ナイトリーの馬車でまいりましたので、帰りも乗せていただけると存じます』というの。わたし、すっかり驚いちゃった。――正直いってとても嬉しかったけれど、びっくりしたのも事実だわ。ひじょうに親切なことだし、思いやりのある心づかいだわ！――めったに思いつかないようなことじゃない。それに、あの人の普段の行き方からすれば、馬車はベイツ一家のために用意したようなものだわ。自分のためなら馬を二頭も用意はしないだろうし、あの人たちを乗せるための口実だったんじゃないかという気がするわ」

「ありそうなことね」とエマは言った。「これぐらいありそうな話はないわ。ミスター・ナイトリーほどそういうことをしそうな人はいないもの――親切で、人の役に立って、思いやりのある、善意に満ちたことをする人だもの。女にとりわけ優しいわけではないけれど、とても人情味のある人なのよ。ジェーン・フェアファックスが健康を損ねていることを考えてみると、これなんか彼にしてみれば人情から出た行動なんだわ。——それに、親切気から出た高ぶらない行為という点で、いかにもミスター・ナイトリーらしいと思うわ。彼が今日馬車で来たのは知っているわ——だって着いたのが一緒だったもの。それでわたし、そのことで彼を笑ってやったの。だけど彼はあの人たちを乗せてきたことが露見するような科白はひとことも言わなかったわ」

「それじゃあなたはわたしと違って」とミセス・ウェストンは微笑を浮かべながら言った。「今度の場合、彼の行為を単純で私利私欲のない慈善から出たものだと思っているのね。実はミス・ベイツのおしゃべりを聞いているうちに疑惑が頭をよぎって、それっきり払拭できないのよ。考えれば考えるほどそうかもしれないと思えてくるわ。手短に言うと、わたし、ミスター・ナイトリーとジェーン・フェアファックスは結婚するんじゃないかと思ったのよ。一緒に来たことの結果を考えてごらんなさい。あなたどう思って？」

「ミスター・ナイトリーとジェーン・フェアファックスが？」とエマは訊き返した。

「まあ、あなたったら、よくもそんなことが考えられたものだわ。——相手もあろうにミスター・ナイトリーだなんて！——ミスター・ナイトリーは結婚してはいけないんだわ！——ヘンリーちゃんをドンウェルから切り離すつもり？——とんでもないわ！ヘンリーはドンウェルのあとを継がせなければならないのよ。ミスター・ナイトリーが結婚することにはぜったいに同意できない。それにそんなことにはならないと確信しているけど、あなたがそういうことを考えるとは驚きだわ」

「いいこと、わたしはそう考えたくなったいきさつを言ったまでで、結婚してほしいと思ったのではないのよ——そりゃかわいいヘンリーちゃんを傷つけたくはないわ——でも、事情が事情だからふとそう思ったのよ。それに、もしミスター・ナイトリーがほんとに結婚したいと思っているんだったら、あなただってヘンリーのために思い止まってほしいとは思わないでしょう？　まだ六つで、こんな問題はなにも知らない年なんだから」

「思うわよ。ヘンリーが排除されることには耐えられないわ。——ミスター・ナイトリーが結婚するなんて！——わたしはそんなことは一度も考えなかったし、いまさら受け容れるわけにはいかないわ。しかも相手がジェーン・フェアファックスだなんて！」

「だけど、彼女がいつも一番のお気に入りだったことはあなたもよく知っているじゃない」

「そういう結婚は軽率だと言っているのよ！」

「軽率か軽率でないかを言っているんじゃない。可能性があると言っているだけだわ」

「わたしに隠して言わない根拠でもないかぎり可能性なんてあるはずはないわ。馬を用意したことなら、わたしが言ったように彼の優しい気質や人情味で十分に説明がつくわ。ジェーン・フェアファックスとは別に、ベイツ母娘にはもともとすごく好意を抱いていてね——それでいつもなんやかやと喜んで面倒を見ていたのよ。お願い、縁結びだなんてよけいな世話を焼かないで。そんなこと、あなたにうまくできっこないんだから。ジェーン・フェアファックスが僧院農園の女主人だなんて！　とんでもないわ！——考えただけでもぞっとする！　彼自身のためにも、わたしはそんな気違いじみたことはさせたくないわ」

「軽率というのはわかるけど、気違いじみたとはいくらなんでも言いすぎだわ。財産は釣り合わないし、年齢にも多少の差はあるけれど、ほかに不似合なところは何もないと思うわよ」

「でも、ミスター・ナイトリーは結婚したいと思っていないもの。彼にはこれっぽちもそんな気なんかない。これは間違いないわ。彼の頭にそんな考えを思いつかせないでよ。だいいち、どうして結婚しなければならないの？——農園はあるし、羊はいるし、蔵書だってあるし、教区の管理もしなければならないでしょ、それに弟の子供をかわいがって、独りでこのうえなく幸福に暮していているわよ。暇があるわけでなし、心にぽっかり穴があいたわけでなし、彼には結婚する必要なんかないわ」

「聞いてエマ、彼がそう思うんだったらその通りかもしれないけれど、もしジェーン・フェアファックスをほんとに愛しているとしたら――」

「ナンセンスだわ！　ジェーン・フェアファックスなんか好きなはずはないわ。愛しているかどうかだけれど、愛していないとはっきり言えるわ。彼女や彼女の家族には何でもしてあげるかもしれないけれど、でも――」

「そうね」ミセス・ウェストンは笑いながら言った。「彼女らにしてあげられる一番いいことは、たぶんジェーンにあの立派な家をプレゼントすることだわね」

「彼女にはいいことでも彼には災難ということになるに決まっているわ。身分を貶めるとても恥ずかしい親戚ができるのよ。ミス・ベイツが彼の身内になるなんて、彼はどうやって耐えればいいの？　彼女が僧院をうろつき回って、ジェーンと結婚してくれた親切を一日じゅう感謝するなんて、どう耐えればいいの？『たいそうご親切に、ありがたいことでございます――でもあなたさまは昔からとてもお優しい隣人でいらっしゃいましたから』それから話も半ばに母親のペチコートに飛んで、『そんなに古いペチコートでもないんですけどね――まだ当分は穿《は》ける代物でございますから、はい――それにうちのペチコートはおかげさまでとても丈夫でございまして』」

「エマ、なんて恥ずかしい、およしなさい！　口調を真似る人がありますか。からかっているつもりかもしれないけれど聞いているほうで恥ずかしくなっちゃう。ミスター・ナイトリーがミス・ベイツに迷惑を被ることはあまりないと思うわ。些細なことでいらいらするなんてない人だもの。そりゃ彼女はきりも際限もなくしゃべるでしょうけど、彼が何か言いたいと思ったら、大声で言いさえすれば彼女の声は聞こえなくなるんだからそれでいいのよ。だけど、問題はあの人たちが悪い親戚になることより彼がそれを望むかどうかだわ。わたしに言わせればそんなことは承知のうえだと思うのよ。わたしは彼がジェーン・フェアファックスをとても高く買っているのを彼の口から聞いたことがあるわ。あなたも聞いたに違いないけど。彼女に寄せる関心の高さといい――彼女の健康への気づかいといい――将来彼女が幸福になれないんじゃないかと心配する気持といい、たいへんなものだわ！　わたしはこうした点について彼のとても温かい気づかいの言葉を聞いたことがあるわ！　ピアノの演奏や歌を誉めちぎって、彼女の演奏や歌はいくら聞いても飽きない、と言っていたし。そうだ、ふと思ったことが一つあるんだけれど、忘れていたわ――誰かに贈られたピアノのことだけれど――わたしたちはみんなミスター・キャンベルの贈物ということで満足しているけれど、ひょっとすると贈り主はミスター・ナイトリーじゃないかしら？　わたしはどうも彼じゃないかという気がしてならないのよ。彼って、恋していなくてさえそういうことをしそうな人に思えてならないわ」

「それでは彼が恋をしていることを証明する議論にはならないわ。でもわたしは彼がそんなことをする人だとは思わないのよ。ミスター・ナイトリーは何にせよ秘密めかしたことをする人ではないもの」

「彼女が楽器をもっていないことを残念がっていたのは一度や二度のことではないという話だわ。そんなことって普通の状況ではなかなか思いつかないものだけれど、とにかく彼は何度もそう言っていたらしいわ」

「そうかもしれないけれど、もし彼がピアノを贈りたいと思ったら、彼女にその通り言ったと思うのよ」

「思いやりからくる遠慮というものがあるのよ、エマ。わたしには彼の贈物に違いないという強い直感があるわ。ミセス・コールがディナーの席でそのことを言ったとき、たしか彼はことさら黙っていたと思うけど」

「あなたって思い込んだら最後、こだわるほうなのね。わたしがそうだといってよく非難したけれど。彼が彼女を好きだという兆候はわたしには見えないし――ピアノのことはぜんぜん信じない。ミスター・ナイトリーがジェーン・フェアファックスとの結婚を考えているかどうか、証拠だけがわたしを納得させるんだわ」

二人はこの問題を巡ってそれからしばらく議論をつづけた。エマのほうが有利に運んだけれど、それはミセス・ウェストンがいつも妥協したからである。やがて小さなざわめきが起こってお茶の時間が終り、楽器が用意されると――同時にミスター・コールがミス・ウッドハウスに歩み寄って、それでは演奏をお願いしますと言った。ミセス・ウェストンとの話に夢中なあまりミス・フェアファックスの隣に坐っていたことしか気がつかなかったフランク・チャーチルが、ミスター・コールにつづいてたいそう熱をこめて演奏を懇望した。それで、なにごとにつけても先頭に立つのが性に合っているエマは礼儀正しく承諾した。

能力の限界を知りすぎるほど知っていたエマは、立派に弾ける曲以外には手を出さなかった。一般受けのする小品には風情や気分をことさら出そうとはせず、自分の声によく合った伴奏をした。歌に合わせたもう一つの声がエマに快い驚きをあたえた――それはフランク・チャーチルがちょっとつけた正確な低音だった。歌が終ると彼は当然エマに許しを乞い、あとは型通りに運んだ。彼はすばらしい声と音楽についての完璧な知識をお持ちだわと誉められ、それを礼儀正しく否定し、音楽についてはなにも知らず、お聞かせできるような声ではないと強く主張した。彼らはもう一度合唱した。それからエマはミス・フェアファックスと交替したが、彼女の演奏は声といいピアノといい、自分のそれよりはるかに優れていることを自分自身にさえ隠すことができなかった。

複雑な思いを胸に秘めながら、エマはピアノを取り囲む人たちから少し離れて腰を下ろし、耳を傾けた。フランク・チャーチルがまた歌った。どうやら彼らはウェイマウスで一、二度、合唱したことがあるらしかった。しかし、熱心に聞いている人たちのなかにミスター・ナイトリーの姿を見つけると、エマの心はたちまち引きつけられて、ミセス・ウェストンが疑惑を抱いた問題を思い出させられ、合唱の声はとぎれとぎれにしか聞こえなくなった。ミスター・ナイトリーの結婚に反対する気持はいささかも引かなかった。結婚から生じるのは害悪しか考えられない。弟のミスター・ジョン・ナイトリーは大いに失望するだろうし、したがってイザベラもがっかりするに違いない。子供たちは実際に被害を受ける——家族全員にとってひじょうに屈辱的な変化であり、物質的な損失でもある——父は日々の娯しみをたいそう削《そ》がれ——エマはエマで、ジェーン・フェアファックスがドンウェル僧院の女主人になるという考えにはとうてい耐えられなかった。みんながミセス・ナイトリーに妥協させせられるなんて！——いいえ——ミスター・ナイトリーは決して結婚してはならないわ。どんなことがあろうとヘンリーちゃんはドンウェル僧院の後継者に留まらなければならないんだわ。

　やがてミスター・ナイトリーが振り向き、腰を上げると歩を運んでエマのかたわらに坐った。最初ふたりは演奏のことしか話さなかった。彼の誉め言葉には確かに熱がこもっていた。しかし、ミセス・ウェストンがあんなことを言わなければ、彼女はそれほど気にしなかっただろう。けれども、エマは一種の試金石として、ミス・ベイツとジェーン・フェアファックスを馬車で送ってあげるんですってね、と水を向けてみた。この問題はさっさと切り上げたいと言いたげな返事のしかただったが、エマはそうした言い方に自分の親切に詳しく触れたくないという彼の気持だけが見えたような気がした。「わたしよく気になるんだけれど」とエマは言った。「こんな場合にはうちの馬車を用立てて差し上げるのをつい遠慮しちゃうの。わたしにその気がないんじゃなくて、父がジェイムズをそういう目的で余分に働かせることはできない、と思っているからなのよ」

「問題外だな、全く問題外だ」と彼は答えた。――「しかし、あなたはきっと送ってやりたいと思うことがよくあったに違いないと思うけどな」そう言って彼はその確信に満足でもしたようににっこり笑った。そこで彼女はもう一歩先へ進まねばならなくなって、

「キャンベル夫妻からのこの贈物は」と言った――「ピアノのことだけれど、とても親切な贈物ね」

「そうだね」彼は動じた風などいささかも見せずに言ってのけた。――「しかし、同じ贈るなら前もって知らせたほうがよかった。不意に贈りつけるなんて愚かなことだよ。それで喜びが増すわけでなし、えてしてかなり迷惑をかけることにもなりかねないからね。キャンベル大佐にはもう少し分別のある判断を期待したかった」

この瞬間からエマには、ミスター・ナイトリーはピアノの寄贈と何の関わりもない、と誓って言えるという気がした。しかし、はたして彼が彼女への愛着をまったくもっていないかどうか――現実に彼女が好きということはないのかどうか――についてはしばらく自信が持てなかった。ジェーンの二番目の歌が終りに近づいたとき彼女の声がしゃがれた。

「これでけっこうです」歌い終えたとき彼は思わず言った――「一晩にそれだけ歌えば十分だ――休んでください」

しかし、追っつけもう一曲という声があがった。「もう一曲ぐらい歌ってもミス・フェアファックスは疲れないでしょう。一曲でいいですからお願いします」するとフランク・チャーチルの声で、追討ちをかけでもするように、「これなら造作もなく歌えますよ。第一部は大したことなくて、力が入るのは二部ですから」と聞こえた。

ミスター・ナイトリーが怒りだして、

「あの男は」と腹立たしげに言った。「自分の声をひけらかすことしか考えていない。こんなことを許してはならん」と言ったかと思うと、ちょうど通りかかったミス・ベイツを差し止め――「姪御さんの声が嗄《か》れるまで歌わせていいんですか？　どうかしてますよ。行って止めてください。連中ときたら彼女のことなんか何も考えていないんですから」といきまいた。

ミス・ベイツはジェーンを気づかうあまり礼の言葉もそこそこに歩きだし、彼女がそれ以上歌うのを止めた。こうしてその夜はミス・ウッドハウスとミス・フェアファックスだけの演奏があってコンサートの部は終った。しかし間もなく(五分とたたぬうちに)――どこから起こったともなく――ダンスを始めようという提案がなされ、ぜひやりましょうと間髪を入れずコール夫妻が賛成して何もかもが片付けられ、会場ができあがった。カントリーダンスの名手であるミセス・ウェストンがピアノのまえに坐り、魅力たっぷりにワルツを弾きはじめた。するとフランク・チャーチルがいかにも伊達男らしく慇懃にエマに近づき、彼女の手を取るなり上手《かみて》に導いて行った。

ほかの若い人がペアを組んで踊りに行くのを待つ間、声と趣味のよさへの誉め言葉をかけられながら、エマには見回してミスター・ナイトリーがどうしているかを窺うだけの時間があった。これは試金石になるだろう。彼は踊りがあまり得意なほうではない。その彼がいち早くジェーン・フェアファックスに申し込んだとすれば、それは何かの前兆を示すことになる。そう思って見回したものの、すぐにはそれらしい気配は見当たらなかった。彼はミセス・コールと話しており——関心のなさそうな視線を漫然と向けている。ジェーンが誰かの申込みを受けたけれど、彼はなおミセス・コールを相手に話しこんでいた。

エマはもはやヘンリーちゃんへの脅威を感じなかった。あの子の利益はまだ侵害されてはいない。そう思うと彼女は心から楽しくなって、潑溂とダンスをリードすることができた。参加したのはわずか五組だったが、久しぶりだったのと、だしぬけに始まったせいでひじょうに楽しく、おまけにエマはパートナーと調子がうまく合って、彼らの踊りはちょっとした見物《みもの》だった。

あいにく二曲踊るのがせいぜいだった。夜も更けて、ミス・ベイツは母のために帰りの時間が気になってきた。それで彼らはもう一曲弾いてもらおうと何度か試みたあげく、ミセス・ウェストンに感謝の言葉を述べ、悲しげな表情を浮かべて諦めなければならなかった。

「恐らくこれでいいんですよ」フランク・チャーチルはエマを馬車までエスコートしながら言った。「僕はミス・フェアファックスに申し込むべきだったのでしょうが、あなたと踊ったあとでは彼女のもの憂い踊りは合わないと思いましてねえ」

第二十七章

エマは身を落してコール夫妻の家へ出かけたことを悔いはしなかった。この訪問は明くる日彼女に多くの楽しい思い出を与えてくれた。威厳のある孤立を保つことで失ったかもしれないことは、みんなとつきあうすばらしさですべて十分に償われたに違いなかった。エマはさだめしコール夫妻を歓ばせたことだろう——なにしろ彼らは立派な人たちだから、幸せになって当り前なのだ！——そして彼女はすぐには消えない名前を後に残すことになった。

完璧な幸せは記憶のなかでさえざらにあるものではない。それに彼女にとってあまり容易でないことが二つあった。フランク・チャーチルにジェーン・フェアファックスに関する疑惑を漏らしたことは女に対する女の義務に違背したのではないか、と彼女は疑った。それは決して正しいことではない。けれども、それはひじょうに強い疑惑だったためについ漏らしてしまい、そのさい彼女の言ったことを彼がすべて真に受け、受け入れたことは彼女の洞察力を認めたことになり、それが口を慎むべきだったという自覚をはっきり持つことを困難にしたのである。

もう一つの悔いもジェーン・フェアファックスに関わりがあった。これについてエマにはいささかの疑いもなかった。エマは自分の演奏と歌が嘘偽りなく無条件に劣っていることを悔いた。子供の頃にもっと精進すべきだったと、怠けたことが悔やまれ——ピアノのまえに坐って一時間半も夢中で練習した。

と、ハリエットが入ってきて中断された。もしハリエットの誉め言葉が彼女を満足させることができれば、エマはすぐに慰められたかもしれない。

「あなたやミス・フェアファックスみたいに上手に弾けたらどんなにいいでしょう!」

「わたしたちを一緒にしないで、ハリエット。わたしのピアノなんか彼女に比べたら太陽の光の横にランプを並べるようなものだわ」

「まあ! とんでもない——あたしはあなたのほうがお上手だと思うわ。腕前は同じぐらいだけれど、あたしはあなたの演奏のほうがずうっと聞きたいわ。ゆうべはみんながあなたの演奏を誉めていたんですよ」

「音楽がいくらかわかる人なら違いがわかったはずだわ。ほんとのことを言うとね、ハリエット、わたしの演奏は上手だと誉められる程度だけれど、ジェーン・フェアファックスのはわたしをはるかに越えているのよ」

「あなたはあの人に劣らないほど上手だって、あたしはいつも考えています。もし違いがあるとしても誰も気がつかないだろうって。ミセス・コールはあなたの演奏には気品があると言っていましたし、ミスター・フランク・チャーチルもあなたのセンスをすごく誉めて、演奏技術よりも気品をずっと高く買うということでしたわ」

「まあ！　でもね、ジェーン・フェアファックスには二つとも備わっているのよ、ハリエット」

「ほんと？　上手なのはわかるけれど、あの人に気品があるとは知らなかったわ。そんなことは誰も言わなかったし、イタリアの歌って嫌い。――だってひとこともわからないんですもの。それに、もし彼女のピアノが上手だとしても、教える身として上手にならざるをえないという事情があるわけだし。ゆうべコックス夫妻は偉い人の家に入れるかしらって心配していましたわ。コックス夫妻はどんなふうに見えて？」

「いつも通りだわ――とても低俗というか」

「あの人たち、何か言ってましたわ」ハリエットはためらいがちに言った。「たいしたことではないけど」

エマは、ミスター・エルトンの話が出てくることを恐れながらも、何を言っていたのかと訊かないわけにはいかなかった。

「なんでもこのまえの土曜日に――ミスター・マーティンと夕食をとったんですって」

「あら、そう！」

「彼は彼女たちのお父さまのところへ何かの用できて、夕食をごちそうになったんですって」

「あら、そう！」

「あの人たち、彼のことをいろいろ言っていたけど、特にアン・コックスのことを言っていました。何のことを言っているのかわからなかったけれど、今度の夏も行って泊まるのかと訊いていましたわ」

「いかにもアン・コックスらしく、でしゃばって好奇心を見せたわけね」

「彼が食事をした日はとてもいい感じだった、と言っていましたわ。食事のときには彼女の横に坐っていたそうです。ナッシュ先生の話では、コックス姉妹のどちらかが彼と結婚したがっているんですって」

「ありそうな話だわ。――あの人たちは揃いも揃ってハイベリーきっての低俗な娘たちだから」

ハリエットはフォードに用があった――エマは、この際一緒に行くに越したことはないと思った。マーティン兄妹とたまたま出くわさないともかぎらない。それは今の状態では危険なことだった。

ハリエットの買い物は目移りがするばかりか、ちょっとしたほのめかしにも気持が動かされて時間がかかった。彼女がモスリンをあれでもないこれでもないと選ぶうちに、エマは気晴らしに入り口のほうへ足を運んだ。――ハイベリーの繁華街とはいえ、人通りは閑散としている。――彼女の目に映ったものといえば、急ぎ足に通りすぎるミスター・ペリーや、オフィスのドアの内側に姿を消すミスター・ウィリアム・コックスや、運動から戻ってきたミスター・コールの馬車馬ぐらいのもの、それからもう一人、言うことを聞かないラバにまたがって難儀をする郵便配達の少年もいた。エマの視線は盆を捧げもった肉屋から、籠いっぱいの買い物を提げて家路をたどる小綺麗な身なりの老婆へ、それから汚い骨をめぐって争う二匹の野良犬や、パン屋の小さな張り出し窓の周りにたかってショウガパンをものほしげに見つめながらぐずぐず時間を過ごす子供らの姿に移った。わたしには不平を鳴らす理由などない、と思いながらエマはそうした光景に興味を覚え、しばらく立ちつくした。生き生きして屈託のない心の持ち主は何を見てもおもしろいし、見れば何にせよそこばくの手ごたえはあるものだ。

エマはランドールズ街道を見やった。視野が広がると二人の姿が見えた。ミセス・ウェストンと義理の息子だったが、彼らはハイベリーへ入りかけたところだった。――ハートフィールドへ来ることは言うまでもない。しかし彼らはそのまえにミセス・ベイツの家に足を向けた。彼女の家はランドールズよりもフォードの店にすこし近かった。エマと視線がかちあったとき、ミセス・ウェストンはドアをノックしかけたところだった。――彼らはすぐさま道路をよぎってこっちへやって来た。すると楽しかった昨夜のパーティが今の出会いに新たな歓びを添えるようで、ミセス・ウェストンはエマに向かって、新しいピアノを聞きにベイツ家を訪れるところなの、と言った。

「わたしがゆうべ、明日の朝かならず行くとミス・ベイツに約束した、とこの人が言うのでね、自分ではそんな記憶はないし、日にちまで決めたとは知らなかったけれど、彼が言うから行くところなのよ」

「義母《はは》が訪問している間、僕は失礼ながら」と彼は言った。「ご一緒してハートフィールドで待たせてもらいます――もしお宅へお帰りでしたら」

ミセス・ウェストンは失望の色を見せた。

「あら、あなたはわたしと一緒に行くはずだったと思うけど。みなさんとても歓ぶでしょうに」

「僕がですか！　僕が行ったんでは邪魔になりますよ。しかし、恐らく――こちらへお供しても邪魔になるのは同じことか。ミス・ウッドハウスは僕に来てほしくないような顔をしているし。伯母は買い物をするときにはいつもどこかへ行っておいでと言ったものです。僕にいられるといらいらしてしょうがないということでしたが、ミス・ウッドハウスは同じことを言いたそうに見えますね。さて、どうしようかな？」

「わたしは自分の用で来たのではないんです」とエマは言った。「お友達を待っているだけなんです。まもなく買い物も終るでしょう。終ったら家に帰ります。でも、あなたはミセス・ウェストンと一緒にいらしてピアノをお聞きになったほうがよろしいわ」

「そうですね――もしあなたが勧めるのでしたら――しかし(と微笑を浮かべ)もしキャンベル大佐が不注意な友人を選んで、ピアノの音色がつまらなかったとしても――僕は、なんといいますか、義母《はは》の役には立たないでしょう。彼女はひとりの方がうまくやりますよ。不愉快な真実も義母の口を通せば耳障りには響きませんが、相手に失礼に当たらないような嘘をつくことほど僕にとって苦手なものはありませんからね」

「そんなことは信じられませんわ」とエマは言った。――「必要とあればあなたの隣人と同じように嘘も言えるような気がしますけれど。それにしてもピアノがあまりよくないと想像する理由などないでしょ？　ゆうべミス・フェアファックスが言っていたことから推して実際はその逆だと思いますけど」

「気が進まないのでなければご一緒しましょうよ」とミセス・ウェストンは言った。「長居をすることもないと思うわ。それからハートフィールドへ行きましょう。お二人のあとから行くことにしましょうよ。実を言うと一緒に訪れたいの。そうすれば向こうもありがたがるでしょうし、あなただってそうしたいと思っているような気がずっとしていたわ」

彼はそれ以上なにも言えず、償いはハートフィールドでしてもらうことにしてミセス・ウェストンとともにミセス・ベイツの玄関口に戻った。エマは二人が入って行くのを見届け、それから興味のある品物の並べられたカウンターのところでハリエットと一緒になると――無地のモスリンを買うつもりなら柄ものを見てもしょうがないわよ、青いリボンはたとえ美しくてもあなたの選んだ黄色い柄とは合わないからだめ、などと懸命に助言を与えてハリエットを納得させた。やがて買い物の届け先を含めすべてが決まった。

「ミセス・ゴダードのお宅へお届けしましょうか、奥さま？」とフォードの女主人が訊いた。「ええ――待って――やはりそうしていただくわ。だけど、柄入りのあたしのガウンはハートフィールドへお願いするわ。でも、ミセス・ゴダードが見たいと言うかもしれない――あたしはいつでも持って帰れるから。でも、リボンはすぐ使いたいし――ハートフィールドのほうがいいわ――少なくともリボンはハートフィールドにして。ふた包みにしてください、ミセス・フォード」

「ミセス・フォードを煩わせてふた包みにすることもないわよ、ハリエット」

「ほんとにそうだわ」

「なんのなんの、煩わしいことなどございません」と親切な女主人は答えた。

「でも、やっぱり一つにしていただくわ。それからみんなミセス・ゴダードのところへ届けてください――それともハートフィールドへ届けてもらったほうがいいかしら。夜に持って帰ればいいんだから。あたし、わからなくなっちゃったわ。ねえ、ミス・ウッドハウス、どうすればいいかしら？」

「そんなこと考えるまでもないでしょ。ハートフィールドへ届けてください、ミセス・フォード」

「そうだわ、それがいいわ」ハリエットは満足しきった面持で言った。「ほんとというとミセス・ゴダードのところへは届けてもらいたくないの」

声が店に近づいた――実を言うと一つの声と二人の婦人だった。ミセス・ウェストンとミス・ベイツは戸口で二人と会った。

「まあ、ミス・ウッドハウス」とミス・ベイツは言った。「あなたとミス・スミスにおいでいただいてうちのピアノをお聞かせしてね、ご意見を伺いたいと思って急いで道をよぎって来ましたのよ。ご機嫌いかが、ミス・スミス？——ええ、とても元気です、ありがとうございます。それで、加勢していただくためにミセス・ウェストンもお連れしたんですのよ」

「ミセス・ベイツもミス・フェアファックスもお元気で」——

「ええ、とっても。ありがとうございます。母は嬉しくなるほど元気ですわ。ジェーンもゆうべはおかげさまで風邪を引かずにすみました。ミスター・ウッドハウスはご機嫌いかが？——まあ、そういういいお話を伺うと嬉しくなります。ミセス・ウェストンからあなたがここへいらしていると伺ったものですから、それじゃひとっ走り行ってお願いしてみよう、母もお会いしたがっていることだし、きっとおいでくださるに違いないというわけでね、ミスター・フランク・チャーチルも『ぜひそうしてください、ピアノについてはミス・ウッドハウスの意見は聞くだけの価値があるでしょう』とおっしゃるものですから、お迎えに来ましたの。でも、ぜひ来ていただくためにあなたたちのどちらかが一緒に来てほしいと言いましたところ、あの方が——『いま仕事で手が放せないから三十秒ほど待ってほしい』とおっしゃるものですからね――何をなさっているかと思ったら、まあ、ミス・ウッドハウス、信じられますか？　なんと、母の眼鏡の鋲《びょう》を締めていらっしゃったんですよ。こんな親切な方がいるものかしらと思いましたわ。――鋲は今朝抜けたんです――なんとご親切なことでございましょう！――それで母は眼鏡が使えず、掛けられなくて困っておりましたの。それはそうと、眼鏡というものはみなさん二つ持つべきですわね。つくづくそう思いますわ。ジェーンもそう申しておりました。わたしはまず眼鏡をジョン・サンダーズのところへもっていこうと思いましたけど、午前中は何やかやと用があって。どんなことか言ってもはじまりませんわね。でも、パティがやって来てキッチンの煙突は掃除をしなきゃならないと言うもんですから、なにさ、パティ、悪い知らせなんかもってくるんじゃないわよ！って言ってやったんですよ。奥さまの眼鏡の鋲がとれて困っているんだからねって。そうこうするうち焼きリンゴが届いたでしょ（当時食べ物は近所のパン屋へ材料をやって調理させるのが習わしだった）。ミセス・ウォリスが男の子に持たせてよこしたんですよ。この夫婦はとても親切で、いつもよくしてくれるんですの――わたしはどこだかの人が、あの方は無作法でひどく失礼な口の利き方をすることがある、と言っていたのを聞いたことがありますけれど、わたしどもにはそれは丁寧な態度で接してくれますから、そんな経験は一度もしたことがございませんの。これはうちで注文するパンの量とは関係ないんですのよ。だって、うちで食べる量ときたら高が知れていますもの。今はジェーンのほかに三人いますけれど——あの子は食が細くてほとんど食べませんし——朝なんかびっくりするほどちょっぴりで、もしごらんになれば驚きますわ。でも、お昼頃になるとおなかがすくでしょ、すると焼きリンゴをいただくんですけど、これがまた大の好物でね、それに焼きリンゴは体にとてもいいものですから。こないだミスター・ペリーと道でばったりお会いしたもので、いい機会だと思ってお訊きしたんですの。なにも疑っていたわけではありませんけど——ミスター・ウッドハウスが焼きリンゴをよくおすすめになるものですからね。あの方は健康にいいリンゴの食べ方は焼きリンゴと決めてかかっているようですわ。でも、わたしどもはアップル・ダンプリング（リンゴをパイ生地で包んで焼いたデザート）をしょっちゅう食べますのよ。ところでミセス・ウェストン、あなたの勝ちみたいね、このご婦人がたがご一緒してくださるようですから」

エマは「ミセス・ベイツにお会いできるのはとても嬉しいわ」などと言い、彼女らはミス・ベイツのおしゃべりに追い立てられるようにして店をあとにした。

「こんにちは、ミセス・フォード。失礼ですが、お会いするのは初めてですわね。このたびはロンドンからきれいなリボンをお仕入れになったとか、ジェーンが大喜びで戻ってきました。ありがとう、手袋はとても気に入って——ただ手首のところがちょっと太いようでジェーンが詰めていますわ」

「何のお話でしたっけ?」表通りに出たところで彼女はまたしゃべりはじめた。

エマは、ああしたとりとめのない話の中で何を選ぶのかしらと思った。

「何のことをしゃべっていたんだか思い出せなくなったわ——ああ、そうそう! 母の眼鏡のことだったわ。ミスター・フランク・チャーチルはとてもご親切に『おお』とおっしゃいました。『鋲なら締めることができます。この手の仕事は大好きでね』ということで——それがおっしゃるとおりたいへん器用でいらして……ほんとに、あの方のことはいろいろ聞いて期待しておりましたけれど、まさかこれほどとは……心からおめでとうと言わせていただきますわ、ミセス・ウェストン。あの方は息子がかわいくてたまらない母親にとって目のなかに入れても痛くないような言いましょうか……『おお、鋲なら締めることができます。この手の仕事は大好きでね』とおっしゃったあの言葉、あの言い方はわたし、けっして忘れないわ。そしてわたしが戸棚から焼きリンゴを出して、お友達のみなさまに召し上がっていただいていますの、おひとつどうぞ、とすすめましたらね、見るなり、『おお! 果物のなかでこれほどうまいものはありません。しかも、こんな上等な自家製焼きリンゴは見たこともない』とおっしゃったんですよ。何という礼儀正しい……その言葉のおっしゃりようからわたし、これはお世辞ではないと確信しましたわ。事実とてもおいしいリンゴで、ミセス・ウォリスがおいしさを十分に出してくれました——ただ、うちでは二度以上は焼きませんの、ミスター・ウッドハウスは三度焼かせるようにとおっしゃって、わたしどもに約束させましたけれどね——でも、ミス・ウッドハウスはそのことを隠して言わないようにしてくださいますのよ。リンゴそのものが焼くにはもってこいの品であることは間違いありません。ぜんぶドンウェルで穫れたもので——なかにはミスター・ナイトリーからいただいたのもあります。たくさんくださるんですよ。毎年袋にいっぱいくださるんですけど、あそこの木になったのはとても保《も》ちがいいんです——そういう木が二本あるんじゃないかしら。母が若い頃からあのお宅の果樹園は有名だったそうです。でもね、わたしはこないだほんとに大きなショックを受けてしまいました——ミスター・ナイトリーがある朝来られて、ジェーンはリンゴを食べていたんですけれど、リンゴの話になって、ジェーンがとても好きだと言いましたら、もうそろそろなくなる頃じゃないかとお訊きになりました。『きっとなくなったでしょう。また届けさせますよ。食べ切れないほどありますのでね。今年はウィリアム・ラーキンズが例年よりたくさん取っておきましたので、腐らせるのももったいないから届けますよ』とおっしゃるでしょう、それでわたしはお断わりしましたした——うちのはなくなりかけていたものですから、たくさん残っているとは言いかねましたの――ほんとは五つか六つしかないんですものね。でも、それはジェーンのために取っておかなければなりません。ミスター・ナイトリーにはこれまでもたくさんいただいていますから、わたし、これ以上いただくことには耐えられないという気がして、お断わりしました。ジェーンも同じことを申しましてね。ところが、あの方がお帰りになるとジェーンと喧嘩みたいなことになりました――いいえ、喧嘩というのは当たりません。だって、わたしたちは喧嘩なんて一度もしたことはありませんから。あの娘は、まだたくさん残っているような言い方をすべきだったと言ってききません。そりゃできるだけのことは言ったわよ！　とわたしは言いました。だけどねえ、同じ日の夕方、リンゴの入った大きな籠を提げてウィリアム・ラーキンズが来たじゃありませんか。同じ種類のリンゴで、少なく見積っても一ブッシェル（容積の単位。約三六・三七リットル）はありました。わたしは申し訳なくて、下へ降りていって、ウィリアム・ラーキンズに、ご想像なさいますでしょうけれどぜんぶ言いました。ウィリアム・ラーキンズは昔からの知り合いなもんですから！　わたしは彼に会うといつも嬉しくなるんですよ。ところが、後でパティから聞いたところでは、主人のあの種類のリンゴはあれで全部だ、と彼が言ったんだそうです。それをみんなもってきたので――煮ようにも焼こうにも主人にはなにひとつ残っていないんだそうです。ウィリアム自身にはそんなことをあまり気にする風はありません。たくさん売れたことを思うとたいそう満足だ、と言っていたそうです。それというのも、ウィリアムは何よりも主人の利益を第一に考えるからでしょうね。でも、ミセス・ホッジスは、リンゴをぜんぶよそへやってしまったことにご機嫌斜めだった、と彼は言ったそうです。この春、主人がアップル・タルトを召し上がろうにも召し上がれなくなったんですもの、彼女が耐えられない思いをするのも無理はありません。彼はパティにいま申し上げたようなことを言ったそうです。でも、そのあとで私は気にしないから家族には言うなと口止めしたらしいんです。ミセス・ホッジスはときどき不機嫌になる女だからたいしたことはない、あれだけ売れたんだから残りは誰が食べようと問題ではない、と彼は言ったそうですよ。パティがこんなことを言うものですから、わたしはほんとにまあショックを受けてしまいました！　どんなことがあろうとミスター・ナイトリーにはなにも知られたくありません！　もし知れたら、それこそ……ジェーンにも知られたくないわ。でも、あいにく気がついたら言ったあとでしたの」

ミス・ベイツのおしゃべりがやっと終ったとたん、パティがドアを開けた。そして彼女の訪問客は、どうぞと正式に促されもしないで、とりとめのないミス・ベイツの善意のおしゃべりに追いかけられながら階段をのぼった。

「ミセス・ウェストン、ご注意あそばせ、曲がり角に段々がありますからね。ミス・

ウッドハウス、うちの階段は暗くて——思ったより狭くできていますからご注意なさって。ミス・スミスもご注意なさってね。おみ足をぶつけやしないかと気が気でないわ。ミス・スミス、曲がり角に階段がありますよ」

第二十八章

彼女らが入ったとき、小さな居間のようすは静穏そのものだった。ミセス・ベイツはいつもの仕事を奪われて暖炉のかたわらでうたた寝をしており、フランク・チャーチルは彼女のそばのテーブルで眼鏡の修理に余念がない。そしてジェーン・フェアファックスはと見れば、彼らに背を向けて佇み、ピアノ相手に夢中になっていた。

青年は手を休めず、エマの顔をちらともう一度見てたいそう嬉しそうな表情を浮かべた。

「思ったより少なくとも十分早く来られてよかった」と彼はやや低い声で言った。「お役に立っているところが見てもらえましたからね。うまくいくと思いますか?」

「何です!」とミセス・ウェストンが言った。「まだ仕上がらないの? そんな調子では銀細工師としてはあまりいい実入りにはなりそうもないわね」

「ぶっ通しでやっているわけではありませんから」と彼は答えた。「ミス・フェアファックスのピアノの座りがわるくて、直すのを手伝ったりしましたからね。床がでこぼこしてぐらついていたんですよ。ごらんのとおり、片方の脚の下に紙をかって直しました。説得されて立ち寄る気になったとはありがたいことです。帰り道を急いでいるところかな、と思いはじめた矢先でした」

彼はエマが自分の隣に坐るように心がけ、いちばんいい焼きリンゴを選んですすめ、自分の作業を手伝わせたり、意見を聞いたりした。やがてジェーン・フェアファックスがもう一度ピアノのまえに坐る段取りになった。すぐにその気になれなかったのは神経の状態からきているのではないかしら、とエマは思った。ピアノが手に入ってから時間がたっていないとあって、触れれば感情が高ぶるのかもしれない。だから彼女は、これから弾くと自分に言い聞かせることで演奏の力を引き出している。そう思うとエマは、どこから起こるにせよそうした感情に同情せざるをえず、隣に坐るフランク・チャーチルにはその感情を悟られまい、と心に決めないではいられなかった。

思い切ったようにジェーンの指が鍵盤を叩いた。出だしの何小節かは弱々しかったが、ピアノの力は徐々に発揮されていく。ミセス・ウェストンが聞いたのは二度目だったが、彼女は今度もぞくぞくする歓びを味わった。エマもたちまち引き込まれ、ピアノは正確な耳で選ばれ、弾きこなせば最高の音色が出る、ということがわかった。

「キャンベル大佐がどんな人に頼んだにせよ間違った選び方はしていませんよ」とフランク・チャーチルは微笑を浮かべながらエマに言った。「ウェイマウスでキャンベル大佐の趣味についていろいろ聞きましたが、高音部の柔らかさは間違いなく大佐と、誰だか知りませんが頼んだ相手が特に自慢したいところでしょう。ミス・フェアファックス、僕に言わせれば大佐は友人にきわめて詳細な指示を与えたか、ブロードウッドその人に手紙を書いたかのどちらかですよ。そう思いませんか？」

ジェーンは振り返らなかった。ミセス・ウェストンが同時に何か言ったのでそうしないですんだのである。

「酷な言葉ですわ」エマは声を潜めて言った。「わたしが言ったことはあてずっぽうですから。彼女を苦しめないでください」

彼は微笑を浮かべて首を横に振り、疑惑も慈悲も殆ど持ち合わせないような顔をした。ほどなく彼はまた言いはじめた。

「アイルランドのお友達は今のあなたの歓びを想ってどんな気持でしょうね、ミス・フェアファックス。きっとあなたを思い出してはピアノが届けられる日はいつかな、と心待ちにしているに違いありません。今こうやってあなたが弾いている、ということはご存じないでしょう。何日に配達するようにと直接指定したんですかね、それとも配達日についてはなりゆき任せだったんでしょうか？」

彼はここで一息入れた。ジェーンに聞こえないはずはない。そして答えないわけにもいかないので、彼女は、

「キャンベル大佐からお手紙をもらうまでは」とことさらもの静かな声で言った。「想像でものを言うことには自信がありません。ぜんぶ憶測になってしまいますから」

「憶測ですか——なるほど。憶測は当たることもあれば当たらないこともあります。いつになったらこの鋲が締まるのか、憶測でいいから知りたいものです。仕事に夢中になると実にくだらんことが口を衝いて出るものですね、ミス・ウッドハウス——だから本物の職人は口をきかないいんだ。しかし、われわれ紳士労働者が言葉を思いつくと——ミス・フェアファックスは憶測がどうとか言ってましたよ。よし、これで直ったと。（ミセス・ベイツにむかって）奥さん、眼鏡がやっと直りました、当座しのぎですがね」

母親と娘の二人が丁重に礼を述べたが、彼は後者からちょっと逃れるためにピアノに足を運び、まだ腰を掛けたままのミス・フェアファックスに何かもっと弾いてほしいと頼んだ。

「できればゆうべ踊ったワルツの曲にしてくれませんか――もう一度あの気分を味わってみたいのです。あなたはずっと疲れたようすで、僕みたいに楽しそうではありませんでしたね。ダンスが終ったときにはほっとしたようでしたが、僕は何がなんでもあと三十分ぐらい踊りたかった」

ジェーンはピアノを弾いた。

「幸せな気分になった曲をもう一度聞くのはいいものです――僕の記憶に間違いがなければ、この曲はウェイマウスで踊ったことがあります」

彼女は一瞬彼を見、真っ赤になると別の曲に変えた。彼はピアノのかたわらの椅子から楽譜を手に取り、エマに顔を向けて言った。

「これは初めて見ました。知っていますか？――クラーマー社（有名な音楽出版社。創立者はピアニストのヨハン・バプティスト・クラーマー（一七七一―一八五八））の発行ですが――アイルランドの旋律もありますよ。こういうところから出ているんだ。これはみんなピアノと一緒に送られてきたんですが、キャンベル大佐はとても気がつく人ではありませんか――ミス・フェアファックスはここでは楽譜をもっていない、ということを知っていたわけです。とりわけそういう気遣いには敬意を払いますよ。真心から出たのでなければこうはいきません。軽率なところや手抜かりはひとつもない。芯から愛していなければできないことですよ」

当てつけがましい言い方はほどほどにしてほしい、とエマは思った。そのくせ面白いと思わないではいられなかった。ジェーン・フェアファックスにちらと視線を送ると、彼女の口元に微笑の名残があった。気が咎めて頬を染めながら見やったのだけれど、彼女の顔に仄見えたのは秘めやかな歓喜の微笑だった。それに気づいたエマは、面白がることにもはやためらいはなかったし、彼女に関して呵責を覚えることもなかった。――この真直で愛らしい、非の打ちどころのないジェーン・フェアファックスは、どうやらひどく不埒な感情を抱いているらしい。

フランクは楽譜をぜんぶエマのところへ運び、二人して目を通した。――エマはその機会を捉えて声を潜め、

「はっきり言いすぎます。彼女はあなたの言うことがわかっているに違いありません」

「わかってほしいんですよ。僕を理解してもらいたい、と思っています。僕の言いたいことを恥じる気持はまったくありません」

「でも、ほんとは恥ずかしいような気もします。あんな疑念なんか取り上げなければよかったわ」

「あれを取り上げて僕に言ってくれてよかったと思っているんですよ。僕はいま彼女のおかしな表情や態度を解く鍵を握っています。恥は彼女にお任せなさい。間違ったこ

とをしたのなら恥じてしかるべきです」

「まんざら恥じていないわけでもないと思いますけど」

「その兆しはあまり見えませんね。今ロビン・アデアを弾いています——彼の好きな曲ですよ」

それからまもなく、ミス・ベイツは窓辺を通りながら、馬に乗ったミスター・ナイトリーの姿を遠くに見つけた。

「あら、あれはミスター・ナイトリーじゃないかしら！——できたらちょっとお礼を言うだけでもいいからお話ししたいわ。ここの窓を開けたらみんな風邪を引いちゃうわね、だからお母さんの部屋に行って開けましょう。ここに誰が来ているかがわかれば上がっていただけるんじゃないかしら。小さな部屋に大勢集まっていただいて、こんな楽しいことはございませんわ」

彼女はなおもしゃべりながら隣の部屋に入り、開き窓を開けると、早速ミスター・ナイトリーに声をかけた。二人の話は、まるで同じ部屋でしゃべってでもいるように言葉のはしばしまで筒抜けだった。

「ご機嫌いかがでいらっしゃいますか？　ええ、たいそう元気で、ありがとうございます。ゆうべは馬車に乗せていただいてほんとに助かりましたわ。ちょうど間に合いましたの、母が待っておりましてね。さあ、どうぞ、お入りになって。お友達も何人かいらしてますのよ」

こうしてミス・ベイツのおしゃべりが始まったが、ミスター・ナイトリーは今度こそ自分の言葉を聞かせると言わんばかりに、うむを言わせぬ命令調で、

「姪御さんはいかがです、ミス・ベイツ？――みなさんにご機嫌いかがとお尋ねしたいところですが、とりわけ姪御さんが気になります。ミス・フェアファックスはお変りありませんね？――ゆうべは風邪など引かなかったでしょうな。今日はどうです、元気ですか？　ミス・フェアファックスの様子を教えてください」

そこでミス・ベイツは本人に先立って直接答えなければならなかった。聞いている人たちは興味を覚え、ミセス・ウェストンはエマに意味ありげな視線を送った。しかしエマはまだ疑ってでもいるように首を横に振りつづけた。

「ほんとに助かりました！――馬車に乗せていただいて助かりましたわ」とミス・ベイツは繰り返した。

ミスター・ナイトリーは彼女の言葉を遮るように、

「これからキングストンへ行くんですが、ついでに何か用はありませんか？」

「まあ、キングストンへ、さようでございますか。ミセス・コールがこないだ何かキ

ングストンで買いたいものがあるとかおっしゃってましたけれど」

「ミセス・コールには召使いがいるから買いにやればいいでしょう。あなたのために足す用はありませんか？」

「いいえ、ございません。ありがとうございます。それにしてもちょっとお入りになって。誰がいらしているとお思いになりますか？——ミス・ウッドハウスとミス・スミスですのよ。ご親切に新しいピアノをお聞きにいらしたんですわ。馬をクラウン館の小屋にお入れになって、さあさ、どうぞお入りくださいましな」

「そうだな」彼はちょっと考える風にした。「それでは五分ばかりお邪魔しましょう」

「それにミセス・ウェストンとミスター・フランク・チャーチルもいらっしゃっていますの！——こんなに大勢いらしていただいて、なんとまあ楽しいことでございましょう！」

「いや、お言葉ですが、今日はいけません、二分といられませんから。キングストンまでなるべく早く行かねばなりません」

「でも、ちょっとだけお入りになって。みなさんもきっとお喜びになりますわ」

「いや、あなたの部屋はいっぱいです。またの日にしましょう、今度はぜひピアノを聞かせてもらいます」

「そうですか、たいそう残念でございます！——それにしても、ゆうべのパーティは楽しゅうございましたね、ミスター・ナイトリー。——あんな楽しいパーティ、ご経験がおありですか？　ほんとに楽しゅうございましたね、ミス・ウッドハウス。あなたもそうでございましょ、ミスター・フランク・チャーチル？　あれの右に出るようなパーティには一度も出席したことがございません」

「いや、ほんとに楽しかった。ミス・ウッドハウスやミスター・フランク・チャーチルに一部始終聞かれているんじゃ楽しかったと言うしかないね。ところで（と彼は一段と声を張り上げ）、ミス・フェアファックスの話が出ないようだが、これはどういうことですかね。ミス・フェアファックスはダンスが上手だし、ミセス・ウェストンに至っては、イギリスきってのカントリーダンスの名手であることは万人の認めるところですよ。もしあなたがた友人たちに感謝の気持があれば、お返しにあなたや私について大声で何か言うところでしょうが、私はここに残ってそれを聞くわけにはいきません」

「おお、ミスター・ナイトリー、ちょっとお待ちになって、大事なことを忘れていましたわ——とてもショックを受けました！　あんなにたくさんいただいてしまって、わたしもジェーンも何とお礼を申せばいいやら……」

「これはまた何のことです？」

「蓄えておいでのリンゴをぜんぶいただいてしまったようで。まだたくさん残っているとおっしゃいましたけど、ぜんぶいただいたんですってね。ほんとに申しわけございません。ミセス・ホッジスが怒るのも無理はないわ。ウィリアム・ラーキンズがここへ来てそう言いましたの。そうとはこれっぽちも知りませんで、申しわけないことでございます。あら！　お帰りになったわ。お礼を言われるのが大嫌いなお方なんだから。でも、まさかお帰りになるとは思わないし、お礼を申し上げなければおかしなものでしょ……仕方がないわ、（部屋に戻って）どうしても上がっていただけなかった、ミスター・ナイトリーはキングストンに用事があるとかで、ついでに何か足す用はないかと訊いていらしたわ」……

「ええ」とジェーンは言った。「聞いたわ。だって筒抜けなんだもの」

「そう。ドアも窓も開けっ放しなんだから聞こえるわよね。それにミスター・ナイトリーは声が大きいから一部始終聞こえるのがあたりまえだわ。『キングストンで何か足す用事はないか』とおっしゃるから、わたしは言ったの……あら！　ミス・ウッドハウス、お帰りになるんですか？――たった今いらしたばかりじゃありませんか――今日はいろいろとありがとうございました」

エマはとっくに家に着いていなければならない時間であることに気がついた。訪問はすでに長く、時計を見るともう昼に近い。ミセス・ウェストンと彼女の連れもいとまを乞い、ふたりの若い女性たちとハートフィールドの門まで歩いて、それからランドールズに足を向けることになった。

第二十九章

ダンスを全くしないで暮すことはできるかもしれない。若い人々が何か月も続けておよそダンスと名のつくものに参加しないで過ごし、体にも心にもこれといった差し障りがなかった例はいくつも知られている。——しかし、一旦ダンスをはじめ——体をせわしなく動かすことの面白みをいささかなりと感じるようになった人のうち——もっと体を動かしたくならない者がいればよほどのものぐさと言ってよいだろう。

フランク・チャーチルはハイベリーで一度踊ってみて、また踊りたいものだと思った。ミスター・ウッドハウスが説得されて娘のエマとともにランドールズで過ごした一夜の最後の三十分は、若い二人がこの問題に関する計画を練ることに費やした。熱心なのはフランクで、彼がまず計画を立てた。困難な点や、設備や、体面はエマのほうが理解し、気を回した。エマには、ミスター・フランク・チャーチルと見事なダンスを披露したあの夜を再現したい――ジェーン・フェアファックスと自分を比較しても顔を赤らめないですむような踊り方をしたい――さらには、虚栄心という邪悪なものに助けられずにダンスそのものを楽しみたい、という気持がまだあった。彼女は、収容人員の見当をつけるため歩数で部屋の長さや幅を計るのを手伝った――大きさは全く同じだとミスター・ウェストンが言ったもう一つの応接間も、念のために計ったところちょっと広いことがわかった。

ミスター・コールの家で始まったダンスをランドールズで締め括り――同じ人数の参加者を集め、同じ音楽家を雇う、という彼の最初の提案と要請は一も二もなく認められた。ミスター・ウェストンはその考え方に喜んで賛同し、ミセス・ウェストンは、みんなが踊りたいだけいつまでもピアノを弾くわ、と二つ返事で引き受けた。それから誰と誰を招んで、それぞれのカップルにどれだけのスペースを割り振るか、という興味津々たる作業が始まった。

「あなたとミス・スミスとミス・フェアファックスで三人になります。ミス・コックス姉妹を入れれば五人」という勘定が何度も繰り返された。「それにミスター・ナイトリーのほかにギルバート兄弟と、コックスの息子と、僕の父と僕自身。ええ、これで十分に楽しめる人数ですよ。あなたと、ミス・スミスと、ミス・フェアファックスで三人ですから、それにミス・コックス姉妹を入れれば五人になりますね。五組のカップルには十分の広さです」

しかしそれは一つの見方だった。

「五組のカップルに十分なスペースがあるんですか？——わたしにはないような気がしますけど」

もう一つの考え方は、

「結局、五組ではのべつ踊っていなくてはなりません。まじめな話が、五組ではしょうがないでしょう。招待するのが五組だけではうまくいかないですよ。その場かぎりの思いつきとしては許せるかもしれないけれど」というものだった。

ミス・ギルバートは兄さんの家へ来ることになっているからほかの連中と一緒に招待する必要がある、と誰かが言えば、このあいだの晩ミセス・ギルバートは誘われれば踊ったかもしれない、とほかの人が言った。コックスの三番目の娘を推薦した者もあり、最後にミセス・ウェストンが、どうしても招待してほしい従兄弟のある家族の名前を挙げたが、これも落すことのできないひじょうに古くからの知り合いで、これで五組のカップルは少なくとも十組になることが確実になって、彼らの処理の仕方を巡ってたいそう熱心な検討が加えられた。

二つの部屋のドアは向き合わせになっていたが、「廊下ごしにふた部屋を使って踊ってはどうだろうか」という意見が出され、いい案には違いないが、もっとましな案がないわけでもなかろう、ということで大方の考えが一致した。それではまずいというのがエマの考えだった。ミセス・ウェストンは夕食のことで頭を痛めていたし、ミスター・ウッドハウスは健康問題を理由に本気で反対した。それで彼は機嫌を損ね、これ以上は辛抱ができないほどになった。

「そんなことはだめだ!」と彼は言った。「無分別にもほどがある。私はエマのためにも耐えられないね!――エマの体は丈夫ではないんだよ。ひどい風邪をよく引いたもんだ。ハリエットにしてもそうだ。君らみんなだって風邪を引くよ。ミセス・ウェストン、あなたなんか寝込んでしまうよ。この人たちにこうした無茶な計画は立てさせないでおくれ。頼むからやめさせることだね。(声を潜めて)あの若者は思慮が足りなさすぎる。お父さんには言ってほしくないんだが、あれはどうもまともではない。今夜だってあちこちのドアを何度も開けっぱなしにしておるしな。隙間風のことなんかこれっぽちも考えておらん。私はなにもあなたがたを対立させようというんじゃないが、あの男はどうもまともとは思えないんだよ」

ミセス・ウェストンはそうした非難が悲しかった。彼女はそれの重要性を知っているので、何とか払拭しようと力のかぎりを尽くした。ドアは全て閉められ、廊下を開放する案は棚上げになって、部屋のなかだけで踊るという最初の計画が復活した。そして、フランク・チャーチルの善意から出た努力が実を結び、十五分ほどまえには五組にも狭すぎるとされたスペースが十組でもやり方しだいで大丈夫、ということになった。

「僕らは贅沢すぎたんですよ」と彼は言った。「必要もないほど広いゆとりを考えたわけで、ここなら十組のカップルを十分に収容できます」

エマが異議を唱えた。「いくらなんでも十組には狭すぎるわ——どうしようもなく狭くて、ターンする空間さえない状態で踊るなんて最悪だわ」

「おっしゃるとおり最悪です」とフランクは深刻な表情で認めた。しかし彼はなおも歩幅で距離を計りつづけていたが、やがて意を決したように、

「十組を収容するだけの余地はまああると思いますね」と言った。

「ありっこないわ」エマは譲らなかった。「あなたの言っていることは不合理です。すし詰めの状態で立っているなんてどう考えてもおかしいわ！　狭い部屋で芋の子を洗うようにして踊ったところで面白くも何ともないじゃありませんか！」

「それは否定のしようもありません」とフランクは答えた。「あなたのおっしゃるとお

りですよ。狭い部屋で芋の子を洗うようにして、とはまさに至言だ。ミス・ウッドハウス、あなたには短い言葉でずばり言い当てる才がありますね。言いえて妙とはこのことだ！　全くそのとおりです。——しかし、ここまで来た以上、放り出すわけにはいきません。それでは父を失望させるし——全てが水の泡で——なんというか——その、僕はむしろ、十組ならばゆとりをもって収容しきれる、という意見なんですよ」

そのときエマは、この人は女性に対して愛想はいいけれど、どこか片意地なところがある、と気がついた。彼はわたしと踊る楽しさを失うぐらいならむしろ逆らいたいのだ。しかし彼女は自分と踊りたい気持を取って、後者を許すことにした。もしエマが彼との結婚を望んでいれば、彼の好みの価値は立ち止まって考え、理解しようと努めるべきことかもしれなかったが、二人の交際のありようからして彼はきわめて好感のもてる青年、というだけで十分だったのである。明くる日の半ばを過ぎるまでには、彼はハートフィールドに来ており、部屋に入ってきた彼の表情には計画の継続性を証明する微笑が浮かんでいた。やがて彼は計画の進展を告げるために来たことがわかった。

「ところで例の件ですがね、ミス・ウッドハウス」彼は殆ど間髪を入れず切り出した。「ダンスをしたいというあなたの気持も父の家の狭さに恐れをなして雲散霧消したんじゃないですか？　実はその件で新しい提案をしたいと思ってやってきました。——父の思いつきなんですが、あなたの賛成があれば実行に移すつもりです。どうでしょう、このささやかな舞踏会の最初の二曲をランドールズではなくてクラウン館で僕と踊っていただけませんか?」

「クラウン!」

「ええ、もしあなたとミスター・ウッドハウスにご異存がなければ、父の友人はそこでかまわないだろうと父が言っています。あそこだと設備も保証できるし、ランドールズに劣らず歓迎できる、というのが父の考えです。あなたがたさえよければ義母《はは》もそこで異存はないそうです。以上が僕らの考えです。あなたのおっしゃるとおり、ランドールズのどの部屋を使っても十組では多すぎ、耐えられません!——ひどい話でした!——最初からあなたのおっしゃるとおりであることはわかっていたんですが、なにせ舞踏会はどうしても開きたかったものですから。どうです、場所は申し分ないんじゃないですか?——同意してください——うんと言ってくれますね?」

「ウェストン夫妻に異存がなければ、どなたも反対できない計画だと思いますけど。わたしはすばらしいと思います。わたし自身として答えられるかぎりでは、とても楽しいパーティになるでしょう——それしか改善する手はありませんもの。立派な改善案だと思わない、パパ?」

エマは十分に理解されるまで、もう一度繰り返して説明をしなければならなかった。それから、全く新しい提案だったせいで、受け入れられるまでにはさらに説明を必要とした。

「いや、それは改善とはほど遠いと思うねえ――とても悪い計画というか――ランドールズでやるよりずっと悪いと思っているさ。宿屋の部屋はいつもじめじめして危険なものだ。換気は十分にされていないし、住むにもふさわしくない。同じダンスをするならランドールズのほうがずっといいよ。君はクラウン館の部屋を使ったことがないし――経営者も顔を見て知っているだけだ。――いやいや――改善どころかきわめて悪い計画だよ。クラウンじゃかえってひどい風邪を引くのが落ちだ」

「いま申し上げようと思っていたんですが」とフランク・チャーチルは言った。「今度の変更の大きな取り柄のひとつは風邪を引く危険がきわめて少ないことです――ランドールズにくらべて危険がひじょうに少ない！　ミスター・ペリーならば変更を嘆きたくなるかもしれませんが、ほかの人はみんな喜ぶんじゃないかと思いますね」

「言葉を返すようだが」とミスター・ウッドハウスはいささか興奮ぎみに言った。「ミスター・ペリーがそんな人物だと想像するなら君は大変な間違いを犯しているよ。うちの家族が病気に罹ると親身になって心配してくれるのがあの人だ。それにしてもクラウンの部屋のほうが君のお父さんの家より安全だというのは理解しかねるな」

「広いからそういえるんですよ。換気のために窓を開ける必要がなくなります。一晩中使っても一度も開けないですみますからね。悪さをするのは(よくご存じのように)窓を開けて熱した体に冷たい風を当てる例のひどい習慣ですから」

「なに、窓を開けるとな！——しかし、チャーチル君、ランドールズには窓を開ける者は一人もいないよ。そんな軽率な者はおらん。だいいち一度も聞いたことがない。窓を開けてダンスをするなんて！——君のお父さんも、(かわいそうに元ミス・テイラーの)ミセス・ウェストンも、そんなことに耐えられるはずがないよ」

「ところがいるんですよ！——カーテンの蔭にさりげなく入り込んで、上げ下げ窓をこっそり開け放つ軽率な若者がね。この目で何度も見ています」

「ほんとかね？——これは驚いた！　想像もつかなかった。しかし、私は世の中とかけはなれた生活を送っているのでね、びっくりするようなことを聞かされることもよくある。しかし、これはまた重大な問題だ。これを話し合う段になれば——しかしこうしたことは急いで決めるわけにはいかん。もしウェストン夫妻がそのうち朝にでもここを訪れれば話し合って、何か手が打てないものか考えることにしよう」

「しかし、あいにく僕は時間に限りがあって——」

「あら！」とエマが口を挟んだ。「話し合う時間ならたっぷりありますわ。急ぐことはないわよ。クラウン館でもいいということになれば、厩舎がそばだから馬を繋ぐにも便利だわ、パパ」

「そうだね。それは便利だ。ジェイムズが文句を言うわけではないが、できるかぎり馬を休ませたいからね。部屋の換気が十分にされているとわかれば、それに越したことはないが――ミセス・ストークスは信用が置けるのかね？　さあ、怪しいもんだ。彼女は顔さえ知らないよ」

「そういう問題は一切僕が責任をとります。義母《はは》の管轄ですから。義母は全体をとりしきりますので」

「ほらね、パパ。――これで安心したでしょ――相手はほかならぬミセス・ウェストンだもの。彼女なら念のうえにも念を入れる人だから任せられるわ。ずいぶん前のことになるけど、わたしがはしかに罹ったとき、ミスター・ペリーが言ったこと覚えている？『ミス・テイラーがミス・エマをくるみにかかったら心配は要りませんよ』と言ったのよ。彼女へのお世辞として何度聞かされたか知れないわ！」

「ほんとだねえ。ミスター・ペリーは確かにそう言った。私は忘れられないねえ。かわいそうに、エマはあのときはしかが重くてな、ミスター・ペリーに診てもらわなかったらどうなったかわからないよ。彼は一週間に四回も往診してくれた。最初からとても経過がいいと言ってくれたからほっとしたんだが、はしかというやつは恐ろしい病気で、イザベラの子供が罹ったらいつでもペリーを呼びにやってもらいたいものだ」

「父とミセス・ウェストンが今クラウンにいて下見をしています」とフランク・チャーチルが言った。「僕はあなたたちの意見が聞きたくて彼らをそこに置いたままハートフィールドへ来たんですが、できれば合流して現場で意見を言ってもらいたいですね。二人にそう言われて来たものですから。あそこまで同行させていただければ彼らとしても喜ぶと思いますが。あなたたちがいないとなにひとつ満足にはできませんので」

　エマはそうした相談を受けてひじょうに満足だった。父は彼らがいない間にじっくり考えてみる、ということだったから若いふたりは早速連れ立ってクラウン館へ足を向けた。ウェストン夫妻はエマを嬉しそうに出迎え、彼女の賛成をえたが、夫妻はそれぞれ違った意味でたいそう忙しく、幸せだった。彼女はちょっとあらが見えすぎ、彼は何もかも完璧といった面持だった。

「エマ」と彼女は言った。「この紙は思ったより状態がわるいわ。ほら！　ところどころひどく汚れているでしょ。それに羽目板なんか想像したより黄ばんで、わびしそうに見えるし」

「君は細かすぎるよ」と彼女の夫は言った。「それに何か意味でもあるのかい？　蠟燭の明りでは何も見えないさ。ランドールズみたいに綺麗に見えるだろう。クラブが開催される夜なんか、何も見えないからね」

婦人たちは目配せをしあったが、それには恐らく、『男の人たちの目には汚れなどは見えないわ』という意味が込められており、紳士たちはそれぞれ、『女は取るにたらぬことで愚にもつかぬことを言い、つまらぬ取り越し苦労をするものだ』と胸のうちにつぶやいた。

しかし、紳士たちが見過ごすことのできない困った問題がひとつ起こった。それは夜食室のことだった。舞踏室が建てられた当時は、夕食は問題にならなかった。隣に小さなカード室があるだけだったが、このカード室は今でもカード室として必要だろう。あるいは、もしカードが都合よく必要ないと四人が考えたとしても、夕食をとるには狭すぎはしないだろうか。もう一室ずっと広い部屋をその目的で確保する必要があるだろう。しかしそれは反対側の端にあって、そこへ行くには長い廊下を越えなければならない。ここに難点があった。ミセス・ウェストンは、廊下を渡るさいに若い人でも隙間風が懸念される、と思った。さりとて狭いところで夕食をしたためる図を想像すれば、エマも紳士たちも二の足を踏まざるをえなかった。

ミセス・ウェストンはいっそ夕食を省いてはどうかと言い出した。小部屋にサンドイッチその他の軽食を並べるだけにとどめる。しかし、それではいかにもお粗末だとして鼻であしらわれることになった。夕食の席を設けないプライベートなダンス・パーティでは招待客の権利を奪う恥ずべき欺瞞行為だ、という言葉さえ飛び出した。そこでミセス・ウェストンは、二度とそんな提案は口に出すまいと思った。それから彼女はもう一つの便法を考え、部屋を訝《いぶか》しげに眺めながらやおら口を開いて言った。

「考えてみるとそれほど狭くはないわ。そんなに大勢が集まるわけではありませんからね」

するとミスター・ウェストンは同時にきびきびした足取りで大股に廊下を歩きながら、大声で、

「廊下が長い長いというけれど、歩いてみると大したことはない。階段から隙間風が吹き下ろすわけでもないし」と言った。

「お客さんがどんな趣向のパーティを望むか、大体のところを知りたいものだわ。みんなの気に入るようなパーティにするのが目的なんだから——それがわかりさえすればいいんだけれど」

「全くだ」とフランクが叫んだ。「そのとおりですよ。隣人たちの意見を聞く必要があ

るという考えはもっともです。主だった考え方がどんなものか、確かめることができれば——例えばコール家の考え方なんか知りたいところです。彼らの家はあまり遠くはありませんから、何だったら僕が寄って聞いてみましょうか？　あるいはミス・ベイツではどうです？　彼女のほうがもっと近いですからね。——もっとも、ミス・ベイツひとりの意見でほかの人たちの考えの傾向を推し測ることはできないでしょうが。ともあれ大勢の人の意見を聞いてみる必要があります。ひとっ走り行ってミス・ベイツに来てもらいましょうか？」

「そうですね——お願いしましょうか」ミセス・ウェストンはどちらかというとためらいがちに言った。「もし彼女が何かの役に立つとお考えならば」

「ミス・ベイツではものの役に立たないわ」とエマは言った。「彼女は嬉しがったり感謝したりするでしょうけど、結局なにも言わないでしょう。あなたの質問に答えることさえしないわ。ミス・ベイツの意見を聞くことには何の利点もないと思うわ」

「しかし彼女は面白い。実に面白い！　僕は彼女の話を聞くのが大好きです。家族全員を連れてくるまでもないでしょう」

ここでミスター・ウェストンが話に加わり、提案を聞いたうえで決定的な賛成意見を述べた。

「そうしてもらおうかな、フランク。――ミス・ベイツを連れてきなさい。彼女はきっと賛成するだろう。難しい問題をどうやって取り除くか、適切な方法を示してくれる人が見当たらない以上、仕方がない、ミス・ベイツを呼んできなさい。どうも話が難しくなってきた。こんなときはいつも陽気なミス・ベイツの考えを聞くのもひとつの解決策だろう。しかしいいかな、二人を連れてくるんだよ。両方に来てもらうことだ」

「両方ですか！　あの老婦人もですか？……」

「いや、若いほうに決まっているよ。姪を連れてこないで伯母だけを連れてくる馬鹿があるかね」

「いや、これはどうも。とっさには思い出せなかったもので。そうおっしゃるなら何とか二人を説得してみます」言いざま彼は走り去った。

背が低くて身ぎれいで動作のきびきびした伯母と、優雅な彼女の姪をともなってフランクがふたたび現われるはるか前に、ミセス・ウェストンは、いかにも気立ての優しい良妻らしく廊下をもう一度検分し、前に考えたよりも欠点は少ない――いや、実を言うと取るにたらないことに気がつき、これで決断の難しかった問題が解決した。後は少なくとも頭で考えるかぎりテーブルと椅子、照明と音楽、茶、夕食、などの手筈はおのずと決まるか、ミセス・ウェストンとミセス・ストークスの間でいつでも決められる些細な問題だとして片付けられた。――招待された者はみんな来るに違いない。フランクはすでに二週間の滞在期間が数日のびる旨エンスコムに手紙を書いていたが、それが拒否されることは恐らくありえなかった。こうして楽しいパーティはいよいよ開催の運びとなった。

ミス・ベイツはやって来るなり、ぜひ開くべきだと言って賛成した。相談相手としては必要なかったが、(安心な性格の持ち主とあって)賛成者としては大いに歓迎すべき存在だった。大まかでありながら心こまやかで、ひっきりなしに熱を込めてまくしたてる、彼女の賛成の言葉はみんなを喜ばせずにはおかなかった。それから三十分の間、彼らは提案したり気を配ったりしながらあちこち部屋を見て回り、やがてここで行なわれるパーティに思いを馳せては幸せな気分に浸った。一行はエマが当夜のヒーローに最初の二曲を踊る約束をさせられ、ようやくお開きとなった。帰り際にエマは、妻の耳にそっと囁《ささや》いたミスター・ウェストンの「あの子が申し込んだよ。それでいい。私にはわかっていたんだ!」という言葉を聞いた。

エ　　マ（上）〔全2冊〕
ジェーン・オースティン作

2000年10月16日　第1刷発行
2010年5月6日　第11刷発行

訳　者　工藤政司《くどうまさし》

発行者　山口昭男

発行所　株式会社　岩波書店
〒101-8002 東京都千代田区一ツ橋 2-5-5

案内 03-5210-4000　販売部 03-5210-4111
文庫編集部 03-5210-4051
http://www.iwanami.co.jp/

印刷・三秀舎　カバー・精興社　製本・桂川製本

ISBN 4-00-322224-5　　Printed in Japan

読書子に寄す

——岩波文庫発刊に際して——

岩波茂雄

真理は万人によって求められることを自ら欲し、芸術は万人によって愛されることを自ら望む。かつては民を愚昧ならしめるために学芸が最も狭き堂宇に閉鎖されたことがあった。今や知識と美とを特権階級の独占より奪い返すことはつねに進取的なる民衆の切実なる要求である。岩波文庫はこの要求に応じそれに励まされて生まれた。それは生命ある不朽の書を少数者の書斎と研究室とより解放して街頭にくまなく立たしめ民衆に伍せしめるであろう。近時大量生産予約出版の流行を見る。その広告宣伝の狂態はしばらくおくも、後代にのこすと誇称する全集がその編集に万全の用意をなしたるか。千古の典籍の翻訳企図に敬虔の態度を欠かざりしか。さらに分売を許さず読者を繋縛して数十冊を強うるがごとき、はたしてその揚言する学芸解放のゆえんなりや。吾人は天下の名士の声に和してこれを推挙するに躊躇するものである。このときにあたって、岩波書店は自己の責務のいよいよ重大なるを思い、従来の方針の徹底を期するため、すでに十数年以前より志して来た計画を慎重審議この際断然実行することにした。吾人は範をかのレクラム文庫にとり、古今東西にわたって文芸・哲学・社会科学・自然科学等種類のいかんを問わず、いやしくも万人の必読すべき真に古典的価値ある書をきわめて簡易なる形式において逐次刊行し、あらゆる人間に須要なる生活向上の資料、生活批判の原理を提供せんと欲する。この文庫は予約出版の方法を排したるがゆえに、読者は自己の欲する時に自己の欲する書物を各個に自由に選択することができる。携帯に便にして価格の低きを最主とするがゆえに、外観を顧みざるも内容に至っては厳選最も力を尽くし、従来の岩波出版物の特色をますます発揮せしめようとする。この計画たるや世間の一時の投機的なるものと異なり、永遠の事業として吾人は微力を傾倒し、あらゆる犠牲を忍んで今後永久に継続発展せしめ、もって文庫の使命を遺憾なく果たさしめることを期する。芸術を愛し知識を求むる士の自ら進んでこの挙に参加し、希望と忠言とを寄せられることは吾人の熱望するところである。その性質上経済的には最も困難多きこの事業にあえて当たらんとする吾人の志を諒として、その達成のため世の読書子とのうるわしき共同を期待する。

昭和二年七月